카와하라 레키 | 지음
abec | 일러스트
김완 | 옮김
007
REKI KAWAHARA ABEC BEE-PEE
SWORD ART ONLINE
mother's ROSARIO
SAO SWORD ART ONLINE

"…………음냐……."
키리토 § 데스 게임《SAO》에 사로잡혔던 플레이어들을 구한 《검은 검사》. 본명은 키리가야 카즈토. 《ALO》에서는 스프리건 족의 아바타를 조종한다.
"우, 우우……, 졸려요."
시리카 § 《SAO》에서 키리토에게 도움을 받았던 소녀. 《ALO》에서는 테이밍이 주특기인 캐트시 족의 모습이다.
"저걸 보면 왜 이렇게 졸릴까…….
혹시 스프리건의 주특기인 환혹마법은 아니겠지?"
리즈벳 § 《SAO》에서 키리토의 검을 만들어주었던 소녀. 《ALO》에서는 레프러콘 족으로 대장간을 운영한다.

"……아, 그렇구나……."
아스나 § 키리토의 애인.
《ALO》에서는 운디네 족의 마법사.
"시리카가 졸린 건
저것 때문이 아닐까요~?"
리파 § 키리토의 여동생. 본명은 스구하.
《ALO》에서는 요정 아바타 실프 족의 마법전사로 활약한다.

"좋아. 네게 어울리는 훌륭한 사람이라면 누구든.
미리 말해 두지만, 그딴 애는――,
그딴 시설의 학생은 포함되지 않아."
유우키 쿄코 §
아스나의 어머니. 자식의 교육에 엄격한 대학 교수.
카즈토와 같은 학교에 다니는 아스나를
전학시키려 한다.
"……설마……, 알아본 거야?
카즈토에 대해서도……."
아스나 §
대형 전자기기 메이커 '렉토'의 CEO인 유우키 쇼조의 딸.
오빠 코이치로가 구입했던 VRMMORPG 《SAO》를 플레이하다
게임에 사로잡히고 말았던 과거가 있다.

텟치 § 노움 족 남성.
"……어떠세요? 우리 《슬리핑 나이츠》의 의뢰를 받아들여 줄 수 있을까요?"
시우네 § 《절검》이 리더인 길드 《슬리핑 나이츠》의 멤버. 운디네 족 여성.
타루켄 § 레프러콘 족 청년.
쥰 § 살라만더 족 청년.
노리 § 스프리건 족 여성.

"이제 다 왔구나! 힘내자, 아스나!"
유우키 § 위협적일 정도로 날카로운 검놀림 때문에 《절검》이라 불리는 수수께끼의 아바타.
아스나와 듀얼을 벌인 후 자신의 길드로 그녀를 스카우트하려 한다.

"어쩐지……, 내가 정말 필요했던 걸까?
여러분을 도와줄 여지는
거의 없었던 것 같은데……."

OSS

정식 명칭은 《오리지널 소드 스킬》.
지금은 사라진 구 소드 아트 온라인의 《소드 스킬》에 개량을 더해 《알브헤임 온라인》에 업데이트된, 각 계통의 무기에 따른 《스킬》 시스템을 말한다. 원거리 공격이 주체인 《마법》 스킬의 독무대였던 《ALO》에 대변혁을 가져왔다.

구 《SAO》 버전 《소드 스킬》과 다른 점은 모션이 전부 미리 설정되어 있는 기존의 검기가 아니라 플레이어 자신이 창안해 등록할 수 있다는 점. 하지만 시스템에 《OSS》를 등록시키려면 '본래 시스템 어시스트 없이는 실현이 불가능한 속도의 연속기를 어시스트 없이 실행해야만 한다'는, 모순이라고도 할 수 있을 만큼 가혹한 조건이 주어졌기 때문에 실현에 이른 플레이어는 매우 드물다.

OSS 시스템에는 《검기 전승》이라 불리는 시스템이 있다. OSS를 창안하는 데 성공한 자는 2차 복제가 불가능한 기술의 《비전서》를 다른 플레이어에게 전수하는 것이 가능하다. 따라서 개발 그 자체가 매우 어려운 OSS, 특히 5연격을 넘는 필살기의 《비전서》는 현재 ALO 세계에서 가장 값비싼 아이템으로 자리를 잡고 있다.

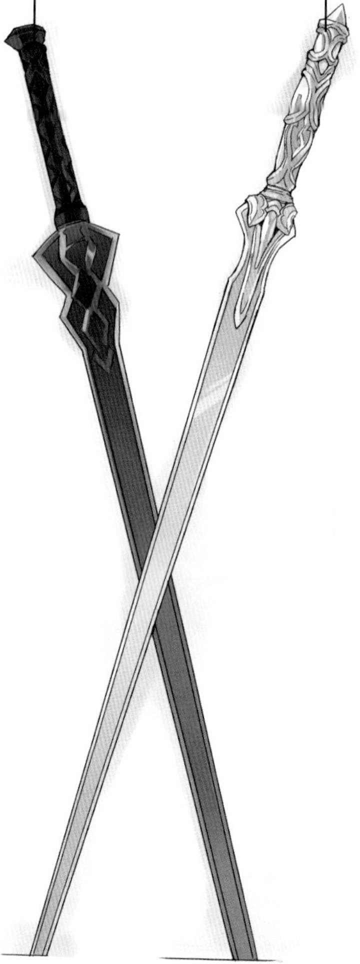

SWORD ART ONLINE

「이것은 게임이지만
놀이가 아니다.」

—「소드 아트 온라인」 프로그래머 카야바 아키히코

SWORD ART ONLINE
mother's ROSARIO

REKI KAWAHARA

ABEC

BEE-PEE

"아스나, '절검' 이라고 들어봤어?"

리즈벳의 말에 아스나는 홀로그램 키보드를 두드리던 손을 멈추고 고개를 들었다.

"절검? 절약하고 검소하게 산다는 거?"

"아니아니."

리즈벳은 웃으면서 고개를 가로젓곤, 테이블 위에서 모락모락 김이 나는 머그컵을 들어 한 모금 마신 다음 말을 이었다.

"말 그대로 절검. '절대' 라고 할 때의 절(絕) 자에 칼 검(劍)을 써서 《절검》."

"절……검. 새로 나온 레어 아이템 무기?"

"노, 노. 사람 이름이야. 별명……이라고 해야 하나, 속칭이라고 해야 하나. 나도 캐릭터 네임은 모르지만. 아무튼 너무 강해서, 누가 처음 불렀는지는 몰라도 그렇게 붙은 이름이 절검이야. 절대무적의 검, 공전절후(空前絕後)의 검……. 그런 의미겠지."

강하다는 말을 들은 순간, 아스나는 호기심이 적잖이 자극받는 것을 느꼈다.

원래 그녀는 검술 실력에 크게 자신이 있었다. 《알브헤임 온라인(ALO)》 플레이어가 된 지금은 후방에서 마법 영창을 주로 하는 운디네 종족을 선택하긴 했지만, 그래도 이따금 옛날 피가 끓어 적진으로 돌진해 허리에 찬 레이피어를 뽑아 휘둘러대기도 했다. 그런 소행 탓에 지금은 《버서커 치유사》라는 우아함과는 거리가 먼 별명을 얻었다. 마음에는 들지 않지만.

매달 열리는 듀얼 대회에도 적극 참가해 이제는 ALO의 3차원 전투에 익숙해진 지금은, 살라만더 종족의 유진 장군이나 실프 종족의 사쿠야 영주 같은 강자들과도 좋은 승부를 낼 정도에 이르렀으므로, 새로운 강호가 출현했다는 말을 들으면 무관심하게 있을 수는 없었다.

쓰다 만 생물학 리포트를 세이브하고 홀로그램 키보드를 치운 아스나는, 자신의 머그컵을 들어 손가락으로 싱글클릭해 뜨거운 차를 채웠다. 바닥에서 돋아난 나무 그루터기 의자 위에서 자세를 고쳐 앉아 본격적으로 이야기를 들을 태세를 갖추었다.

"그래서……? 그 절검이란 캐릭터는 어떤 사람인데?"

"그게 말이지……."

1

신생 아인크라드 제22플로어에 펼쳐진 깊은 숲은 하얀 안개에 깊이 파묻혀 있었다.

바깥의 현실세계도 1월 초순이라 한겨울이지만, 최근 온난화가 많이 진행된 탓도 있어 도쿄의 기온이 0도를 밑도는 날은 거의 없었다.

하지만 운영업체가 서비스 정신을 발휘했는지, 요정 나라 알브헤임에선 그야말로 엄동설한이라는 말이 어울리는 기후가 이어졌다. 대륙 한복판인 《세계수》 이북 지역은 필드의 체감온도가 영하 10도, 20도를 밑도는 경우가 흔해, 방한대책을 확실하게 마련하거나 내한(耐寒) 주문의 버프를 받지 않고는 도저히 하늘을 날 엄두가 나질 않았다. 현재 아인크라드는 세계 최북단인 노움 영공을 비행하는 중이라, 각 플로어의 공기는 낮에도 다이아몬드 더스트가 피어날 만큼 추웠다.

그렇다고는 하나 시냇물이 바닥까지 얼어붙는 한기도, 두꺼운 통나무를 쌓아 만든 벽과 새빨갛게 타오르는 난로의 수호를 받는 방안까지는 미치지 못했다.

알브헤임 온라인 사상 최대 규모의 업데이트로 신규 맵인 《부유성 아인크라드》가 업데이트된 것은 8개월 전——2025년 5월이었다.

원래 ALO는, 이제는 데스 게임이 되고 만 《소드 아트 온라인(SAO)》의 복제 시스템 위에서 가동되었으므로, 그 서버에는 SAO의 무대 아인크라드의 데이터가 고스란히 담겨 있었다. ALO의 선대 운영기업 《렉토 프로그레스》에서 소프트웨어, 하드웨어를 막론하고 게임의 모든 권리를 통째로 매수한 신흥 벤처기업은, 아인크라드 및 구 SAO 플레이어들의 캐릭터 데이터를 지우지 않고 대신 ALO와 통합하는 대담한 방침을 내세웠다.

여기에는 물론 인체실험이라는 렉토 프로그레스의 범죄가 발각되어, 격감할 수밖에 없는 플레이어의 숫자를 인상적인 업데이트로 붙들어놓고자 하는 현실적인 전략도 있었으리라. 그러나 결코 그것 때문만은 아니다. 새 운영기업에 투자한 기업가들은 모두 2D 시절부터 시작한 베테랑 MMO 플레이어들인지라, 세부까지 지극히 정밀하게 디자인된 부유성을 무작정 지워버릴 수는 없었던 것이다――라는 말을 아스나는 운영업체와 연줄이 있는 에길에게 들었다.

그런 제반사정에 따라 아인크라드가 되살아난 후, 아스나는 어떤 한 가지 목표를 가슴에 담고 운디네 힐러 겸 세검전사로서 게임 플레이에 매진했다.

그 목표란 물론 필요한 액수의 콜, 아니, 유르드를 열심히 벌어, 누구보다도 일찍 제22플로어에 도달해 침엽수림 깊은 곳에 오도카니 서 있는 통나무집 플레이어 하우스를 구입하는 것이다. 물론 그곳은 아득히 먼 옛날에 존재했던 또 하나의 부유성에서, 겨우 2주뿐이었지만 즐겁고 달콤하고 애절한 하루하루를 보냈던 바로 그 장소였다.

작년 5월 업데이트 때 개방된 것은 제1플로어에서 제10플로어까지. 이어서 9월에는 제11플로어부터 제20플로어까지 개방되었다. 그리고 크리스마스 이브――12월 24일 밤, 마침내 제21플로어로 이어지는 미궁구역 최상단의 문이 열렸다. 키리토, 클라인, 에길, 리즈벳, 시리카, 그리고 리파까지 7인 파티를 짠 아스나는, 개방을 축하하는 팡파르가 울리기 시작했을 때 이미 상부 플로어로 이어지는 계단을 뛰어오르고 있었다.

제22플로어는 거의 숲밖에 없는 한산한 곳이며, 주거구역인 마을에도 플레이어 하우스는 많이 있으니 설마 같은 집을 노리는 라이벌은 없었을 것이다. 그래도 돌풍처럼 제21플로어 필드를 내달려 그대로 다른 공략 파티와 함께 미궁구역 플로어 보스에 도전, 반쯤 힐러 빌드를 찍었으면서도 50명 가까운 집단의 선두에서 검을 휘둘러대던 아스나의 기세를, 훗날 클라인은 이렇게 평가했다.

"옛날 《혈맹기사단(KoB)》 부단장님보다 대단했다니깐."

마지막에는 직접 숨통을 끊은 제21플로어 보스 몬스터의 시체를 걷어차듯이 내달려 제22플로어 가장자리의 통나무집 앞에 도착해 구입 윈도우의 OK 버튼을 클릭했을 때, 아스나는 힘이 빠져 바닥에 주저앉아 조금 울고 말았다. ――그날 밤 파티가 끝나고 친구들이 돌아간 후, 키리토와 원래의 소녀 아바타로 돌아온 《딸》 유이와 셋이 건배를 하면서 다시 한 번 요란하게 울음을 터뜨렸다는 사실은 친구들에게는 비밀이다.

왜 이 조그만 통나무집에 이렇게나 집착했는지, 그 이유는 아스나도 좀처럼 말로 표현할 수 없다. 처음 진심으로 사랑한 소년과 가상세계 내에서라고는 해도, 동고동락 끝에 겨우 맺어져 짧지만 행복한 나날을 보냈던 곳이기 때문에, 라고 쉽게 말할 수도 있겠지만 그것만은 아닌 것 같았다.

아마 이 집은 현실세계에서 항상 자신의 자리를 찾던 아스나가 간신히 발견한 진정한 의미의 《집》이었을 것이다. 한 쌍의 새가 날개를 쉬고 몸을 맞대며 잠드는, 작지만 따뜻한 장소. 마음이 돌아갈 곳.

다만 고생해서 손에 넣은 후로, 통나무집은 완전히 동료들의 쉼터가 되는 바람에 손님이 끊일 날은 거의 없었다. 아스나가 정성을 다해 인테리어를 꾸민 방이 먼 지상에서 일부러 찾아오고 싶을 정도로 편안했는지, SAO 시절 동료들은 물론 ALO에서 새로 사귄 친구들도 빈번히 찾아와선 아스나의 요리를 맛보았다. ——한번은 무슨 조화인지, 실프 영주 사쿠야와 살라만더 장군 유진이 동석하는 바람에 매우 긴장감 넘치는 식사가 되고 말았지만.

오늘——2026년 1월 6일도 숲속 오두막의 거실 바닥에서 《돋아난》 그루터기 모양 테이블 주위에 익숙한 멤버들이 앉아 있었다.

아스나의 오른쪽 옆에 앉은 것은 캐트 시 특유의 세모꼴 귀가 돋아난 비스트 테이머 시리카였다. 홀로그램 윈도우 위에 뜬 겨울방학 숙제의 수식을 노려보며 끙끙 신음했다. 왼쪽 옆에는 연두색 포니테일의 실프 마법전사 리파가, 마찬가지로 영어 장문 숙제에 얼굴을 찡그렸다.

맞은편은 레프러콘 무기 장인 리즈벳의 자리인데, 이쪽은 나무딸기 리큐르를 한 손에 들고 의자에 기대 앉아 다리를 꼰 채 게임 내에서 파는 소설에 빠져든 모양이었다.

현실시간은 오후 4시쯤이지만, 밤낮이 현실과 일치하지 않는 알브헤임에서는 이미 해가 꼬박 저물어, 창 너머로는 조용히 내리는 눈만이 램프 불빛에 드러났다. 어렴풋하게 들리는 나뭇가지 스치는 소리가 없더라도 바깥은 얼어붙을 정도로 춥겠지만, 방안의 페치카에서는 장작이 모락모락 타올라 따뜻함과 향기가 동시에 전해졌다.

친구들과 마찬가지로 아스나도 홀로그램 키보드에 두 손을 놓고, 주위에 떠오른 외부 네트워크의 브라우저 창에 눈을 돌려가며 과제 리포트를 순조로이 마무리 짓고 있었다.

어머니는 아스나가 현실세계에서도 할 수 있는 작업을 VR 월드에서 하는 것을 별로 좋게 보지 않지만, 장시간에 이르는 문장 입력은 이쪽에서 하는 편이 훨씬 효율적이다. 눈도 손목도 피로하지 않고, 거치형 패널 모니터의 UXGA 해상도로는 불가능한 숫자의 자료 윈도우를, 보기 편한 위치에 얼마든지 놓아둘 수 있다.

한번은 어머니에게도 그렇게 말하며 문장 입력 전용 풀 다이브 타입 어플리케이션을 시험해보라고 권한 적이 있는데, 겨우 몇 분 만에 현기증이 난다며 로그아웃하더니 그 후로는 거들떠보지도 않았다.

실제로 풀 다이브 멀미라는 것도 존재한다지만, 과거 2년에 이르는 시간 동안 가상세계에서 《살았던》 아스나는 이제 그것이 어떤 감각이었는지조차 떠오르지 않았다. 양손 손가락은 한 번도 오타를 내지 않고 허공을 날 듯이 번뜩였으며, 에디터

위의 리포트는 착착 결론으로 다가갔으며——.
그때 오른쪽 어깨에 포옥 얹히는 것이 있었다.
쳐다보니 시리카가 아스나의 어깨에 머리를 기댄 채, 커다랗게 튀어나온 세모꼴 귀를 쫑긋쫑긋하며 행복한 표정으로 잠에 빠져들고 있었다.
아스나는 자신도 모르게 웃음을 지으며, 왼손 검지로 시리카의 고양이 귀를 살짝 간질였다.
"얘, 시리카. 지금 잠들면 또 밤에 잠이 안 와서 고생할 텐데~."
"음냐……, 음냐……."
"겨울방학도 이제 사흘밖에 안 남았잖니. 숙제 열심히 해야지."
마지막으로 귀를 잡아당기자, 시리카는 흠칫 떨며 겨우 일어났다. 멍한 얼굴로 몇 번이나 눈을 깜빡이고 머리를 설레설레 흔들더니 아스나를 보았다.
"우, 우우……. 졸려요."
종알거리며 조그맣고 하얀 송곳니가 엿보이는 입을 크게 벌리며 하품을 한다. 아스나가 아는 캐트 시 플레이어들은 이 집에 오면 다들 금방 잠드는데, 혹시 그런 종특(종족 특성)이 있는 게 아닐까 의심스러울 정도였다.
시리카의 앞에 펼쳐진 홀로그램 윈도우를 들여다보며 아스나가 말했다.
"이제 그 페이지도 거의 다 끝났잖니. 조금만 더 해서 해치우자."
"후웅……, 네에……."

"실내온도가 너무 높았나? 조금 낮출까?"

하고 물어보니, 이번엔 왼쪽 옆에서 리파가 웃음기 어린 목소리로 말했다.

"그게 아니라 아마 저것 때문이 아닐까요~?"

"저것?"

아스나가 시선을 돌리자, 리파는 포니테일을 찰랑이며 동쪽 벽에 설치한 페치카 쪽을 가리켰다.

"……아, 그렇구나……."

그쪽을 보고 아스나는 깊이 수긍했다.

새빨갛게 타오르는 난로 앞에는 반들반들 잘 닦인 목재 흔들의자 하나가 있었다.

흔들의자에 깊이 몸을 묻은 채 세상모르고 잠든 것은 갈색 피부에 짧은 흑발을 가진 스프리건 소년이었다. 옛날에는 뾰족뾰족 곤두선 머리였지만, 지금은 커스터마이즈로 내려놓았다. 그래도 개구쟁이 같은 생김새는 예전과 똑같다. 말할 것도 없이 키리토였다.

그의 배 위에선 페일 블루 컬러의 깃털을 가진 조그만 드래곤이 몸을 말고, 머리를 폭신폭신한 꼬리로 감싸서 기분 좋게 자고 있다. 비스트 테이머인 시리카가 SAO 시절부터 파트너로 삼았던 페더리 드래곤 《피나》였다.

그리고 솜털에 감싸인 피나의 몸을 침대 대신 삼아, 더 작은 요정이 천진난만한 얼굴로 자고 있다. 윤기 있는 까만 생머리에 얇은 핑크색 원피스를 입은 소녀는 키리토 전용 《내비게이션 픽시》이며, 아스나와 키리토의 《딸》이기도 한, 옛 SAO 서버에서 태어난 AI 《유이》.

키리토와 피나와 유이가 3단 눈사람처럼 쌓여 흔들의자 위에서 행복하게 숙면하는 모습은, 모종의 주술이라 해도 좋을 만큼 수면효과를 뿜어내, 겨우 몇 초 바라보는 사이에 아스나의 눈꺼풀까지 무거워지기 시작했다.

키리토는 원래 아무 데서나 잘 자곤 했다. 마치 SAO 시절에 자는 시간도 아껴가며 공략에 매진했던 빚을 지금 모두 청산하려는 것인지, 이 집에 있는 동안에는 아스나가 잠깐 눈만 돌리면 그가 좋아하는 흔들의자에 쓰러져선 쿨쿨 잠들고 말았다.

그리고 흔들의자 위에서 키리토가 자는 모습만큼 졸음을 유발하는 것도 없었다.

옛날 아인크라드에서 살았던 시절엔, 에길네 가게 2층이나 숲속 오두막의 베란다에서 키리토가 안락의자를 흔들고 있으면, 반드시라고 해도 좋을 정도로 아스나는 그 옆에 미끄러져 들어가 따뜻한 졸음을 공유했다. 다시 말해, 아스나에게도 매우 익숙한 감각인지라, 시리카와 리파가 조는 것도 이해가 됐다.

하지만 신기한 것은 심플한 알고리즘으로 움직이는 페더리 드래곤 피나마저도, 키리토가 잠들면 언제나 주인님인 시리카의 어깨에서 파닥파닥 날아올라 그의 몸 위에 똬리를 트는 것이다.

이정도면 잠든 키리토에게서 모종의 《졸음 파라미터》가 발생하는 것이 아닌가 하는 의심이 들 지경이다. 실제로 아까까지는 머리와 양손을 풀 가동해 리포트를 작성했는데, 어느샌가 몸이 둥실둥실…….

"저기요, 아스나 언니! 자기가 자면 어떡해요! 어, 리즈 언니까지!"

시리카가 어깨를 마구 흔드는 바람에 아스나는 황급히 고개를 들었다.

동시에 테이블 정면에서 리즈벳이 흠칫 몸을 일으키고 몇 번 눈을 깜빡이다 멋쩍게 웃었다. 레프러콘의 특징인 금속광택 도는 페일 핑크 컬러 머리카락을 이리저리 흔들며 변명하듯이 중얼거렸다.

"저걸 보면 왜 이렇게 졸릴까……. 혹시 스프리건의 주특기인 환혹마법은 아니겠지~?"

"후후, 설마. 잠도 깰 겸 차나 다시 끓일게. 그래봤자 인스턴트지만."

아스나는 자리에서 일어나 등 뒤의 찬장에서 컵 네 개를 꺼냈다. 최근 퀘스트에서 입수한 《클릭만 하면 99가지 맛의 차가 랜덤하게 솟아나는》 마법의 머그컵이다.

테이블에 컵과 다과인 과일 타르트가 올라가자, 잽싸게 잠을 떨쳐버린 시리카를 포함한 네 사람은 즉시 서로 다른 향이 나는 뜨거운 액체를 입으로 가져갔다.

"그러고 보니 말이야."

리즈벳이 생각났다는 듯이 말한 것이 그때였다.

"——아스나, '절검' 이라고 들어봤어?"

"소문이 본격적으로 들린 게 연말연시니까……, 한 일주일쯤 됐나~?"

그렇게 말하더니 리즈벳은 무언가 깨달았다는 듯이 고개를 끄덕이며 아스나를 보았다.

"아하, 그럼 아스나가 모르는 것도 당연하겠네. 너 연말부터 계속 교토에 있었잖아."

"아이 참, 이쪽에 있을 때는 기분 나쁜 생각 떠오르게 하지 마."

아스나가 떨떠름한 표정을 짓자, 리즈는 입을 벌리고 큰 소리로 웃었다.

"이야~, 양갓집 규수는 힘들겠어."

"누가 아니래. 하루 종일 기모노를 입고 꿇어앉아서 인사만 하고, 밤에 몰래 다이브하려 했더니 내가 묵는 별채에는 요즘 세상에 무선 LAN도 안 들어오고. 일부러 어뮤스피어도 가져갔는데 헛수고였지 뭐야."

한숨을 내쉬며 차를 들이켰다.

아스나/유우키 아스나는 작년 말부터 부모님과 오빠와 함께 교토에 있는 유우키 본가, 다시 말해 아버지 쪽 고향에 반 강제로 끌려갔다 왔다. 아스나의 2년에 걸친 《입원》 동안, 친척들에게 매우 많은 걱정을 끼쳤고 신세를 졌으니 인사를 하라는 명분 앞에선 거부할 수가 없었다.

어렸을 때는 당연히 정초는 교토에서 보낸다고 생각했고, 동년배 사촌들을 만나는 것도 즐거웠다.

하지만 중학교에 올라간 무렵부터였을까, 아스나는 점점 그

연례행사가 답답하게 느껴졌다.

유우키 본가란 곳은 과장이 아니라 200년도 더 전부터 교토에서 환전상을 경영했던 집안이며, 메이지 유신이나 전쟁의 동란에서도 끈덕지게 살아남아, 지금은 온 관서 일대에 지점을 둔 지방은행을 경영한다. 아버지 유우키 쇼조가 《렉토》를 당대에 종합 전자기기 메이커로 성장시킬 수 있었던 것도 본가의 윤택한 자금원조가 있었던 덕이며, 친척들을 둘러보면 사장이니 관료니 하는 사람들뿐이다.

당연히 사촌들은 모두 아스나나 오빠와 마찬가지로 《좋은 학교》의 《우등생》이고, 연회석상에 예의 바르게 나란히 앉은 아이들 옆에선 부모들이 우리 아이는 무슨 대회에서 상을 받았다느니 전국 모의고사에서 몇 등을 했다느니 하는 이야기로 표면상으로는 온화하게, 그러나 끊임없이 응수를 벌이곤 했다. 자신을 에워싼 그런 공기에 모종의 위화감을 느끼기 시작한 아스나는, 매년 있는 그 행사가 아이들 전원에게 서열을 다시 매기는 작업처럼 여겨졌다.

2022년 11월, 중학교 3학년 겨울. 아스나는 SAO에 사로잡혔다가 2025년 1월, 다시 말해 정확히 1년 전에 키리토 덕에 풀려났으므로, 올해 초의 인사는 실로 4년 만이었다. 본가의 교토 풍 다실 양식의 광대한 안방에서, 아스나는 답답한 기모노를 입고 할아버지, 할머니를 비롯한 막대한 수의 친척들에게 끊임없이 인사를 반복해야만 했다. 자신이 접객 NPC가 된 것이 아닐까 싶을 정도였다.

그래도 오랜만에 사촌들을 만나는 것은 기뻤지만, 아스나가 무사히 돌아왔다고 자기 일처럼 기뻐하는 그들의 눈속에는 기분 나쁜 것이 드러나 있었다.

사촌들은 하나같이 동정했다. 태어날 때부터 시작되었으며, 앞으로도 몇 년이나 이어질 레이스에서 일찌감치 탈락하고 만 아스나를 가엾다고 생각한 것이다. 지나친 생각이 아니다. 어렸을 때부터 계속 남의 눈치를 살피며 살아온 아스나는 알 수 있었다.

물론 지금의 아스나는 이제 그 무렵의 인격과는 완전히 다른 존재였다. 그 세계가, 그리고 한 소년이 아스나의 인생을 가차 없이 바꿔놓았다. 그러니 사촌들이나 삼촌, 숙모들의 연민도 마음 표면을 미풍처럼 지나갈 뿐이다. 자신은 다른 무엇보다도 우선 《검사》이며, 자신의 힘으로 싸우는 사람이다. 그것은 그 세계가 사라진 지금도 변함이 없다는 신념이 아스나의 마음을 지탱해주었다.

하지만 그 가치관은 VRMMO라는 것을 해악으로밖에 생각하지 않는 사촌들은 조금도 이해할 수 없으리라. 그리고 본가에 있는 동안 줄곧 어딘가 기분이 나빴던 어머니도.

이제 좋은 대학에 들어가 좋은 곳에 취직해야만 한다는 강박관념은 전혀 없다. 지금 다니는 학교는 마음에 들었으며, 앞으로 1년을 들여 진짜로 하고 싶은 것을 천천히 찾을 생각이었다. 물론 한 살 어린 소년과 현실세계에서도 가정을 꾸리는 것이 최종목표였지만.

——그런 생각을 하며 아스나는 온화하게 친척들의 이런저런 질문공세를 흘려보냈는데, 그래도 두 손발을 다 드는 사건

이 생겼다. 도쿄로 돌아가기 전날 밤, 육촌에 해당하는 두 살 연상의 대학생과 안채 안쪽의 방에 단둘이 남았던 것이다.

본가 은행의 이사라나 뭐라나 하는 친척의 아들이라는 그는, 자신이 무슨 전공을 하고, 이미 취직자리가 정해졌다는 은행에서는 어떤 역직에 올라 어떤 출세 코스를 밟을지를 한없이 늘어놓았으며, 아스나도 한없이 미소로 관심을 표현할 수밖에 없었다. 하지만 무언가 찝찝했다. 아무래도 주위 사람들이 미리 짜고 아스나와 그 남자를 단둘이 남겨놓은 게 아닌가 싶다. 어쩌면 여기에는 무언가 어른들의 수상쩍은 의도가…….

"얘, 아스나. 내 말 듣고 있어?"

테이블 밑에서 리즈벳이 발끝으로 톡톡 건드리는 바람에, 아스나는 흠칫 회상에서 돌아왔다.

"아, 미, 미안. 잠깐 안 좋은 기억이 떠올라서."

"뭔데, 교토에서 맞선이라도 봤어?"

"……."

"……너 왜 갑자기 굳어버리냐. ……설마……"

"아냐아냐, 아무것도 아냐!"

아스나는 붕붕 고개를 가로젓고는 빈 머그컵 가장자리를 손가락으로 한 번 두드렸다. 수상쩍은 보라색 액체가 솟아났지만 꼴깍꼴깍 들이켰다. 얼굴을 되돌리고 억지로 화제를 바꾸었다.

"그래서……, 그렇게 강하다면, 그 사람은 PKer인 거야?"

"아~니, PvPer야. 제24플로어 주거구역 약간 북쪽의 관광 코스 중에 커다란 나무가 있는 쬐끄만 섬 알지? 거기 나무 밑에 매일 오후 3시만 되면 나타나서, 결투를 원하는 플레이어랑 하나하나 대전한대."

"헤에에——대회 같은 데도 나왔던 사람이야?"

"아니, 완전히 신참인가봐. 하지만 스킬 수치는 꽤 높다니까, 다른 게임에서 컨버트한 거 아닐까? 처음엔 《MMO 투모로우》 게시판에 대전자 모집이라고 써놓았대. ALO 초심자 주제에 건방지다고, 한번 좌절시켜 줄까 생각한 놈들이 서른 명 정도 몰려갔는데……."

"당했어?"

"죄다, 깔끔쌈빡하게. HP를 30퍼센트 이상 깎은 사람이 하나도 없었다니, 대단하지?"

"좀 안 믿겨진다~."

그때 과일 타르트를 우물거리며 시리카가 끼어들었다.

"저는 공중전투를 제대로 할 수 있을 때까지 반년이나 걸렸어요. 그런데 막 컨버트한 사람이 그렇게 슝슝 날아다니다니!"

《컨버트》란, ALO를 포함한 《더 시드》 플랫폼 VRMMO에 공통된 캐릭터 이주 시스템을 말한다. 대부분의 《능력》을 유지한 채 다른 게임으로 옮길 수 있지만 돈이나 아이템은 가져가지 못하며, 당연히 게임 감각 같은 플레이어 스킬도 웬만해서는 리셋된다고 봐야 한다.

"시리카도 대전해봤어?"

아스나가 묻자, 시리카는 눈을 동그랗게 뜨고 도리질을 쳤다.

"설마요! 듀얼만 관전해도 못 이기겠다는 확신이 들던걸요.

하기야 리즈 언니랑 리파는 그래도 붙었지만. 챌린저라니까요."

"시끄러워."

"다 경험인걸."

리즈벳과 리파가 나란히 입술을 비죽거리는 모습을 웃는 얼굴로 보면서도, 아스나는 내심 약간 놀랐다.

원래 종특 때문에라도 전투에는 적합하지 않은 데다 대장장이 스킬을 우선으로 찍은 리즈벳은 그렇다 쳐도, 실프 종족 최고라 해도 좋을 만큼 공중전의 달인인 리파를 물리쳤다면 보통이 아니다. 게다가 갓 컨버트한 캐릭터로 그렇게 활약했다는 이야기는 듣도 보도 못했다.

"그거 진짜가 보네. 으음——어째 두근거리는걸."

"후훗, 아스나는 그럴 줄 알았지. 월례 대회 상위 단골 랭커라면 사쿠야나 유진처럼 영주니 장군이니 하는 높으신 분들뿐이지만, 그런 사람들은 입장 때문에라도 길거리 싸움은 할 수 없겠지."

"하지만 그렇게 일방적으로 강하면, 이젠 대전하겠다는 사람도 없을 것 같은데? 대회 이벤트와는 다르게 길거리 듀얼이라면 사망 페널티가 대등하겠지?"

다시 시리카가 끼어들었다.

"그게 그렇지도 않아요. 보상이 엄청나거든요."

"응? 뭔가 엄청난 레어 아이템이라도 걸었어?"

"아이템이 아니에요. 《오리지널 소드 스킬》을 걸었거든요. 엄청 강한 필살기급 스킬을."

아스나는 자신도 모르게 키리토의 버릇을 흉내 내 어깨를 으쓱이며 휘파람을 휘익 불고 싶은 충동에 사로잡혔지만 간신히 참았다.

"OSS라~. 무슨 계열? 몇 연격이야?"

"어——보기엔 한손검 계열 범용이에요. 게다가 무려무려 11연격이라구요."

"11연격!"

이번에는 정말로 입술을 모으며 높은 소리를 내고 말았다.

이제는 사라진 구 소드 아트 온라인만의 대표적인 게임 시스템, 그것이 《소드 스킬》이다.

각 계통의 무기별로 설정된 《기술》을 말하며, 내용은 일격필살의 단발공격에서 질풍노도의 연속공격까지 다양하다. 무기에 따른 통상공격과 다른 점은, 한번 초동 모션을 개시하면 그 후에는 기술이 끝날 때까지 시스템이 최대 속도로 아바타를 어시스트해 준다는 것이다. 부가 효과로 공격 중에는 화려한 광원 이펙트와 효과음이 덧붙기 때문에, 사용자는 자신이 초전사가 된 듯한 쾌감을 맛볼 수 있다.

아인크라드 업데이트를 주축으로 한 대규모 패치의 일환으로, 새 운영기업은 소드 스킬 시스템도 거의 오리지널 그대로 올려놓는 대담한 결단을 내렸다.

다시 말해, 신생 ALO는 전투 시스템에 근간부터 대변혁을 감행한 셈이다. 여기에는 아무래도 기존 플레이어들 사이에서 큰 논란이 일어났지만, 반대론자들도 한번 소드 스킬을 체험하면 거의 대부분 그 쾌감에 빠져들고 말았다.

그때까지 ALO에서 화려한 이펙트는 마법 스킬의 독무대였으며, 사정거리와 명중도 같은 성능에서도 마법이 우위였으니, 좀처럼 물리공격 전문 빌드는 선택하기가 어려웠다. 그런 만큼 오히려 소드 스킬이 출현하면서 균형이 잡혔다고도 할 수 있다. 업데이트한 지 반년이 넘게 지난 지금도 《공중기동》+《소드 스킬》이라는 새로운 전투체계는 수많은 유저 커뮤니티에서 나날이 활발한 보고와 논의의 대상이 되고 있다.

그런데 모험심 넘치는 운영기업은 선구자의 유산을 그저 그대로 슬쩍해온 데서만 그치지 않았다.

그들이 새 요소로 개발 도입한 것이 바로 《오리지널 소드 스킬》 시스템이다.

이름 그대로 《독자적인 스킬》이다. 움직임 전체가 미리 설정된 기존 소드 스킬 외에도, 플레이어 자신이 직접 창안한 소드 스킬을 등록할 수 있는 것이다.

이것이 도입된 직후, 수많은 플레이어들은 화려하고도 멋진 자신만의 필살기를 손에 넣고자 길거리며 필드에서 앞을 다투어 무기를 들었다. ——그리고 모조리 깊은 좌절을 맛봤다.

오리지널 소드 스킬, 줄여서 OSS의 등록 순서는 매우 단순하다.

우선 메인 윈도우를 열고 OSS 탭으로 이동해, 소드 스킬 등록 모드에 들어가 기록 개시 버튼을 누른다. 그 후 마음 내키는 대로 무기를 휘두르고, 기술이 다 끝난 시점에서 기록 종료 버튼을 누른다. 그것이 전부다.

하지만 《내가 생각한 필살기》가 소드 스킬로서 시스템에 인정을 받기 위해서는 매우 엄격한 조건을 클리어해야만 한다.

베기와 찌르기의 단발기는 거의 모든 형태가 기존 스킬로 등록되어 있다. 따라서 OSS를 창안할 경우, 필연적으로 연속기가 될 수밖에 없다. 하지만 일련의 움직임에서 무게중심 이동이나 공격 궤도 기타 등등에 조금이라도 억지가 있어서는 안 되며, 또한 전체의 스피드는 완성판 소드 스킬에 필적해야만 한다.

다시 말해, 원래 시스템 어시스트 없이는 실현이 불가능한 속도의 연속기술을 어시스트 없이 실행해야만 한다는, 모순이라고 해도 좋을 만큼의 가혹한 조건이 있는 것이다.

그 허들을 클리어할 방법은 단 하나, 정신이 아득해질 만큼 수많은 반복연습이 있을 뿐이다. 일련의 움직임을 뇌의 시냅스가 완전히 기억할 때까지.

대부분의 플레이어는 그 구질구질한 작업을 견디지 못하고 금세 《내 필살기》의 꿈을 포기했다. 그래도 일부 노력가들이 OSS의 개발과 등록에 성공해, 중세의 검술 유파 개조(開祖)와도 같은 영예를 얻었다. 실제로 개중에는 《○○류》라는 이름을 붙인 길드를 세워 시내에 도장을 열기에 이른 자도 있다.

그것을 가능케 해주는 것이, OSS 시스템에 따라오는 《검기 전승》 시스템이다. OSS를 창안하는 데 성공한 사람은, 2차 복제가 불가능한 스킬의 《비전서》를 다른 플레이어에게 전수해 줄 수 있다.

OSS는 PvP는 물론 PvE에서도 절대적인 효과를 발휘한다. 그렇기 때문에 모두가 탐낸다. 자연스레 기술 전승의 대가는 매우 값비싸게 마련이며, 5연격을 넘어서는 《필살기》의 비전서는 ALO 세계에서 가장 비싼 아이템으로 자리를 잡고 있다. 현재 알려진 것 중 가장 강력한 OSS는 살라만더 장군 유진이 창안한 《볼카닉 블레이저(Volcanic Blazer)》 8연격인데, 돈이 궁할 이유가 없는 그는 이것을 누구에게도 전승해주지 않았다. 아스나도 몇 달의 고생 끝에 5연격 기술 등록에 성공했지만, 여기에 모든 기력을 소진해 당분간 새로운 기술에 착수할 마음은 들 것 같지 않았다.

그런 상황 속에서 등장한 것이 파격적인 11연격 기술을 내건 수수께끼의 검호 《절검》인 것이다.

"뭐, 그 정도라면 대전 희망자가 쇄도하는 것도 이해가 되네. 다들 그 스킬을 실제로 본 적 있어?"

아스나의 물음에 세 사람은 동시에 고개를 옆으로 저었다. 대표로 리즈벳이 입을 열었다.

"음~, 듣자하니 길거리 듀얼을 시작한 날 제일 처음 연무로 보여준 적이 있다는데, 그 후로 실전에서는 쓰지 않은 것 같아. ……정확하게는 그 OSS를 써야 할 만큼 절검을 궁지에 몰아넣었던 사람이 아직 아무도 없었다고 해야 할까."

"리파도 무리였니?"

하고 물어보자 리파는 어깨를 추욱 늘어뜨렸다.

"양쪽 다 HP가 60퍼센트 정도 줄어들 때까지는 제법 잘 싸웠는데……. 결국 마지막까지 디폴트 기술만 가지고 밀어붙이던걸요."

"우와……. ——아, 그러고 보니 중요한 걸 하나도 안 물어봤네. 종족이랑 무장은 어때?"

"아, 임프예요. 무기는 한손 직검인데, 아스나 언니의 레이피어에 가까울 정도로 가늘던걸요. ——아무튼 엄청 빨라요. 통상공격도 소드 스킬만큼 빨라서……, 움직임을 눈으로 따라가기도 힘들 정도였어요. 그런 건 처음 봤다구요. 엄청 쇼크 먹었어요."

"스피드 타입이구나. 리파가 공격이 안 보였다면 나도 승산이 없겠네. ……아."

여기까지 말한 후, 아스나는 그제야 중요한 사실을 떠올렸다.

"공격 속도로 따지면 반칙급 캐릭터가 저기서 자고 있잖아. 키리토 군은? 그런 이야기에 관심 많을 것 같은데."

그러자 리즈벳, 시리카, 리파는 서로 얼굴을 마주 보더니, 느닷없이 나란히 웃음을 터뜨렸다.

"——뭐, 뭐야? 왜 그래?"

영문을 모르는 아스나에게, 리파가 킥킥 웃으며 충격적인 사실을 입에 담았다.

"후후후. ——벌써 싸웠어요, 오빠는. 그리고 아주 멋지게 졌답니다."

"져……."

졌다. 다른 사람도 아닌 키리토가.

아스나는 입을 딱 벌린 채 그대로 꼬박 몇 초 동안 굳어버렸다.

검사 키리토는 아스나의 마음속에서 이미 《절대최강자》의 대명사라 해도 과언이 아니었다. SAO, 그리고 ALO 두 세계를 통틀어 일대일 듀얼로 키리토를 깬 것은 아스나가 아는 한 혈맹기사단장 히스클리프가 유일했으며, 그것도 게임 마스터였기 때문에 시스템 오버 어시스트의 도움을 받은 결과였다.

다른 사람들에게는 말한 적이 없지만 사실 아스나 자신도 SAO 시절에 딱 한 번, 키리토와 거의 진심으로 듀얼에서 검을 마주한 적이 있다.

키리토를 알게 되고 얼마 지나지 않은, 아스나가 KoB 부단장으로서 최전선 공략을 지휘하던 시절이었다.

어떤 플로어의 강력한 필드 보스 몬스터 공략방침을 놓고, KoB 이하 공략속도 우선파 길드와 키리토 이하 몇몇 솔로 플레이어가 대립했다. 양측의 주장은 평행선을 그린 채 타협점을 찾지 못하고, 결국 양측의 대표가 듀얼로 결정하기로 했다.

아스나는 그 무렵 이미 내심 키리토라는 사람에게 관심을 가지고 있었지만, 반면 그 마음을 없애버리려는 심정도 컸다. 개인적인 감정이 게임 클리어라는 대의에 우선할 수는 없다고 생각했기 때문이다.

듀얼은 자신의 내면에 자리 잡은 유약한 마음을 없애버릴 좋은 기회라고 생각했다. 키리토를 쓰러뜨리고 보스 몬스터를 확실하게 효율적으로 잡아, 다시 냉철한 자신으로 돌아올 수 있으리라고.

하지만 아스나는 키리토라는 언뜻 못미더워 보이는 검사의 숨겨진 실력을 몰랐다.

그 듀얼은 열전이라는 형용사가 잘 어울리는 것이었다. 검을 나누는 동안 아스나의 뇌리에서는 모든 굴레가 날아가고, 그저 호적수와 싸운다는 기쁨만이 온몸을 채워나갔다. 전에 경험한 적이 없었던 차원의, 뇌신경 펄스가 직접 교감하는 듯한 전투는 거의 10분 동안이나 이어졌지만, 그 시간마저도 의식하지 못했다.

그리고 아스나는 패했다. 《장비하지 않은 두 번째 검을 등에서 뽑아 베려는》 키리토의 너무나도 절박한——그 이유도 나중에 알았지만——페인트 모션에 반사적으로 반격하려다 허점이 생겼고, 여기에 멋지게 클린히트 당했던 것이다.

결국 그 듀얼을 경험하면서 오히려 아스나의 연심은 사라질 수 없는 것이 되고 말았지만, 동시에 키리토의 자유로운 검은 아스나의 내면에 또 하나의 인상을 깊이 새겨놓았다.

——최강의 검사. 그 확신은 SAO 시절의 《검은 검사》가 소멸한 지금도 전혀 사라지지 않았다.

그래서 아스나는 키리토가 《절검》에게 패했다는 말에 전율마저 수반한 거대한 충격을 느꼈다.

아스나는 왼쪽의 리파에게서 맞은편의 리즈벳에게 시선을 돌리고, 갈라진 목소리로 물었다.

"키리토 군은……, 진심으로 싸웠어?"

"으~~~~음……."

리즈벳은 팔짱을 끼고 복잡한 얼굴로 끙끙거렸다.

"이런 말은 뭣하지만, 그런 수준의 전투가 되면 내 실력 가지고는 진심인지 어떤지 알 수가 없다구……. 하기야 키리토는 쌍칼이 아니었고, 그런 의미에선 전력을 다했다고 볼 수 없을지도 모르지만. 게다가 말이지……."

그때 리즈벳은 말을 끊더니, 난로 불꽃에 비춰 반짝이는 홍옥색 눈동자를 잠든 키리토에게 돌렸다. 그녀의 입가에 옅은 미소가 떠올랐다.

"이건 내 생각인데, 아마 이제 평범한 게임에선 키리토가 진짜 진심으로 싸울 일은 없지 않을까 싶어. 반대로 말하자면, 키리토가 진심으로 싸우는 건 게임이 더 이상 게임이 아닐 때, 버추얼 월드가 리얼 월드가 되었을 때뿐……. 그러니까 저 녀석이 진심으로 싸워야만 하는 상황은 이제 안 나오는 게 좋을 거야. 안 그래도 트러블을 끌어들이는 체질이잖아."

"……."

아스나도 흑발의 검사가 자는 모습을 한동안 바라본 후 리즈벳의 말에 고개를 끄덕였다.

"응……, 그렇겠네."

양쪽 옆에서 리파와 시리카도 각각 감회를 표정에 드러내며 살짝 고개를 끄덕였다.

한동안 찾아온 침묵을 깬 것은, 현실세계에서는 키리토의 여동생인 리파였다.

"──하지만 이건 제 느낌인데요……, 오빠는 진지했던 것 같아요. 적어도 봐주면서 싸우는 분위기는 전혀 없었던 것 같아요. 게다가……."

"……뭔데?"

"확실하진 않지만요, 승부가 판가름 나기 직전에 코등이싸움 때문에 밀착해 움직임이 멈췄을 때, 오빠가 절검이랑 무언가 이야기를 나눈 것 같았거든요……. 그 직후에 두 사람이 거리를 두고, 상대의 돌진공격을 오빠가 제대로 회피하지 못해 결판이 났는데……."

"흐음……. 무슨 이야기를 했을까?"

"그게, 물어봐도 가르쳐주질 않아요. 뭔가 있을 법하다는……, 그런 생각은 들지만."

"그렇구나. 그럼 아마 내가 물어봐도 안 가르쳐주겠네."

아스나는 자신의 손을 흘끔 내려다보고 중얼거렸다.

"……이렇게 되면 그 절검이란 사람에게 직접 물어볼 수밖에 없으려나."

그 말을 들은 리즈벳이 눈썹을 추켜세웠다.

"역시 싸우게?"

"이길 수 있을 거란 생각은 안 들지만~. 어쩐지 그 절검이란 사람, 목적이 있어서 ALO에 온 것 같아. 길거리 듀얼 말고도."

"응, 나도 그렇게 느꼈어. 하지만 그걸 알려면 분명 키리토와 비슷할 정도로 멋진 승부를 보여야 할걸? 캐릭터는? 어느 쪽으로 갈 거야?"

리즈벳의 물음에 잠시 생각에 잠겼다. 아스나는 현재 구 SAO 플레이어 데이터를 컨버트한 운디네 세검전사 《아스나》 외에 신규 어카운트로 처음부터 키웠던 실프 종족의 《에리카》라는 캐릭터가 있다. 새 캐릭터를 만든 이유는 지극히 단순했다. 가끔은 다른 얼굴이 되어보고 싶었으니까.

에리카의 빌드는 단검 스킬을 주체로 한 완전 근접전 특화이므로, 일대일 듀얼에는 반쯤 힐러인 아스나보다도 적합하다. 하지만 아스나는 어깨를 으쓱하며 망설임 없이 대답했다.

"더 익숙한 이쪽 아바타로 갈래. 상대가 스피드 타입이라면, 초당공격력(DPS)보다도 아슬아슬한 간파 싸움이 될 것 같으니까. 다들 같이 가줄 거지?"

휙 둘러보자, 세 친구는 동시에 고개를 크게 끄덕였다. 시리카가 의자 등받이 밑으로 삐져나온 꼬리를 파닥파닥 흔들며 말했다.

"물론이죠! 이런 명승부는 절대 놓칠 수 없어요!"

"승부가 될지 어떨지는 모르겠지만……, 그럼 그렇게 정한 거야? 오후 3시에 24플로어 섬에 나타난다고 했지? 그럼 2시 반에 여기서 만나기로 하자."

두 손을 짝 마주친 다음, 아스나는 윈도우를 열어 현실시간 표시에 눈을 돌렸다.

"어머나, 벌써 6시네. 저녁식사에 늦겠다."

"그럼 오늘은 이만 해산하죠."

리파는 자기 앞에 펼쳐진 윈도우를 세이브하고 잽싸게 정리했다. 나머지 셋이 똑같은 작업을 마치는 동안, 실프 검사는 살금살금 흔들의자로 다가가더니, 느닷없이 등받이를 붙잡고 덜컥덜컥 요란하게 흔들어댔다.

"자자, 오빠! 일어나! 그만 가야지~!"

그 모습을 미소와 함께 바라보며, 아스나는 문득 어떤 생각이 떠올라 리즈벳에게 얼굴을 가까이 가져갔다.

"애, 리즈."

"왜?"

"아까 절검은 컨버트 플레이어일 거라고 했는데……. 그만큼 강하다면, 이건 가능성이지만 어쩌면……, SAO 플레이어였을 수도 있지 않을까?"

작은 목소리로 물어보자, 리즈는 진지한 표정을 짓더니 고개를 끄덕였다.

"응, 나도 처음엔 그 생각을 했어. 그래서 키리토가 절검이랑 싸운 후에 어떻게 생각하느냐고 물어봤더니……."

"키리토 군은, 뭐라고 했어……?"

"절검이 SAO 플레이어였을 가능성은 일단 없을 거래. 왜냐하면……."

"……."

"만약 절검이 그 세계에 있었다면, 《이도류》 스킬은 자기가 아니라 그 녀석에게 갔을 거라던데."

2

치칙.

짧은 전자음과 함께 어뮤스피어의 전원이 꺼졌다.

천천히 눈을 떴다. 어스름한 방 천장에 두 눈의 초점이 맞기도 전에, 아스나는 피부에 달라붙은 축축한 냉기를 느꼈다.

에어컨을 약난방 모드로 세팅해 놓았는데, 타이머를 해제하는 것을 깜빡한 탓에 다이브 동안 멈추고 만 모양이다. 조금 지나치게 넓다 싶은 다섯 평짜리 방의 실온은 완전히 바깥 기온과 열평형을 이루었다. 어렴풋한 빗소리가 들려 오른쪽의 커다란 창문으로 눈을 돌리니, 시커먼 유리창 바깥쪽에 달라붙은 무수한 물방울이 보였다.

아스나는 가볍게 몸을 떨며 침대 위에서 몸을 일으켰다. 곁의 사이드체스트에 내장된 통합환경 컨트롤러에 손가락을 뻗어, 터치 패널의 자동 버튼을 한 번 건드렸다. 겨우 그 정도로 가벼운 모터 소리와 함께 두 창문의 커튼이 닫히더니, 에어컨이 다시 숨을 뿜어내고, 천장의 LED 라이트패널은 약간 오렌지색을 띤 빛을 밝혔다.

렉토 가전부문이 개발한 최신 패키징 인테리어 기술이 아스나의 방에도 적용되어 있었다. 입원 중에 어느샌가 자기 방이 리폼된 것이다. 아스나는 이 편리한 시스템이 어쩐지 마음에 들지 않았다. VR 월드에서야 당연히 윈도우 하나로 방안의 모든 것을 조작할 수 있지만, 그것이 현실세계에 나타나니 어딘가 으스스한 기분마저 들었다. 벽이나 바닥 곳곳에 내장된 센서의 무기질적인 시선이 자꾸만 피부에 달라붙는 듯한 착각이 느껴졌다.

그렇게 느낀 것은 어쩌면 몇 번인가 놀러 간 적이 있는 키리토, 즉 키리가야 카즈토의 집이 전통풍 주택이라, 그곳에서 느낀 온기와 자택의 싸늘함을 자꾸만 비교해서 그러는 것일지도 모른다. 외가도 그런 느낌이었다. 여름방학에 놀러가면, 햇빛이 드는 툇마루에 앉아 발을 대롱대롱 흔들며 외할머니가 만들어준 빙수를 먹었다. 외할머니와 외할아버지는 이미 타계했으며, 집도 허문 지 오래됐지만――.

살짝 한숨을 쉰 아스나는 슬리퍼를 신고 일어났다. 그 순간 어렴풋한 기립성 빈혈을 느껴 잠시 고개를 숙였다. 온몸에 무겁게 달라붙는 현실세계의 중력을 강하게 의식했다.

물론 가상세계에서도 똑같은 중력감각이 적용된다. 하지만 그 세계의 아스나는 언제나 가볍게 땅을 박차며 몸과 영혼을 하늘로 날려보낼 수 있다. 현실세계의 중력이란 단순한 물리적인 힘이 아니다. 어떻게 해도 뿌리칠 수 없는 수많은 사상의 무게가 담겨 있다. 다시 침대에 쓰러지고 싶다는 유혹에 사로잡혔지만 이제 곧 저녁 시간이다. 1분이라도 늦으면 어머니의 잔소리가 늘어난다.

무거운 발을 질질 끌 듯이 옷장 앞으로 이동하자, 손을 뻗기도 전에 문이 접히면서 좌우로 미끄러졌다. 품이 넉넉한 플리스 상하의를 벗고, 무언가에 반항하듯이 바닥에 내팽개쳤다. 얼룩 하나 없는 하얀 블라우스와 다크 체리 컬러의 롱스커트로 갈아입고 옆의 드레서 스툴에 앉자, 다시 자동으로 삼면경이 펼쳐지고 위에는 밝은 라이트가 켜졌다.

어머니는 집안이라 해도 아스나가 옷을 아무렇게나 입고 있는 것을 좋아하지 않는다. 브러시를 손에 들고 다이브 동안 흐트러진 머리카락을 재빨리 가다듬는다.

문득 지금쯤 카와고에에 있는 카즈토네 집에서는 어떤 광경이 펼쳐지고 있을까, 아스나는 생각했다.

오늘은 카즈토와 둘이서 식사당번이라고 리파/스구하에게 들었다. 아직 잠이 덜 깬 카즈토를 스구하가 아래층으로 끌고 간다. 둘이 부엌에 나란히 서서, 스구하가 부엌칼을 놀리는 동안 카즈토가 생선을 굽는다. 그러는 동안 어머님도 돌아와서 TV를 보며 맥주를 마시기 시작한다. 시끌벅적한 잡담이 오가는 동안에도 요리가 척척 쌓이고, 김이 나는 접시와 밥그릇이 테이블에 오르면 세 사람이 나란히 '잘 먹겠습니다' 라고 말한다.

떨리는 숨결을 크게 한 번 토해내고, 아스나는 쏟아질 것 같은 눈물을 참았다. 브러시를 놓고 일어났다.

자기 방에서 어스름한 복도로 한 걸음 나오자, 문을 닫기 직전에 등 뒤에서 조명이 저절로 꺼졌다.

반원을 그리는 넓은 계단을 내려와 1층 홀로 나서니, 마침 가정부인 사다 아키요가 현관문을 열려던 참이었다. 저녁 준비를 마치고 귀가하는 모양이다.

40대 초반의 몸집이 작은 여성에게 아스나는 꾸벅 고개를 숙였다.

"고생 많으셨어요, 사다 아주머니. 매일 고맙습니다. 늦게까지 붙들어서 죄송해요."

그러자 아키요는 당치도 않다는 듯이 눈을 크게 뜨며, 고개를 가로젓고 깊이 허리를 숙였다.

"그, 그런 말씀 마세요, 아가씨. 이게 제 일인걸요."

아스나라고 불러달라고 해봤자 소용없다는 것은 지난 1년 동안 뼈저리게 깨달았다. 대신 다가가서 작은 목소리로 물었다.

"어머니와 오빠는 왔나요?"

"코이치로 님은 귀가가 늦으신다고 합니다. 마님은 벌써 식당에 계시고요."

"……그래요, 고마워요. 붙잡아서 미안해요."

아스나가 다시 한 번 인사하자, 아키요는 허리를 깊이 숙이더니 무거운 문을 열고 재빨리 귀가했다.

그녀에게는 중학생과 초등학생 아이가 있다고 들었다. 집은 같은 세타가야지만, 지금부터 장을 보고 귀가하면 7시 반이 넘는다. 한참 식욕이 동할 나이인 아이들에게는 괴로운 시간이다. 저녁식사를 미리 만들어놓고 가도 되지 않겠느냐고 은근슬쩍 말해본 적도 있지만, 어머니는 귓등으로도 듣지 않았다.

세 개의 도어록이 잠기는 금속성을 들으며, 아스나는 발을 돌려 홀을 가로질러 식당으로 향했다.

중후한 티크 목재 문을 열자마자 조용하지만 팽팽한 목소리가 아스나의 귀를 때렸다.

"늦었다."

흘끔 벽시계를 보니 정확히 6시 반이었다. 하지만 그 사실을 입에 담기도 전에 다시 목소리가 날아들었다.

"5분 전까지 식탁에 앉아 있어."

"……미안해."

낮은 목소리로 중얼거린 아스나는 털이 긴 카펫을 슬리퍼로 밟으며 테이블로 다가갔다. 시선을 바닥으로 떨어뜨린 채 등받이가 높은 의자에 앉는다.

열 평은 됨직한 식당 한가운데에 의자 여덟 개가 딸린 긴 테이블이 있다. 북동쪽 모서리에서 두 번째가 아스나의 자리였다. 왼쪽 옆이 오빠 코이치로, 동쪽 끝이 아버지 쇼조의 자리지만 지금은 양쪽 모두 비었다.

그리고 아스나의 왼쪽 맞은편 의자에 어머니 유우키 쿄코가 앉아, 그녀가 좋아하는 셰리 와인이 담긴 글라스를 한 손에 들고 경제학 원서를 보고 있었다.

여성 치고는 매우 키가 크다. 마르긴 했지만, 다부진 골격 때문에 가녀리다는 이미지는 없다. 윤기 있는 암갈색으로 물든 머리카락은 좌우로 균등하게 갈라져 어깨 바로 위에 가지런히 얹혀 있다.

이목구비는 단정하기는 하지만 날카로운 콧날과 턱선, 그리고 입가에 진 짧고도 깊은 주름이 냉엄한 인상을 단단히 새겨주었다. 하기야 그것은 본인이 원해서 만들어낸 이미지일지도 모른다. 날카로운 혀와 냉혹한 정치력으로 학부의 라이벌들을 제치고, 작년에는 마흔아홉 살의 나이로 교수 자리에 오른 인물이다.

아스나가 자리에 앉자, 교코는 고개를 들지 않은 채 하드커버 원서를 덮더니 냅킨을 펼쳐 무릎에 놓았다. 나이프와 포크를 들었을 때야 겨우 아스나의 얼굴을 흘끔 봤다.

이번에는 아스나가 시선을 떨어뜨렸다.

"잘 먹겠습니다."

그렇게 중얼거리고 스푼에 손을 댔다.

한동안 식기 부딪치는 미미한 소리만이 식당에 울렸다.

블루치즈가 들어간 그린 샐러드, 잠두 포타쥬, 허브 소스를 끼얹은 흰살생선 구이, 통밀가루 빵, 기타 등등……. 식사는 언제나 교코가 영양학적으로 계산해 정하지만, 물론 직접 조리하진 않는다.

언제부터 어머니와 단둘이 앉는 식탁이 이렇게나 긴장감 넘치는 것이 되고 말았을까 생각하며 아스나는 손을 움직였다.

아니, 어쩌면 아주 옛날부터 이랬을지도 모른다. 수프를 흘리거나 채소를 남기면 호되게 혼난 기억이 있다. 옛날의 아스나는 떠들썩한 식탁이라는 것을 몰랐을 뿐이다.

기계적으로 식사를 하며 의식이 기억 저 너머 이세계의 집을 향해 방황하려 할 무렵, 교코의 목소리가 아스나를 붙잡았다.

"……또 그 기계를 썼니?"

아스나는 어머니에게 시선을 흘끔 돌리고 살짝 끄덕였다.

"……응. 다 함께 숙제하기로 약속했으니까."

"그런 건 자기 손으로 직접 해야 공부가 되는 거야."

자기 손으로 직접 하는 거나 다를 바가 없다고 해봤자 어머니는 분명 이해하지 못한다. 아스나는 고개를 숙인 채 다른 말을 했다.

"다들 사는 곳이 다르단 말이야. 그쪽에선 금방 만날 수 있는 걸."

"그런 기계까지 써서 만날 필요는 없잖아. 애초에 숙제는 혼자 하는 거지, 친구와 함께 놀기 위한 게 아니야."

셰리 잔을 기울이며 쿄코는 혀의 속도를 더욱 높였다.

"명심해. 네게는 놀 여유가 없어. 다른 아이들보다 2년이나 늦었으니, 그만큼 공부를 더 하는 게 당연하지 않을까?"

"……공부는 언제나 하는걸. 2학기 성적표 프린트해서 책상에 올려놨잖아?"

"그건 봤다만, 그딴 학교의 성적평가를 어디 믿을 수가 있어야지."

"그딴……, 학교?"

"잘 들어, 아스나. 3학기부터는 학교 수업 말고 과외도 받아. 요즘 유행하는 온라인 과외 말고, 제대로 집에 와서 가르쳐주는 걸로."

"자……잠깐만, 그렇게 갑작스럽게……."

"이걸 봐."

쿄코는 가차 없는 어조로 아스나의 항의를 차단하고는 테이블에서 얇은 태블릿 단말기를 들었다. 그녀가 내민 것을 받아 들고, 아스나는 눈살을 찌푸리며 화면을 바라보았다.

"……뭐야, 이게……? 편입 시험……, 개요?"

"엄마의 친구가 이사를 맡고 있는 고등학교에 3학년 편입시험을 볼 수 있도록 억지로 부탁해놨다. 그딴 급조된 학교하곤 달리 제대로 된 곳이야. 거긴 학점제니까, 너라면 전기만 다녀도 졸업조건을 채울 수 있겠지. 그러면 9월부터 대학에 갈 수 있어."

아스나는 아연실색해 어머니의 얼굴을 바라보았다. 단말기를 테이블 위에 내려놓고, 오른손을 살짝 들어 무언가를 계속 말하려는 어머니의 말을 가로막았다.

"자, 잠깐만. 이렇게 갑자기 결정하면 어떡해? 난 지금 다니는 학교가 좋아. 훌륭한 선생님들도 많고, 공부는 거기서도 할 수 있는걸. 전학 갈 필요는 없어."

아스나가 간신히 말을 마치자, 어머니는 여봐란 듯이 한숨을 쉬었다. 눈을 감고 왼손 검지로 살짝 관자놀이를 누르며 의자 등받이에 몸을 기댄다. 이렇게 뜸을 들이는 테크닉도 어머니의 주특기이다. 자신의 우위를 상대에게 인식시키려는 것이다. 교수실 소파에서 이걸 본 남자들은 엄청나게 위축되지 않을까. 아버지조차 집에서는 어머니와 의견이 대립하는 것을 최대한 피하려 애썼다.

"……엄마도 다 알아봤다."

쿄코는 훈계하는 어조로 다시 말을 시작했다.

"네가 지금 다니는 곳은 도저히 학교라 부를 수 없는 곳이야. 대충 짠 강의표에 수준 낮은 수업. 선생들도 오합지졸이고, 제대로 된 경력을 가진 사람은 거의 없잖니. 그건 교육기관이 아니라 교정시설이나 수용시설이라고 불러야 마땅해."

"그……그런 식으로 말할 것까진……."

"사고 때문에 교육이 늦어진 학생들을 받아주는 곳이라고 허울 좋은 소리를 하지만, 그 학교는 사실 장래에 문제를 일으킬 지도 모르는 애들을 한곳에 모아 감시할 뿐이야. 그야 괴상망측한 세계에서 사람을 죽여댄 애들도 있을 테니 그런 시설도 필요는 하겠다만, 그래도 너까지 그런 데 들어갈 이유는 없어."

"……."

너무나도 일방적인 말에 아스나는 이제 입을 열 수도 없었다.

작년 봄부터 다니는 니시도쿄 시에 캠퍼스를 둔 학교는, 분명 계획 발표 후 겨우 두 달 만에 급조된 것이기는 하다. 목적은 《소드 아트 온라인》이라는 이름의 데스 게임에 사로잡혀 교육과정이 2년이나 뒤처진 아이들을 구제하는 것. 열여덟 살 이하의 SAO 플레이어라면 입학시험과 입학금 없이 받아주며, 졸업하면 대학 입시 자격까지 주어진다는 조건에는 지나친 배려라는 비판조차 일어났을 정도였다.

하지만 그 학교가 단순한 안전장치가 아니라는 것은 다니고 있는 아스나 자신도 실감했다. 전교생은 1주일에 한 번씩 개별 카운슬링을 받아야 하며, 그때마다 누가 봐도 반사회적 경향을 캐내려는 듯한 질문만을 받는다. 대답에 따라서는 병원에서 재진단이나 약물 투여 지시까지 받을 수도 있다. 다시 말해, 어머니가 입에 담은 《교정시설》이라는 말을 완전히 근거 없는 소리라고 단언할 수도 없다.

하지만 설령 그렇다 해도 아스나는 그 《학교》를 사랑한다. 정부나 문부과학성의 의도야 어쨌든, 현장 선생님들은 거의 모두 지원해 부임한 만큼 열린 마음으로 학생들과 마주하는 분들이었으며, 학생들끼리도 억지로 과거를 감출 필요가 없고, 무엇보다 마음이 통하는 친구들과 함께 있을 수 있다. 리즈벳, 시리카, 수많은 옛 공략파 동료들, 그리고——키리토와.

아스나는 왼손에 포크를 쥔 채 입술을 꽉 깨물며 어머니에게 가슴속의 모든 것을 토로하고 싶다는 충동과 싸웠다.

나는 엄마가 말하는 《사람을 죽여댄 아이》 그 자체라고. 검으로 목숨을 뺏고 빼앗는 일상 속에서 나는 계속 살아왔다고. 그리고 그 나날을 조금도 후회하지 않는다고…….

아스나의 그런 갈등을 눈치챈 기색도 없이, 어머니는 재빠르게 말을 이었다.

"그딴 곳에 다녀봤자 어떻게 제대로 진학을 하겠니. 명심해. 넌 이미 열여덟 살이야. 하지만 그딴 학교에 다니면 언제 대학에 들어갈 수 있을지 알 수 없어. 중학교 때 친구들은 다들 다음 주면 수능 시험을 치르는데 조바심도 안 들어?"

"진학은……, 1, 2년 늦는다고 해서 별로 문제가 되진 않는걸. 게다가 대학에 가는 것만 진로가……."

"안 돼."

어머니는 아스나의 말을 쌀쌀맞게 부정했다.

"네게는 능력이 있어. 그걸 끌어내기 위해 엄마와 아빠가 부단히 노력한 걸 너도 알 텐데. 그런데도 그런 괴상망측한 게임에 2년이나 빼앗기다니……. 평범한 아이들 같았으면 엄마도 이런 말은 안 해. 하지만 넌 그렇지 않잖니? 주어진 재능을 충분히 살리지 못하고 썩혀버리는 건 죄야. 넌 훌륭한 대학에 들어가 일류 교육을 받을 자격과 능력이 있어. 그럼 그렇게 해야지. 정부 부처나 기업에 들어가 능력을 살리는 것도 좋고, 대학에 남아 학문의 길을 가는 것도 좋지. 엄마도 거기까진 간섭하지 않겠어. 하지만 고등교육을 받을 기회마저 포기하는 건 용납 못해."

"타고난 재능 같은 건 없어."

아스나는 어머니의 긴 말 속에서 간신히 틈을 찾아 끼어들었다.

"인생은 스스로 정해나가는 거잖아? 나도 옛날에는 좋은 대학에 들어가 좋은 곳에 취직하는 게 인생의 전부라고 생각했어. 하지만 난 변했는걸. 지금은 아직 해답을 낼 수 없지만, 정말 하고 싶은 걸 발견할 것 같아. 지금 학교에 앞으로 1년 만 더 다니면서 그걸 찾고 싶어."

"스스로 선택의 여지를 좁히면 어떡하니. 그딴 곳에 몇 년을 다녀봤자 아무런 길도 열리지 않아. 하지만 이번에 편입할 학교는 달라. 대학은 일류 학교이고, 그곳에서 좋은 성적을 받으면 엄마가 다니는 대학원에도 들어올 수 있어. 잘 들으렴, 아스나. 엄마는 네가 비참한 인생을 보내길 바라지 않아. 누구에게나 가슴을 펴고 자랑할 수 있는 커리어를 쌓기를 원해."

"내 커리어라니……, 그렇게 따지면 설에 본가에서 나랑 독대시켰던 그 사람은 뭐야? ……무슨 소리를 했는지는 모르겠지만, 그 사람은 이미 내 약혼자라도 된 것처럼 굴던걸. 내 선택의 여지를 좁힌 건 엄마잖아."

아스나는 자신의 목소리가 살짝 떨리는 것을 억누르지 못했다. 시선에 한껏 힘을 담았지만, 쿄코는 꿈쩍도 하지 않고 셰리 잔을 입술에 가져갔다.

"결혼도 커리어의 일부야. 물질적으로 부자유로운 결혼을 하면 5년, 10년 후에 후회해. 네가 말한 하고 싶은 일이란 것도 못하지. 그 점에서 유우야는 문제가 없어. 파벌 다툼이 끊이지 않는 초대형 은행보다도 일족 경영 체제인 지방 은행이 훨씬 안정적이니까. 엄마는 유우야가 마음에 들었다. 착하고 좋은 애 아니니?"

"……하나도 반성하지 않았구나. 그런 사건을 일으키고, 나랑 수많은 사람을 괴로움에 몰아넣고, 렉토의 경영까지 위기에 빠뜨린 건 엄마가 선택한 스고우 노부유키였어."

"입 다물어."

쿄코는 얼굴을 잔뜩 찡그리고 귀찮은 날파리를 내쫓듯이 왼손을 휙휙 휘둘렀다.

"그 인간 이야기는 듣고 싶지 않다. ……애초에 그 인간이 마음에 드니 양자로 받아들이자고 했던 건 너희 아빠였어. 사람 보는 눈이 없다니까, 옛날부터. 괜찮아, 유우야는 좀 패기가 없기는 하지만 그만큼 안정적이잖니."

실제로 아스나의 아버지인 쇼조는 옛날부터 가까운 사람을 그다지 돌아보지 않는 면이 있었다. 회사의 경영에만 매진해, CEO 자리에서 물러난 지금도 해외자본과의 제휴를 조정하기 위해 집에 돌아오지 않는 나날이 이어진다. 스고우의 개발능력, 경영능력과 상승지향만을 평가해 내면의 인간성을 돌아보지 않았던 것은 자신의 부덕함이었다고, 쇼조 본인도 술회한

적이 있다.

하지만 스고우 노부유키가 중학생 때부터 서서히 공격적인 성격을 다져나갔던 것은 주위에서 보여준 가혹한 압박감에도 원인이 있지 않았을까, 하고 아스나는 생각했다. 그리고 그 압박감 중에는 틀림없이 쿄코의 말도 있다.

아스나는 씁쓸한 것을 삼키며 딱딱해진 목소리로 말했다.

"——아무튼 그 사람과 사귈 마음은 조금도 없어. 내 상대는 내가 고를 거야."

"좋아. 네게 어울리는 훌륭한 사람이라면 누구든. 미리 말해두지만, 그딴 애는——그딴 시설의 학생은 포함되지 않아."

"…………."

쿄코의 말에서 특정한 인물을 가리키는 듯한 분위기를 느끼고 아스나는 다시 전율했다.

"……설마……, 알아본 거야? 키리토에 대해서도……."

갈라진 목소리로 중얼거렸지만, 어머니는 부정도 긍정도 하지 않은 채 은근슬쩍 대화의 방향을 바꾸었다.

"너도 이해하렴. 엄마도 아빠도 네가 행복했으면 하는 거야. 시험을 봐서 들어가는 유치원을 선택했을 때부터 계속 그것만 바랐다. 너도 사실은 코이치로가 사온 게임을 우연히 건드렸다고 후회할 거야. 아주 조금 길을 잘못 들었을 뿐, 아직 얼마든지 만회할 수 있어. 지금부터 진지하게 노력하면 말이다. 너라면 앞으로 얼마든지 빛나는 커리어를 쌓을 수 있어."

내가 아니고 엄마의 커리어겠지.

아스나는 마음속으로 중얼거렸다. 아스나나 오빠 코이치로는 어머니 자신의 《빛나는 커리어》 중 하나인 것이다. 코이치로는 일류 대학에 진학해, 렉토에 취직한 후에도 착실하게 실적을 남겨 어머니를 만족시켰다. 아스나도 그 뒤를 이었어야 했지만, SAO 사건이라는 영문 모를 사건에 휘말리는 바람에, 또한 그 직후에는 스고우가 일으킨 사건에 렉토의 기업 이미지도 저하되어, 어머니는 자신의 커리어에 상처를 입었다고 느꼈을 것이다.

아스나는 더 이상 말다툼을 벌일 기력을 잃고, 아직 절반쯤 남은 접시 옆에 포크와 나이프를 내려놓으며 일어났다.

"……편입에 대해선 더 생각해 볼래."

간신히 그 말만을 남겼지만, 쿄코의 대답은 무미건조했다.

"기한은 다음 주 중순까지야. 그때까지 필요사항을 기입해서 세 부 프린트한 다음, 서재 책상 위에 올려놔."

아스나도 고개를 숙인 채 돌아서서 문으로 향했다. 그대로 방에 돌아갈까 했지만 가슴속에 응어리진 것을 참을 수가 없었다. 복도로 한 걸음 나서서, 테이블에 앉은 쿄코를 돌아보며 싸늘한 목소리를 던졌다.

"엄마."

"……왜?"

"엄마는 돌아가신 외할아버지랑 외할머니가 부끄럽지? 유서 깊은 명문 집안이 아니라 그냥 농가에서 태어난 게 불만스럽지?"

어머니는 한순간 멍한 표정으로 눈을 동그랗게 떴지만, 즉시 미간과 입가에 깊고 험악한 계곡을 만들었다.

"……아스나! 너 이리 좀 와!"

날카로운 말이 날아들었지만, 아스나는 무거운 티크 문을 닫고 말을 차단했다. 도망치듯이 빠른 걸음으로 홀을 가로지르고, 계단을 뛰어올라 자기 방의 문을 열었다.

그 순간 센서의 눈이 아스나를 포착하고 조명과 에어컨을 자동으로 켰다.

아스나는 견딜 수 없이 신경이 곤두서는 것을 느끼고, 벽의 조작 패널에 다가가 방의 통합 제어 시스템을 완전히 꺼버렸다. 그대로 몸을 침대에 휙 던지고, 값비싼 블라우스가 구겨지든 말든 커다란 쿠션에 얼굴을 묻었다.

울 생각은 없었다. 검사로서 슬픔의 눈물, 회한의 눈물은 이제 흘리지 않기로 결심했다. 하지만 그 결의마저도 가슴을 먹먹하게 메운 답답함을 한없이 증폭시키는 것 같았다.

검사는 무슨 검사야.

마음속 어디선가 비웃는 목소리가 들렸다. 고작해야 게임 속에서 폴리곤으로 만든 검을 조금 잘 휘두른다고 해서, 그게 현실세계에 얼마나 큰 힘을 준단 거야? 아스나는 이를 악물며 자문했다.

자신은 그 세계에서 한 소년과 만나 분명히 바뀌었다. 누군가가 내려준 가치관을 맹종하지 않고, 진정으로 해야 할 일을 위해 싸울 수 있는 사람이 되었다.

하지만 다른 사람이 보기에 지금의 자신은 그 세계에 사로잡히기 이전과 무엇이 다를까. 친척들 앞에서는 장식 인형처럼 공허한 웃음을 짓고, 부모가 강요한 장래를 딱 잘라 거절하지도 못한다. 진정한 자신이라 믿는 모습으로 돌아갈 수 있는 곳이 가상세계뿐이라면, 무엇을 위해 현실로 돌아왔는지조차 알 수가 없다.

"키리토……, 키리토……."

어느샌가 떨리는 입술 틈새로 그 이름을 몇 번이나 부르고 있었다.

키리토――키리가야 카즈토는 현실세계에 돌아오고 1년 이상이 지난 지금도 SAO 세계에서 얻은 강인한 정신을 어려움 없이 유지하는 것 같았다. 그에게도 나름의 압박감은 있겠지만 표정으로 드러낸 적이 전혀 없다.

언젠가 은근슬쩍 장래의 목표를 물어본 적이 있다. 그는 멋쩍게 웃으며, 플레이하는 쪽이 아니라 만드는 쪽이 되고 싶다고 말했다. 그것도 VRMMO 같은 소프트웨어가 아니라, 제약이 많은 현행 풀 다이브 기술을 대신할, 보다 친밀한 형태의 맨 머신 인터페이스 자체를. 그러기 위해 이미 국내외의 기술계 포럼에도 참석해 공부하는 한편 활발하게 의견을 나눈다고 들었다.

그라면 아무런 망설임도 없이 일직선으로 그 목표를 향해 돌진하리라, 아스나는 생각했다. 가능하다면 언제까지고 그의 곁에서 같은 꿈을 따라가고 싶다. 그러기 위해 무엇을 공부하면 좋을지, 앞으로 1년 동안 함께 학교를 다니며 천천히 확인하고 싶었다.

하지만 그 길도 지금 끊어지려 한다. 그리고 아스나는 결국 이대로 저항할 수 없을지도 모른다는 무력감에 사로잡혔다.

"키리토……."

당장 만나고 싶다. 현실세계가 아니어도 좋으니, 그 집에서 단둘이 앉아 그의 가슴에 안겨 마음껏 울며 모든 것을 털어놓고 싶다.

하지만 그럴 수 없다. 키리토가 사랑한 자신은 이 무력한 유우키 아스나가 아니라, 최강 검사로 이름을 떨쳤던 《섬광》 아스나라는 인식이 무거운 사슬이 되어 아스나를 옭아매었다.

『아스나는……, 강하구나. 나보다도 훨씬 강해…….』

과거 그 세계에서 키리토가 중얼거렸던 말이 귓가에 되살아났다. 아스나가 약한 모습을 드러내면 그 순간 그의 마음이 떠날지도 모른다.

그것이 너무나도 무서웠다.

아스나는 고개를 숙인 채 어느샌가 얕은 잠에 빠졌다.

은색 거울처럼 반들반들하게 닦은 칼집을 허리에 매달고, 키리토와 팔짱을 낀 채 나뭇가지 사이로 햇살이 비쳐드는 숲속을 한없이 걸어가는 자신이 보였다. 하지만 또 다른 자신은 어딘가 어두운 곳에 갇힌 채, 웃고 떠드는 두 사람을 소리도 내지 못하고 엿볼 수밖에 없었다.

달콤하고도 씁쓸한 꿈속에서, 그 세계로 돌아가고 싶다고 아스나는 강하게 생각했다.

3

아인크라드 제24플로어는 대부분이 수면으로 뒤덮인 호수와 늪의 플로어였다. 전체의 풍경은 아직 당분간 개방될 예정이 없겠지만, 옛날에 아스나가 살았던 호반도시 《셀름부르그》가 있던 제61플로어와 비슷하다.

주거구역의 이름은 《파나레제》. 거대한 호수 한복판의 인공섬에서 사방팔방으로 뻗어나간 가느다란 다리가, 무수한 작은 섬들을 이어주는 디자인이다.

아스나는 마치 축제날처럼 시끌벅적한 파나레제 시가를 수면 저 너머로 바라보며, 곁에 앉은 키리토의 어깨에 살짝 머리를 기댔다.

두 사람은 지금 거주구역 조금 북쪽에 위치한 작은 섬의 남쪽 기슭에 나란히 앉아 있다. 등 뒤로는 녹색 나무들이 가지를 펼쳤으며, 발밑에는 작은 여울이 발을 찰랑찰랑 간질인다. 겨울치고는 따뜻한 바람이 호수의 수면을 따라 불며 주위의 가냘픈 잔디를 어루만졌다.

"그거 기억해? 키리토가 처음 셀름부르그의 우리 집에 왔던 날."

얼굴을 올려다보며 아스나가 묻자 키리토는 슬쩍 미소를 지으며 대답했다.

"자랑은 아니지만 기억력 약한 데는 자신이 있지——."

"뭐어~?"

"――하지만 그날은 똑똑히 기억해."

"……정말?"

"물론. 그때는 왜, 내가 슈퍼 레어 식재료 아이템을 얻어서 아스나가 스튜를 만들어줬잖아. 아아……, 그 고기 정말 맛있었는데……. 지금도 가끔 떠올라."

"아이 참! 먹을 거밖에 기억이 안 나?"

아스나는 입술을 비죽거렸지만, 그래도 웃음이 배어나는 목소리로 키리토의 가슴을 쥐어박았다.

"……하긴, 나도 생각날 때가 있지만."

"뭐야, 남 말 할 때가 아니잖아. ……저기, 그 스튜는 현실세계에서 재현할 수 없을까?"

"으~음……. 사실 닭고기하고 비슷하니까 소스만 어떻게 해 보면 될지도 모르겠는데……. 그래도 말이지, 추억으로만 남겨두는 게 나을 거야. 이제 두 번 다시 맛볼 수 없는 요리라니, 어쩐지 근사하잖아."

"으으, 응, 뭐, 그러네."

고개를 끄덕이면서도 어딘가 아직 미련이 남은 듯한 키리토를 보며 아스나는 다시 한 번 웃고 말았다. 키리토도 금세 웃음을 짓더니 무언가 깨달은 것처럼 말했다.

"아, 맞아. ……저기."

"왜에?"

"이러저러하는 사이에 그럭저럭 유르드가 모였는데, 60플로어가 업데이트되면 다시 한 번 셀름부르그에 집을 살까? 전에 아스나가 쓰던 거기."

"음~."

키리토의 제안에 아스나는 한동안 생각하다가 고개를 가로 저었다.

"아니, 괜찮아. 그 집에서 살 때는 좋은 추억만 있었던 것도 아니니까. 돈은 에길이 알게이드에 가게를 낼 때 도와주자."

"그 바가지 상점이 부활하겠구나……. 대출 이자는 열흘에 10퍼센트로 할까?"

"우와, 못됐다."

키리토와 구 아인크라드의 추억담을 나누다 보면 정말 끝이 나질 않는다. 웃으면서 이것저것 이야기하는 사이, 문득 아스나는 파나레제에서 이 섬으로 날아오는 플레이어의 수가 상당히 늘어났다는 것을 깨달았다. 모두 두 사람의 머리 위를 지나서 섬 중앙에 솟은 거목으로 향했다.

"아, 슬슬 시간 됐네. 가야겠다."

그렇게 말하면서도 아스나가 맞닿은 몸의 온기를 아쉬워하고 있으려니, 키리토는 어딘가 진지한 표정으로 말했다.

"아스나. 《절검》 하고 싸울 거면……."

"……응?"

"어……, 으~음, 아니, 뭐냐……, 강하다고. 정말로."

키리토의 어조에 어딘가 석연찮은 느낌을 받고 아스나는 고개를 갸웃했다.

"강하다는 얘기는 리즈랑 애들에게 많이 들었는걸~. 하기야 애초에 키리토 군도 못 이겼으니 내가 어떻게 할 수 있을 것 같다는 생각은 처음부터 안 했지만. 그냥 검기를 한번 보고 싶은 거야……. 하지만 믿을 수가 없어. 키리토 군이 지다니."

"이제 나보다 강한 사람은 얼마든지 있다니까. 하기야 그중에서도 절검은 격이 달랐지만."

"그러고 보니 듀얼 도중에 무언가 이야기를 나눈 것 같다고 리파가 그러던데. 무슨 말을 했어?"

"아~, 으음, 좀 마음에 걸리는 게 있어서……."

"어떤 게?"

"어, 그 뭐냐……."

키리토의 시선에 모종의 우려가 섞인 것을 아스나는 민감하게 느꼈다. 점점 더 영문을 알 수가 없어 몇 번 눈을 깜빡였다.

아무리 절검이라는 플레이어가 강하다 해도, 이곳은 이미 SAO 세계가 아니다. 설령 듀얼에서 항복 선언이 늦어 HP가 사라진다 해도, 누가 소생마법을 걸어주면 그 자리에서 금방 되살아날 수 있다. 데스 페널티로 경험치는 줄겠지만, 몇 시간쯤 몬스터를 사냥하면 회복할 수 있는 수준이다.

하지만 키리토는 아스나가 생각도 못한 말을 중얼거렸다.

"그 녀석에게 물어봤어. ──넌 완전히 이 세계 사람이구나, 하고. 대답은 말없는 미소와 맹렬한 속도의 돌진기였지. 그 속도는……, 한계를 넘어선 거였어……."

"완전히 이 세계 사람……? 그거 엄청난 폐인 플레이어란 소리야?"

아스나가 소박한 질문을 입에 담자, 키리토는 바로 고개를 크게 가로저었다.

"아니야. 하나의 VRMMO 세계만을 지칭한 게 아니라 《더 시드 넥서스》 전체……, 아니, 그것도 아니겠다. 말하자면 풀 다이브 환경 그 자체의 총아……라는 기분이 들었어."

"그게……, 무슨 소리야……?"

"——너무 선입견을 가지게 하고 싶진 않은걸. 이 이상은 아스나가 직접 느꼈으면 해."

키리토가 머리를 살짝 쓰다듬자, 아스나는 두 눈을 깜빡거렸다. 그때 등 뒤의 나무 너머에서 몇몇 강하 효과음과 함께 귀에 익은 고함이 들렸다.

"잠깐만 눈 돌리면 금방 이런다니까!"

서벅서벅 풀을 밟으며 다가오는 발소리에 아스나는 황급히 몸을 일으켰다.

나무줄기를 돌아 모습을 나타낸 리즈벳은 두 손을 에이프런 드레스 허리에 대고 멈춰 서더니, 눈에 한껏 힘을 주고 아스나를 내려다보며 말했다.

"재미 보시는 와중에 죄송하지만, 슬슬 시간 됐거든요."

"나, 나도 알아."

등의 날개를 이용해 몸을 일으키고 사뿐 일어나서 아스나는 전신의 장비를 재확인했다. 미스릴 실을 짜서 만든 튜닉과 같은 재료로 만든 세트 스커트. 수룡 가죽으로 만든 부츠와 글러브. 허리의 칼집에는 수정 칼집을 가진 레이피어. 모두 지금 단계에서 입수할 수 있는 아이템 중에서는 최고급 스펙이다. 이제는 져도 무장 탓을 할 수 없다.

매직 액세서리도 모두 체크를 마치고, 마지막으로 시야 오른쪽 아래의 시계를 흘끔 보았다. 현실시간으로 오후 2시 50분을 조금 지났다.

곁에서 일어난 키리토의 얼굴에 흘끔 시선을 보낸 후, 돌아선 리즈벳과 그 뒤의 시리카, 리파, 그 위에 날아다니는 유이를 둘러보며 아스나는 말했다.

"——그럼 가자!"

횡렬을 짜서 저공비행을 하며 이름도 없는 작은 섬 한복판으로 날아간다. 숲이 끝나자 금세 커다란 언덕이 시야에 나타났다. 머리 위에는 마치 위그드라실의 소형판인 듯한 멋들어진 나무가 사방으로 가지를 펼쳤으며, 그 한 모퉁이에 수많은 플레이어가 모여 커다란 원을 이루었다. 이미 듀얼이 시작됐는지, 요란한 환호성이 해일처럼 출렁이며 귀에 닿았다.

갤러리의 원 안쪽 빈 공간을 쳐다보며 아스나 일행이 착륙한 바로 그 순간. 아득한 상공에서 비명과 함께 플레이어 하나가 떨어졌다. 거목 뿌리께에 맹렬한 기세로 머리부터 꽂히며 요란한 흙먼지를 피운다.

보아하니 살라만더인 듯한 그 검사는 한동안 큰 대(大) 자로 뻗어 있었지만, 이윽고 부스스 몸을 일으켰다. 아직 추락의 충격이 가시지 않았는지 머리를 흔들면서도 두 손을 들고 큰 소리로 외쳤다.

"졌다! 항복! 리자인!"

그 순간 듀얼 종료 팡파르가 허공에 울려 퍼지고, 한층 커다란 박수와 환호성이 그 뒤를 이었다.

"대단해. 벌써 67연승이잖아."

"누구 막아볼 사람 없어?"

칭송과 탄식이 섞인 목소리가 무수히 교차한다. 그 말을 들으며, 아스나는 승자의 모습을 확인하고자 상공을 우러러 눈을 가늘게 떴다.

거목 가지가 자아내는 빛살 속에서 빙글빙글 나선궤도를 그리며 강하하는 한 실루엣이 있었다.

생각보다 작다. 이름의 이미지 때문에 근육이 우락부락한 거한의 모습을 상상했는데 생각보다 가녀린 체형이었다. 역광 속에서 천천히 다가옴에 따라 세부가 서서히 눈에 들어왔다.

임프의 특징인 그림자 부분이 보라색을 띤 유백색 피부. 길게 뻗은 생머리는 물에 젖은 까마귀 깃털처럼 윤기 나는 검보라색이다. 가슴 부분을 뒤덮은 흑요석 갑옷은 부드러운 곡선을 지녔으며, 그 아래의 튜닉과 바람을 머금고 펄럭이는 롱스커트는 수레국화 같은 자청색이었다. 허리에는 검고 가느다란 칼집이 보였다.

아연실색해 바라보는 아스나의 시선 끝에서, 불패의 검호 《절검》은 지면 바로 앞에서 휘릭 한 바퀴 돌더니 발끝부터 가볍게 착륙했다. 그대로 왼손 손끝으로 스커트를 잡더니 가볍게 들어올리고, 오른손은 가슴 한복판에 대며 연극적인 몸짓으로 인사를 한다. 그 순간 사방의 남자들에게서 한층 더 요란한 환호성과 휘파람소리가 들렸다.

절검은 폴짝 몸을 일으키더니 만면에 눈부신 미소를 지으며, 조금 전의 얌전한 분위기와는 완전히 다른 천진난만한 동작으로 V사인을 지었다. 키는 분명 아스나보다 작다. 얼굴은 조그마하고 보조개가 있는 뺨, 위를 향해 뾰족하게 솟은 콧날에 동글동글 커다란 눈동자가 자수정을 연상케 하는 광채를 뿜어낸다.

아스나는 아직까지 놀라움을 떨치지 못한 채, 곁에 있던 리즈벳의 옆구리를 팔꿈치로 찔렀다.

"……얘, 리즈."

"왜?"

"절검이란 사람——여자잖아!"

"어? 내가 말 안 했나?"

"안 했어! ……아, 혹시……"

이번엔 반대쪽에 선 키리토의 얼굴을 슬쩍 흘겨보았다.

"키리토 군이 진 이유가……."

"아, 아니야."

진지한 표정으로 도리도리 고개를 젓는 키리토.

"여자라고 봐주지 않았어. 진짜, 완전 진지하게 싸웠다니깐. 정말로. ……적어도 중간부터는."

"글쎄, 과연."

홱 고개를 돌렸다.

그러는 동안에 간신히 일어난 살라만더는, 패했음에도 웃음을 띠며 절검과 악수를 나누고는 머리를 긁으며 갤러리들 틈으로 돌아갔다. 어둠색 머리카락에 새빨간 헤어밴드 장식을 쓴 소녀는 극히 초급의 힐 마법을 자신에게 걸며 휙 주위를 둘러보았다.

"어, 다음으로 대전할 사람 없나요~?"

그 목소리는 아바타에 어울리는 높고도 귀여운 울림을 가졌다. 어조도 역전의 용사라고는 생각할 수 없는 밝고 천진난만한 것이었다.

ALO는 성별 전환이 불가능한 타이틀이므로 진짜 플레이어도 분명 여성이겠지만, 랜덤 생성되는 아바타에 연령과 체격까지는 반영되지 않는다. 그래도 《절검》의 몸짓이나 목소리는 실제 연령에 맞는 모습이라 믿고 싶어질 정도로 자연스러웠다.

주위에서는 네가 가라, 싫다 즉사할 거다 하는 목소리가 들릴 뿐, 좀처럼 이름을 대고 나서는 사람은 없었다. 그러자 이번엔 리즈벳이 아스나의 옆구리를 팔꿈치로 찔렀다.

“자, 얼른 가.”

“아니……, 잠깐, 기합 좀 넣고…….”

“그딴 건 재랑 한 번만 붙어보면 팍팍 들어갈걸. 자, 얼른 가!”

“으악!”

등을 콱 떠밀려 아스나는 몇 걸음 비틀거리면서 앞으로 나섰다. 넘어질 뻔했지만 날개를 펼쳐 간신히 자세를 가다듬고 고개를 들었을 때, 절검이라는 별명을 가진 소녀와 정면으로 눈이 마주쳤다.

“아, 혹시 대전할 거예요?”

생긋 웃음을 짓는다. 아스나는 어쩔 수 없이 작은 목소리로 대답했다.

“어, 으음……, 그럼, 해볼까…….”

우락부락한 거한이라 예상했던 절검과 시합 전에 한바탕 설전을 벌이지 않을까 생각했던 만큼 적잖이 당황스러웠다.
하지만 주위에서는 금세 환호성이 들끓었다. 월례 대회의 시상대 단골 검사인 아스나의 얼굴을 아는 사람도 많은지, 이름을 부르는 목소리도 여기저기서 들려왔다.
"오케이!"
소녀는 손가락을 딱 울리더니 아스나에게 손짓을 했다.
크게 숨을 들이 마시고 각오를 다지며 인파 한복판으로 나아갔다. 주위의 목소리가 가라앉은 후, 아스나는 우선 듀얼 조건을 물었다.
"어, 룰은 '가능 가능' 이죠?"
"물론이죠. 마법도 아이템도 다 써도 돼요. 난 이게 다지만."
개구쟁이 소년 같은 말투가 잘 어울리는 소녀는, 즉시 대답하며 왼손으로 칼의 손잡이를 가볍게 두드렸다. 천진난만할 정도로 자신감을 보여주니, 아스나의 전의도 드디어 찌릿찌릿 자극되기 시작했다.
……그렇게까지 나온다면야 원거리에서 디버프 마법으로 공격하는 꼼수는 부릴 수 없지. 검사간의 정면승부라면 나도 바라던 바야. 아스나가 내심 중얼거리며 레이피어의 칼자루에 오른손을 댄 그 순간.
절검이 다시 여유가 엿보이는 큰 목소리로 말했다.
"아, 맞다. 언니는 지상전이랑 공중전 중에서 어느 쪽이 좋아요?"
당연히 공중전으로 싸울 거라 생각했던 아스나는 허를 찔려

검을 뽑으려던 오른손을 우뚝 멈추었다.

"……어느 쪽이든 괜찮나요?"

그러자 절검은 방긋 웃으며 고개를 끄덕였다. 이것도 일종의 '밀당'이 아닐까 자기도 모르게 의중을 헤아려보려 했지만, 임프 소녀의 미소에선 한 점의 사심도 느껴지지 않았다. 다시 말해, 그저 어느 쪽으로 싸우든 이길 수 있으리라 생각하는 것이리라.

그렇다면 이쪽도 사양하지 않겠다는 생각에 아스나는 대답했다.

"그럼 지상전으로."

"오케이. 점프는 되지만 날개는 안 쓰기예요!"

절검은 즉시 대답하더니 등에 펼친 특징적인 실루엣의 날개를 접었다. 박쥐와 비슷한 형상의 날개는 금세 색이 엷어지더니 거의 보이지 않게 되었다. 동시에 아스나도 두 견갑골을 한껏 좁히고, 2초간 고정하는 날개 소거 액션 커맨드를 입력했다. 등에서 지르릉 하는 가벼운 소리가 들리며 자신의 날개도 사라진 것을 알려주었다.

아스나는 ALO에 정규 플레이어로 다이브한 첫날부터 보조 스틱을 쓰지 않는 《자유비행》을 거의 마스터해, 지금은 아인크라드 업데이트 전부터 있었던 고참 플레이어들과도 공중전에서 맞붙을 수 있을 정도의 고수가 되었다.

게다가 역시 2년에 이르는 SAO의 전투로 몸에 밴 움직임은 그리 쉽게 사라지지 않았다. 지상전으로 싸울 수 있다면 솔직히 고맙다. 발끝을 움직여 부츠 바닥을 통해 전해지는 지면의 단단함을 확실히 느껴보았다.

아스나는 이어서 절검이라는 별명을 가진 소녀의《컬러 커서》를 확인했다.

이것은 시선을 포커스한 상대의 부근에 자동으로 떠오르는 가로로 긴 조그만 윈도우를 말한다. 이름, HP와 MP의 게이지, 그리고 어떤 버프와 디버프가 걸려 있는지를 조그만 아이콘으로 표시하며, 그 외에도 윈도우의 바탕색으로 상대와의 관계를 알려준다. 같은 종족인지 중립 종족인지 적대 종족인지 외에도, 프렌드, 길드, 파티의 상태에 따라서 컬러풀하게 색이 바뀌는 것이 컬러 커서라는 이름의 유래다.

물론 아스나와 소녀는 초면이기 때문에 아직 이름이 표시되지 않아, HP 게이지 위쪽은 공백상태였다. 대신 왼쪽 옆에는 조그만 아이콘이 하나 존재했다.《길드 태그》라 불리는 것인데, 이름 그대로 길드에 소속되었음을 나타내며 자유로이 디자인할 수 있다. 소녀의 길드 태그는 핑크색 하트 좌우에 하얀 날개가 달린 귀여운 도안이었다. 아스나 자신은 아직 소속 길드가 없으므로 커서에 태그는 없다. 몇 번인가 동료들과 길드를 만들까 하는 이야기가 나오기는 했지만 어쩐지 그냥 두고 말았다.

마찬가지로 아스나의 커서를 보고 있었는지, 약간 시선의 초점을 돌리던 소녀가 다시 깨끗한 적자색 눈동자를 똑바로 아스나에게 향했다. 생긋 웃고는 오른손을 휘젓는다. 눈앞에 나타난 시스템 윈도우를 익숙한 동작으로 조작한다. 그 직후 아스나의 시야에 웅장한 효과음과 함께 듀얼 신청창이 나타났다. 최상단의 문자열은――.

【Yuuki is challenging you】.

소녀의 아바타네임은 유우키라고 읽는 모양이다. 귀엽고도 당찬 그녀에게 잘 어울리는 이름이다.

창 아래쪽에는 SAO와 공통된 세 개의 모드 옵션이 있다. 위쪽부터 《초격 종료 모드》, 《HP 반감 종료 모드》, 그리고 《HP 소진 종료 모드》. 과거 아인크라드에서는 듀얼이 거의 초격 결판으로만 이루어졌다. 소진은 당연히 있을 수 없었고, 반감 모드에서도 결정타가 크리티컬 히트일 경우, HP가 위험영역까지 떨어질 수 있기 때문이다.

하지만 지금 옵션은 당연히 소진 결판 모드로 선택된 상태였다.

시대가 바뀌었다는 것을 머리 한구석으로 느끼면서, 아스나는 OK 버튼을 터치했다. 소녀의 곁에 나타난 컬러 커서에 【Yuuki】라는 이름이 떠올랐다. 동시에 상대가 보는 커서에도 【Asuna】라는 이름이 떴을 것이다.

듀얼 창이 자동으로 사라지고, 대신 10초의 카운트다운이 시작되었다. 아스나와 소녀――《절검》 유우키는 완전히 동시에 왼쪽 허리의 검을 오른손으로 쥐고 힘차게 뽑았다. 지르릉 하는 두 줄기의 높은 소리가 한데 겹쳐져 울렸다.

절검이 장착한 것은 약간 가느다란 한손용 양날 직검. 갑옷과 마찬가지로 흑요석처럼 검고 반투명한 색조를 띠었다. 광채나 디테일로 보건대, 무기의 랭크는 아스나가 가진 레이피어와 거의 동등한 것 같았다. 다시 말해, 레어한 레전더리 웨

폰에 따라오는 엑스트라 능력은 없을 것이다.

유우키는 장검을 중단으로 겨누고 자연스러운 반신 자세를 취했다. 그에 비해 아스나는 오른손을 몸 앞으로 붙이고 레이피어를 거의 수직으로 들었다. 파도가 물러가듯이 주위의 환호성이 스윽 멀어졌다.

크게 숨을 들이마시고 내뱉었을 때, 그동안 조금씩 줄어들던 카운트다운이 0이 되었다.

【DUEL】 문자가 한순간 섬광을 발한 것과 동시에 아스나는 온 힘을 다해 땅을 박찼다. 약 7미터의 거리를 순식간에 내달리며 몸을 오른쪽으로 확 틀었다.

"흡!"

짧은 기합과 함께 활에서 쏘아낸 화살처럼 오른손을 쭉 내질렀다. 관성과 정신력을 모두 실은 찌르기를 절검의 몸 한복판에서 약간 왼쪽으로 두 차례, 약간 타이밍을 늦추어 오른쪽으로 한 차례. 소드 스킬이 아니라 통상기이므로 스피드는 그리 빠르지 않지만 대신 조준이 정확하다. 첫 두 발을 오른쪽으로 피하면 이어지는 한 발은 회피가 거의 불가능하다.

유우키는 아스나의 의도대로 몸을 오른쪽으로 기울여 초격과 제2격을 피했다. 그 움직임이 멈추었을 때 정확하게 제3격이 빨려들어 가고——.

그러나 검극이 아머의 가슴에 꽂히기 직전, 유우키의 오른손이 잔상을 남기며 움직였다. 동시에 아스나의 레이피어 오른쪽 측면에 조그만 불꽃이 튀며 찌르기의 궤도가 살짝 어긋났다.

절검이 초고속 찌르기 기술을 펼치는 레이피어를 자기 무기로 정확히 패리(parry) 한 것이다. 그 사실을 머리로 이해한 순간에는, 이미 칼끝이 절검의 갑옷을 살짝 스치고 허공으로 흘러간 후였다.

카운터 반격을 예상한 아스나는 목덜미의 피부가 찌릿찌릿 저리는 것을 느꼈다. 그러나 여기서 검을 되돌렸다간 자세가 경직되고 만다. 기술의 관성에 거스르지 않고 힘껏 몸을 왼쪽으로 돌렸다.

동시에 목덜미를 향해 튕겨 돌아오는 까만 광채가 아스나의 시야에 들어왔다.

"——크!!"

그야말로 전광석화라 할 만한 속도. 날카로운 전율이 온몸을 휩쓸었다. 숨을 멈추고 지면을 파헤칠 만큼 오른발 끝에 힘을 주어 몸을 한껏 뒤틀었다.

발밑은 짧고 가느다란 풀이 무성하게 자라나, 돌바닥이나 맨땅에 비하면 마찰계수 설정이 살짝 낮다. 그 수치가 아스나를 배신해 오른발이 주륵 미끄러졌다. 순간 몸이 휘청했다.

그러나 전화위복인지, 그 덕에 절검의 칼끝은 아스나의 가슴을 스치는 데서 그쳤다. 파앙! 충격이 왼쪽 귀 바로 옆을 지나간다. 만약 머리카락에 충돌판정이 있었다면, 아스나의 하늘색 롱헤어는 길이가 절반으로 줄어들었을 것이다. 허공에 방출된 에너지가 공기를 흔들며 확산되는 것이 시야 한구석에 보였다.

아스나는 그립력을 되찾은 부츠로 지면을 박차며 크게 오른쪽으로 점프했다. 왼발로 다시 한 번 박차서 충분한 거리를 두고 정지했다.

추격에 대비해 몸을 낮추었지만, 절검은 여전히 미소를 유지한 채 다시 검을 중단으로 들어 움직임을 멈추었다. 아스나는 벌컥벌컥 뛰는 심장을 진정시키며 간신히 웃음으로 대답했다——그러나 속으로는 식은땀을 폭포처럼 흘리고 있었다.

자신을 향해 날아드는 찌르기의 궤도란, 다가드는 작은 점일 뿐이다. 그걸 회피하려면 보통은 발을 사용해 스텝 방어를 쓸 수밖에 없는데, 절검은 레이피어의 칼몸을 정확히 튕겨낸 것이다.

카운터 공격의 스피드보다도, 아스나는 엄청난 반응속도에 혀를 내둘렀다. 강하다 강하다 말은 많이 들었지만, 상대의 생각지도 못한 귀여운 용모를 보고 풀어졌던 긴장감에 냉수를 뒤집어쓴 기분이었다. 키리토가 패한 것은 여자아이를 상대로 방심했거나 봐주었기 때문이라는 생각이 없지는 않았는데, 그것도 누명이라고 해야 하리라. 키리토조차 아스나가 전력을 다한 찌르기를 그리 쉽게 패리한 적은 거의 없었다.

아스나는 다시 깊이 숨을 들이마셨다가 콱 멈추었다. 분명 무시무시한 상대긴 하지만, 단 일합을 나눈 것만으로 포기해선 검사의 이름이…….

그 순간 갑자기 귓속에서 메아리치는 목소리가 있었다.

——검사는 무슨 검사야. 그딴 건 고작해야 게임에서나…….

빠드득 이를 갈며 의식 속에서 노이즈를 지웠다. 이 세계는 또 다른 현실세계이며 전투는 언제나 진지하다. 그래야만 한다.

자신을 날카롭게 채찍질하듯이 아스나는 검을 오른쪽 어깨 위로 들었다가, 이번엔 칼끝을 똑바로 상대에게 향했다.

통상기가 통하지 않는다면, 이젠 위험을 각오하고 소드 스킬을 쓸 수밖에 없다. 하지만 소드 스킬에는 시스템 어시스트를 받은 기술 후의 경직시간이 있으며, 만약 상대가 모두 회피한다면 그 다음에는 분명 치명적인 반격을 가할 것이다. 어떻게든 상대의 자세를 무너뜨려 필중의 상황을 만들어내야만 한다. 아스나는 빈 왼손을 꽉 쥐었다.

다시 지면을 박차고 뛰어나갔을 때는 의식이 완전히 맑아졌다. ALO 세계의 전투에서는 거의 느꼈던 적이 없는, 신경계가 불타오르는 듯한 가속감이 온몸을 채워나갔다.

이번엔 절검도 뛰어나왔다. 입가에서 스윽 웃음이 사라지고 자수정 같은 눈동자가 형형히 빛났다.

오른쪽 상단에서 쏜살같이 날아드는 흑요석 같은 검을 왼쪽에서 오른쪽으로 쳐내 받아냈다. 불꽃, 금속성과 동시에 무시무시한 충격이 오른팔에 전해졌다. 튕겨나간 검을 무기의 중량도 느껴지지 않을 만한 스피드로 되돌려 잇달아 내리쳐대는 절검. 보면서 반응했다간 절대로 방어할 수 없을 만한 속도였다. 시야 전체로 포착한 상대의 전신 움직임을 통해 다음 공격 방향을 예측하고, 받아내고, 다시 피했다. 이따금 우연찮게 검이 서로의 몸을 건드려 조금씩조금씩 두 사람의 HP가 감소되었지만, 클린 히트라 부를 만한 것은 한 발도 없었다.

초고속의 검극을 서로 맞부딪치며, 아스나는 문득 모종의 위화감을 느꼈다.

분명 절검 유우키의 공격속도와 반응속도는 무시무시했다. 순수한 스피드만 보자면 키리토를 능가할지도 모른다. 하지만 그렇다 해도 아스나가 어떻게든 따라갈 수 있었던 이유는, SAO에서 배양된 막대한 전투경험에 더해, 상대의 공격이 지나치게 솔직한 탓이기도 했다. 무기를 휘두르려다가 멈추거나, 템포를 한순간 늦추거나 하는 페인트는 전혀 쓰지 않는다.

어쩌면 PvP 경험이 별로 없을지도 모른다는 생각이 들었다. 만약 그렇다면 단 한순간이라도 허를 찌르면 승산이 보일지도 모른다.

오른쪽 위, 왼쪽 위, 왼쪽으로 이어지는 3연격을 피하며, 아스나는 있는 힘껏 절검의 품으로 뛰어들었다. 거의 밀착이라 해도 좋을 만한 간격이었다. 이제는 피차 스텝을 이용한 방어는 쓸 수 없다.

아스나는 허리를 낮추고 오른손의 레이피어를 상대의 몸 한복판을 향해 있는 힘껏 내지르려 했고——.

절검이 여기에 반응해 검을 아래에서 위로 올려 베려 했다——.

그 순간 아스나는 오른손을 힘껏 되돌리며 상대의 텅 빈 보디를 향해 왼손 주먹으로 쇼트 펀치를 날렸다. 저 멀리 노움 영지의 수도에 있는 수련장까지 찾아가 수행한 《권술(拳術)》 스킬 공격이다. 전용 너클 계열 무기를 장비하지 않았으므로 위력은 없지만, 통상기에서는 나올 수 없는 스턴 효과가 발생한다.

펑 하는 충격이 왼쪽 주먹에 전해지고 절검의 눈이 놀라움으로 휘둥그레졌다.

처음이자 마지막 기회. 아스나는 주저하지 않고 소드 스킬 《쿼드러플 페인(Quadruple Pain)》 4연격을 발동했다.

레이피어가 눈부신 붉은색으로 빛나고, 동시에 오른손이 시스템의 보이지 않는 손에 떠밀려 번갯불처럼 허공을 갈랐다.

아스나는 공격이 명중하리라 확신했다. 상대의 자세는 무너졌다. 거리로 봐도 이미 회피는 불가능하다.

그러나 오른손을 시스템 어시스트의 가속에 맡기면서 절검의 얼굴을 본 아스나의 등에는 다시 전율이 내달렸다. 절검은 두 눈을 크게 뜨기는 했지만, 적자색 눈동자에 놀라움은 없었다. 그 동공은 정확히 레이피어의 끝에 초점을 맞추고 있었다.

이 찌르기가 보인단 말이야――?!

아스나가 그렇게 생각한 순간, 절검의 오른손이 번뜩였다.

검을 회전연마기에 가져다댄 것처럼 딱딱한 마찰음이 네 차례 잇달아 울렸다. 아스나의 4연격은 상하좌우로 정확하게 튕겨나가 일격도 명중하지 못했다. 아스나의 눈이 포착한 것은, 절검의 새까만 검이 그린 수묵담채화와도 같은 잔상뿐이었다.

마지막 일격이 빗겨나가고, 오른손을 앞으로 쭉 내민 채 1초도 안 되는――그러나 절망적인 경직시간이 아스나를 사로잡았다. 절검은 그 허점을 놓치지 않았다.

한껏 되돌아간 흑요석의 검이 자청색 빛을 머금었다.

카운터――소드 스킬!

"야압!"

유우키가 이번 시합 들어 처음으로 낭랑한 기합성을 발했다. 그 직후, 아마 경직 상태가 아니었어도 회피가 어려웠을 속도의 곧찌르기가 아스나의 왼쪽 어깨에 꽂혔다. 그대로 비스듬히 오른쪽 아래를 향해 숨도 쉴 수 없는 5연격이 이어졌다. 모두 깨끗하게 맞아 HP 바가 급속도로 노란색이 되었다. 한손 직검 카테고리에서 본 적이 없는 기술이니, 이것은 《OSS》일 것이다. 이만한 속도의 5연속 찌르기를 자아낼 줄이야——.

아스나가 멍하니 생각했던 그 순간, 유우키의 검이 선명한 광원 이펙트를 잃지 않은 채 이번에는 왼쪽 위로 올라갔다.

다섯 발로 끝나지 않았던 것이다. 아직도 더 이어진다. 그제야 경직에서 풀려난 몸을 일으키며, 아스나는 세 번째로 전율했다.

만약 똑같은 찌르기가 다섯 번 더 이어진다면, HP는 거의 틀림없이 0이 될 것이다. 그렇다고 회피는 불가능하다.

소용없는 회피 동작을 보여 등을 베이느니, 차라리 미미한 가능성에 거는 편이 낫다. 아스나는 레이피어를 쥔 오른손에 힘을 주어 다시 한 번 소드 스킬을 발동했다. 유일하게 개발에 성공한 OSS 5연속 기술, 이름하여 《스타리 티어(Starry Tear)》.

붉은색과 푸른색 섬광이 눈부시게 교차했다. 아스나의 오른쪽 어깨에서 왼쪽 어깨를 향해, 조금 전의 5연속과 합치면 X자를 그리듯이 검극이 꽂혔다.

그러나 이번에야말로 아스나의 레이피어도 절검을 포착했다. 조그만 별 모양의 정점을 따라 다섯 발의 찌르기 기술이 검은 아머를 꿰뚫어나갔다.

5연격을 교대로 마치고 한순간의 정적이 찾아왔다. 두 사람 모두 아직 쓰러지지 않았다.

절검의 HP도 반감되어 옐로우 상태가 되었다. 그리고 아스나의 HP는 레드존에 돌입하기는 했지만 아주 조금 남았다. 원래 SAO에서 캐릭터 데이터를 인계한 아스나의 HP는 ALO 고참 플레이어를 웃돌 정도였다. 경이로운 10연격으로 이를 거의 모두 깎아낸 절검의 OSS는 어마어마한 위력이…….

아니다. 유우키의 장검은 아직도 자청색 광채를 뿜어내고 있다. 소드 스킬은 아직도 끝나지 않았다.

다시 한 번 크게 돌아간 검이 아스나의 가슴 한복판, X자를 그리는 대미지 이펙트의 교차점을 정확하게 조준했다.

11연격.

다시 말해, 이것이 절검이 듀얼에 내걸었다는 기적의 OSS였구나, 하고 아스나는 깊은 감탄과 함께 생각했다.

어마어마한 위력, 스피드. 그리고 무엇보다 아름다움을 가진 기술이다. 이만한 소드 스킬에 패한다면 미련은 없다. 마음속으로 중얼거리며 아스나는 마지막 일격을 기다렸다.

하지만 맹렬히 짓쳐들었던 제11격은——아스나를 관통해서 HP 게이지를 날려버리기 직전에 우뚝 정지했다. 억지로 중단된 시스템 어시스트가, 거대한 섬광과 충격음을 허공에 흩뿌리며 주위의 풀을 방사형으로 쓰러뜨렸다.

"——?!"

아연실색해 두 눈을 크게 뜬 아스나의 눈앞에서, 절검은 무

기를 늘어뜨리더니 무슨 생각을 했는지 성큼성큼 다가왔다. 왼손으로 아스나의 어깨를 탁 두드리며 빛날 정도로 환한 웃음을 지었다. 그 입술이 움직이며 힘찬 한 마디를 외쳤다.

"와아, 지인짜 좋은데! 당신으로 하겠어요!!"

"뭘……, 에엥……?"

아스나는 뭐가 뭔지 영문을 알지 못한 채 얼빠진 소리를 흘릴 수밖에 없었다.

"저, 저기……, 듀얼 결판은……?"

"이만큼 싸웠으면 난 만족해요. 아니면 끝까지 해보고 싶어요?"

웃는 얼굴로 그렇게 말하니 아스나도 고개를 가로저을 수밖에 없었다. 어쨌든 절검이 마지막 일격을 멈추지 않았다면, 아스나의 HP는 확실하게 0이 되었을 것이다.

사내아이 같은 말투가 잘 어울리는 소녀는, 어지간히 기뻤는지 크게 고개를 끄덕이며 말을 이었다.

"계속 감이 딱 올 만한 사람을 찾았거든요. 드디어 발견했다! 저기저기, 아직 시간 있어요?"

"어……, 네. 괜찮은데……."

"그럼 나랑 잠깐 같이 가요!"

절검 유우키는 시원한 효과음과 함께 허리의 칼집에 검을 꽂더니 힘차게 오른손을 내밀었다. 아스나도 일단 레이피어를 칼집에 넣고 주저주저하며 손을 잡았다.

그 순간 유우키는 등을 한껏 펴고 날개 전개 보디 커맨드를 입력했다. 박쥐 모양의 반투명 날개가 나타나자마자 둥실 몸을 띄운다.

"아, 저기?!"

아스나도 황급히 견갑골을 움직여 날개를 꺼내곤 땅을 박찼다. 유우키는 한 번 더 웃더니, 아스나의 손을 잡은 채 몸을 돌려 로켓 같은 기세로 급상승을 시작했다.

"잠깐만! 어딜 가는 거야, 아스나!"

끌려가면서도 높은 목소리에 고개를 돌리니, 놀라움 반 어이없음 반의 표정으로 오른손을 입가에 가져간 리즈벳이 시야에 들어왔다. 리파도 시리카도, 키리토의 머리 위에 앉은 유이까지도 아연실색한 모습이었지만, 검은 옷의 스프리건만은 마치 이 전개를 어느 정도 예측했다는 듯 조용히 미소 짓고 있었다.

그 표정에 힘을 얻어 한순간의 웃음으로 대답한 후, 아스나는 크게 숨을 들이마셨다.

"어, 음……, 나중에 연락할게――!"

리즈벳에게 그렇게 외친 직후, 앞장선 유우키가 두 날개를 보라색으로 빛내며 맹렬히 대시에 들어갔다. 아스나는 그녀에게 끌려가면서도, 열심히 등의 날개를 진동시켜 미스테리어스한 소녀검사의 뒤를 따라갔다.

절검은 제24플로어에 펼쳐진 호수의 상공을 일직선으로 남하하더니, 아인크라드 가장자리의 뻥 뚫린 곳을 통해 주저하지 않고 바깥의 허공으로 뛰어나갔다.

"어푭!"

그 순간 농밀한 구름이 아스나의 얼굴을 때렸다. 온통 흰색뿐인 공간을 몇 초 정도 더 나아가자 갑자기 구름이 걷히고 셀룰리언 블루 컬러의 하늘이 무한히 펼쳐졌다.

시야 정면 아득한 아래쪽으로 구름의 층을 꿰뚫고 녹색 원뿔이 뻗어나온 것이 보였다. 알브헤임 중앙에 솟은 세계수의 가지다. 시선을 바로 아래로 옮기니, 뿌옇게 푸른색으로 흐려진 지표가 어렴풋이 보였다. 둥글게 도려낸 듯한 해안선과 그 위에 뜬 농심원형의 섬으로 판단컨대, 현재 아인크라드는 운디네 영토인《초승달 만》상공을 비행하는 모양이다.

대체 어디로 가려는 걸까 생각했을 때, 앞서 날아가던 절검이 느닷없이 방향을 90도 바꿔 수직상승을 시작했다.

그녀에게 이끌려 몸을 돌리자, 수십 미터 앞에 아인크라드의 거구가 절벽이 되어 우뚝 솟은 것이 보였다. 한 층이 100미터의 높이를 가진 플로어를 잇달아 지나치며, 절검은 더욱 높은 곳을 향해 날아올랐다.

——그렇다고는 하지만, 거대 부유성 바깥쪽을 통해 자유로이 드나들 수 있는 영역은 이미 공략이 끝난 플로어뿐이다. 미답파 플로어 가장자리는 불가침 영역이다. 걱정이 된 아스나는 그 사실을 아는지 확인하려고 입을 열었지만, 숨을 들이마셨을 때 다시 진행방향이 90도 바뀌었다.

절검이 향하는 곳은 보아하니 제27플로어인 모양이다. 아스나의 기억이 옳다면 현재의 최전선이다. 이끼가 가득 낀 외벽의 틈을 뚫듯이 내부로 쏙 날아들자 느닷없이 주위가 어두워졌다.

아인크라드 제27플로어는 언제나 어둡다. 바깥쪽을 향해 뚫린 부분이 극단적으로 적어, 한낮에도 햇살이 거의 비쳐들지 않다시피 했다. 내부를 보면 우툴두툴한 바위산이 수도 없이 상부 플로어 밑바닥까지 솟았으며, 여기저기 돋아난 거대한 수정의 육각기둥이 어슴푸레한 푸른색 빛을 뿜어낸다. 인상만 보자면, 알브헤임 북쪽의 노움 영지를 구성하는 지하 세계에 가깝다.

스프리건에 버금가는 암시능력(暗視能力)을 가진 임프 종족의 소녀는 아스나의 손을 잡은 채 바위산 틈을 쑥쑥 누볐다. 이따금 전방에 비행 몬스터인 《가고일》의 집단이 모습을 나타냈지만 전투를 할 마음은 없는 듯, 적들의 탐지 범위를 교묘히 피해 전진을 계속했다.

마침내 나타난 깊은 계곡에 뛰어들어 속도를 낮추고 1분쯤 더 날아가자, 타원형으로 뚫린 계곡 밑바닥에 달라붙은 조그만 도시가 보였다. 제27플로어 거주구역이며 이름은 《롬바르》다.

거대한 암반을 통째로 파내 만든 듯한 그 도시는, 가느다란 골목길이며 계단이 복잡하게 얽힌 곳이며 그곳을 오렌지색 등불이 비춰주었다. 차가운 밤 밑바닥에 오도카니 불타는 모닥불처럼 어딘가 안도감을 주는 광경이었다.

유우키와 아스나는 어둠 속에 보라색과 하늘색의 궤적을 그리며 도시 중앙의 타원형 광장을 향해 천천히 강하했다.

거주구역에 들어섰다는 증거인 조용한 BGM을 들으며, 어렴풋한 스튜 내음이 코를 간질인다고 생각한 순간――이미 다리는 돌바닥을 사뿐 밟고 있었다.

아스나는 휴우 숨을 내쉬고 일단 주위를 둘러보았다. 롬바르는 밤의 정령들이 사는 도시라는 콘셉트 때문에 커다란 건물은 하나도 존재하지 않는다. 푸르스름한 바위로 된 조그만 공방이며 상점이며 여관이 처마를 잇고 있으며, 그곳을 오렌지색 램프가 비추는 광경은 환상적인 아름다움과 한밤의 축제 같은 떠들썩함을 동시에 자아냈다.

구 SAO 시절의 이 도시는, 플로어 공략에는 고생했을지언정 달리 중요한 시설도 없는 탓에 플레이어가 모인 시기는 극히 짧았다. 아스나도 겨우 며칠 체류한 기억밖에 없었다.

하지만 지금은 공략 최전선인 만큼, 수많은 플레이어들이 장비를 철컹거리며 활보한다. 모두들 여간내기가 아닌 것 같은 고참, 고수의 분위기를 풍겼으며, 그것을 보는 아스나의 가슴에 그리움과 함께 어렴풋한 씁쓸함이 섞인 감회가 되살아났다.

숲속 오두막을 손에 넣기 위해 제22플로어까지는 하염없이 최전선을 달렸지만, 그 후의 플로어에서는 보스 공략에 거의 참가하지 않았다. 《도시 개방》의 카타르시스는 부유성의 모험을 새로이 즐기는 플레이어들이 맛봐야 한다고 생각했으며, 최전선에 있으면 즐거운 기억만 떠오르는 것은 아니기 때문이기도 하다.

눈을 감고 가볍게 고개를 흔들어 감상을 털어낸 아스나는 곁에 선 절검을 쳐다보았다.

"……저기, 왜 여기까지 데려온 거예요? 여기 뭔가 있어요?"

하고 물어보자 임프 소녀는 씨익 웃음을 짓더니 다시 아스나의 손을 잡았다.

"우선 동료들을 소개할게요! 이쪽!"

"아, 저……."

탁탁 달려나가는 절검의 뒤를 따라, 아스나는 광장에서 방사형으로 뻗어나가는 좁은 골목길 중 하나로 접어들었다.

작은 계단을 오르고 내리고 다리를 건너고 터널을 지나 도착한 곳은, 여관으로 보이는 한 가게 앞이었다. 《INN》이라는 문자와 큰 도끼가 장식된 주철제 간판이 흔들거리는 문을 지나, 눈에 졸음이 그득한 백발 NPC 주인의 옆을 통과해 안쪽의 주점 겸 레스토랑으로 발을 들였다. 그 순간——.

"어서 와, 유우키! 찾았어?!"

소란을 피우는 듯한 소년의 목소리가 두 사람을 맞이했다.

술집 한복판의 둥근 테이블에는 플레이어 다섯 명이 자리를 잡고 있었다. 달리 사람의 모습은 보이지 않았다. 절검은 성큼성큼 그들에게 다가가더니 아스나 쪽을 돌아보았다. 오른손을 크게 옆으로 내밀며 가슴을 펴고 말한다.

"소개할게요. 우리 길드 《슬리핑 나이츠》의 동료들."

다시 반회전해 이번엔 아스나를 손으로 가리켰다.

"그리고 여기 이 사람이——……"

그때 한순간 말문이 막혔다. 가볍게 고개를 움츠리더니, 유우키는 커다란 눈동자를 굴리며 귀엽게 혀를 날름 내밀었다.

"……미안, 아직 이름을 제대로 물어보지 않았어."

"뜨아!"

다섯 플레이어가 의자 위에서 요란하게 비틀거렸다. 그 모습에 아스나는 자신도 모르게 키득 웃으며, 인사와 함께 자기소개를 했다.

"처음 뵙겠습니다. 전 아스나라고 해요."

그러자 아스나의 위치에서 봤을 때 제일 왼쪽에 앉은 조그만 살라만더 소년이 힘차게 일어났다. 머리 뒤로 작은 꼬랑지를 묶어 만든 오렌지색 머리카락을 흔들며 기운찬 목소리로 외친다.

"난 쥰! 아스나, 잘 부탁해!"

그 옆은 노움 거한이었다. 모래색 곱슬머리 밑으로 싱글싱글 웃는 실눈이 호쾌한 용모에 애교를 주었다. 툭 튀어나온 배를 억지로 집어넣으며 고개를 숙이곤 느긋한 어조로 소개했다.

"아~, 음~, 텟치라고 합니다. 잘 부탁해요."

이어서 일어난 것은 키가 크고 마른 레프러콘 청년이었다. 정확히 반반씩 가르마를 탄 황동색 머리카락과 둥근 철제 안경이 학생 같은 인상을 주었다. 조그맣고 동그란 눈을 한껏 뜨고, 허리를 푹 꺾더니 어째서인지 얼굴을 붉히며 주워섬겨댔다.

"저, 저는 그, 그러니까, 타루켄이라는 이름입니다. 자, 자, 잘 부탁합……아야!!"

말미에 비명이 섞인 것은, 그의 왼쪽에 앉아 있던 여성 플레이어가 묵직한 부츠로 정강이를 걷어찼기 때문이다.

"타루, 넌 그 더듬거리는 것 좀 고쳐! 여자 앞에만 나오면 금방 이 모양이라니깐."

여성 플레이어는 기세 좋은 어조로 말하더니 덜컹 의자를 울리며 일어났다. 눈을 휘둥그렇게 뜬 아스나에게 만면에 웃음을 짓더니, 태양처럼 펼쳐진 흑발을 마구 헤집으며 자기소개를 했다.

"난 노리. 만나서 반가워, 아스나."

갈색 피부와 회색 날개를 보면 스프리건인 것 같은데, 굵은 눈썹과 야무진 두 눈, 뼈가 굵은 체격에는 스프리건 특유의 인상이 별로 없었다.

그리고 마지막 한 사람은 아스나와 같은 운디네 여성 플레이어였다. 거의 흰색에 가까운 아쿠아블루 머리카락을 어깨 양쪽으로 길게 늘어뜨렸으며, 살짝 내리깐 가늘고 긴 속눈썹 밑으로는 부드러운 진남색 눈동자가 빛났다. 길고 오똑한 콧날에 조그만 입술, 놀라울 정도로 가녀린 몸은 원래 힐러의 능력이 뛰어난 운디네의 이미지에 잘 어울렸다.

여성은 부드러운 동작으로 일어나더니 침착하고 촉촉한 목소리로 자신을 소개했다.

"처음 뵙겠습니다. 시우네라고 해요. 와 주어서 고마워요."

"그리고――."

마지막으로 다섯 명의 오른쪽에 점프해서 끼어든 절검이 커다란 자수정색 눈동자를 반짝반짝 빛내며 말했다.

"내가 이래 봬도 리더를 맡은 유우키예요! 아스나 님……."

성큼성큼 걸어와선 아스나의 두 손을 꽉 잡고,

"우리 함께 열심히 해봐요!"

"어……, 뭘 어떻게 열심히 하나요?"

웃음을 참으며 아스나가 묻자, 절검 유우키는 어리둥절한 표정을 짓더니 다시 혀를 날름 내밀었다.

"맞다. 내가 아직 아무 설명도 안 했구나!"

콰당탕! 다시 다섯 명이 의자 위에 쓰러지는 모습을 보고, 아스나는 결국 웃음을 터뜨리고 말았다. 배를 움켜쥐고 쿡쿡 웃고 있으려니, 마침내 유우키와 나머지 다섯 명도 명랑한 목소리로 웃었다.

어찌어찌 웃음을 삼키려고 노력하면서, 아스나는 다시 한 번 《슬리핑 나이츠》의 멤버들을 한 차례 둘러보고——살짝 등줄기가 오싹해지는 느낌을 받았다.

모두들 무시무시한 고수였다. 별것 아닌 일거수일투족이 매끄러운 것을 보기만 해도 아스나는 알 수 있었다. 여섯 명 모두 풀 다이브 환경에서 아바타를 조작하는 방법을 완전히 숙지한 것이다. 아마 무기를 들면 절검에 가까운 수준의 몸놀림을 보여주지 않을까?

이만한 고수들의 집단이 존재한다는 사실은 아스나도, 아마 키리토나 다른 친구들도 몰랐을 것이다. 만약 모두 절검과 마찬가지로 다른 VRMMO에서 컨버트해 왔다면, 지난 번에 있던 세계에서는 분명 매우 이름이 알려진 길드였을 것이다.

익숙한 아바타와 아이템을 모두 버리면서까지 ALO로 이주한 이유는 무엇일까……, 하고 아스나가 생각하고 있으려니, 겨우 웃음을 거둔 유우키가 빨간 카추샤로 장식한 머리를 긁으면서 미안하다는 듯이 말했다.

"미안해요, 아스나님. 이유도 말하지 않고 이런 데까지 끌고 오다니. 나랑 비슷할 정도로 강한 사람을 간신히 발견해서, 너무 기쁜 바람에 나도 모르게……. 어……, 정식으로 부탁드릴게요. 저에게……, 우리에게 힘을 빌려주세요!"

"힘을……, 빌려줘요?"

고개를 연신 갸웃거리며, 아스나는 머릿속으로 재빨리 몇 가지 상상을 해보았다.

단순히 돈이나 아이템이나 스킬업 포인트를 목적으로 한 사냥을 도와달라는 뜻은 아니리라. 또한 이 정도 전력을 갖춘 길드에, 이제 와서 아스나 한 사람이 더해졌다고 해봤자 할 수 있는 일은 그리 많을 것 같지 않았다.

마찬가지로 특정 레어 아이템이나 플레이어 하우스를 입수한다는 목적도 생각하기 어렵다. 정보 자체가 고액으로 거래되던 구 SAO와는 달리, ALO에는 무상으로 공략정보를 게재하는 외부 웹사이트가 얼마든지 있다. 그런 곳을 참고해 집중적으로 플레이하면, 대부분의 아이템은 언젠가 취득할 수 있을 것이다.

생각할 수 있는 가능성은, 절검이 아스나에게 바란 《강함》이란 단순한 수치상의 능력이 아니라 전투의 밀고 당기기를 포함한 노하우 전반이 아닐까? 그렇다면 그 노하우가 가장 필요한 상황은 PvE가 아닌 PvP이다. 그것도 길드에 소개를 했으니, 절검이 이제까지 제24플로어의 작은 섬에서 되풀이했던 일대일의 듀얼이 아니라 집단 사이의 대규모 전투――쉽게 말하자면 어딘가 다른 길드와 규칙 없는 살육전을 벌인다는 것이다.

여기까지 한순간에 생각한 아스나는 살짝 입술을 깨문 다음 입을 열었다.

"저기……, 만약 다른 길드와 전쟁을 할 생각이라면, 미안하지만 도와줄 수 없어요……."

시합 형식 대회나 시스템에 따른 듀얼 이외의 PvP는, 아무래도 나중까지 감정의 응어리가 남게 마련이다. 물론 한순간의 갈등에 오랫동안 원한을 품는 플레이어는 소수파지만, 그래도 아스나 본인만이 아니라 주위 친구들에게도 피해를 끼칠 가능성은 부정할 수 없다.

따라서 아스나는 설령 사냥터에서 부조리한 비매너 행위를 당해도, 플레이어 상대로는 절대 검을 뽑지 않으려 했다.

그 사실을 어떻게든 간결하게 설명하고자 이어서 입을 열었다. 하지만 절검은 한순간 눈을 깜빡거리더니 도리도리 고개를 저었다.

"아니아니, 그게 아니에요. 어디하고 전쟁을 벌이겠다거나 그런 게 아니고, 어……, 그러니까 우린……, 웃을지도 모르겠지만요……."

살짝 고개를 숙이고 부끄러운 듯이 입술을 오물거리다가, 슬쩍 윗눈질하며 아스나를 본 절검은 전혀 생각지도 못한 말을 입에 담았다.

"……있죠, 우린 이 플로어의 보스 몬스터를 잡고 싶어요."

"에……에엑?!"

아스나는 완전히 허를 찔려서 괴상한 소리를 내고 말았다. 길드전 이상으로 터무니없는 목적을 듣고 말았다는 생각이 들

었지만, 사실 플로어 보스 공략이란 지극히 평범하달까, 정당한 목표다. 현재 이 최전선에 체류하는 플레이어의 대부분이 똑같은 생각을 할 게 분명하다.

"보스……, 보스 몬스터라면, 미궁구역 제일 안쪽에 있는 거요……? 정기적으로 리젠되는 네임드 몹 말고요?"

아스나가 혹시나 싶어 확인하자, 유우키는 고개를 깊이 끄덕였다.

"네, 맞아요. 한번밖에 못 잡는 그거."

"으음……, 그렇구나, 보스라~."

그렇게 말하며 나머지 다섯 멤버를 돌아보니, 모두 눈을 반짝반짝 빛내며 아스나의 대답을 기다리는 것 같았다.

결국 유우키네 일행의 바람이란, 플로어 보스 타도를 전문으로 하는 흔히 말하는 《공략 길드》에 들어가는 것일까? 갓 컨버트해 연줄도 없는 플레이어들인 만큼, 고참 집단에 끼어들기 위한 중개를 바라는 것——일까?

"그건……, 뭐, 절……이 아니라, 유우키 님이나 다른 분들정도의 고수라면야……."

약간 생각지 못한 전개이기는 했지만, 몇 번인가 눈을 깜빡이며 생각을 고쳐먹은 아스나는 실현 가능성을 생각해 봤다. 현재 아인크라드 최전선을 공략하는 플레이어들은 ALO 토박이인 베테랑이 80퍼센트, 구 SAO 컴백파가 20퍼센트 정도이다. 현재는 ALO파와 SAO파가 서로를 구분하지 않은 채 완전히 터놓고 지내며 여러 공략 길드 속에 한데 섞여 있지만, 업데이트 당초에는 나름 반목도 있었다. 그도 그럴 것이 한쪽은 어뮤스피어 최고참 타이틀, 그리고 또 한쪽은 그야말로 VRMMO 최고참 타이틀인 까닭에 《요정》들도 《검사》들도 확고한 자부심을 품었던 것이다. 아스나 자신도 그러했듯.

그런 상황에 느닷없이 다른 게임에서 컨버트한 집단이 동료로 삼아달라고 외쳤자 그리 쉽게는 레이드에 끼워주지 않겠지만——사실 《절검》 유우키의 능력은 오버스펙 수준이다. 나머지 다섯 명도 비슷하다고 가정할 때, 그 실력을 보여주면 가능할지도 모른다.

"글쎄요……, 이 플로어의 미궁구역은 이미 보스방 근처까지 매핑이 됐다고 들었으니 갑작스럽게 보스 공략에 끼워달라고 할 수는 없을 것 같지만, 그게 어렵다 해도 다음 플로어에선 처음부터 공략을 같이 해나가면, 여러분의 실력으로 보건대 보스방 레이드에 끼워줄지도 몰라요. ……물론 레이드의 상한은 49명이니까 여섯 분 전부 들어갈 수 있을지는 모르겠지만……."

아스나가 생각을 굴리며 여기까지 말했을 때——.

정면의 유우키가 어딘가 멋쩍은 듯이 고개를 움츠리더니, 다시 아스나의 상상을 훨씬 넘어서는 말을 입에 담았다.

"어, 저기, 그거하곤 조금 다른데요. 큰 집단에 끼워달라는 게 아니라……, 우리하고 아스나 님하고 일곱 명이서만 보스를 잡고 싶어요."

"……에, 에에엑~?!"

아스나의 입에서 쏟아진 외침은 이 여관에 찾아온 이래 최대의 볼륨으로 실내에 울려 퍼졌다.

그 이유는 지극히 단순하다.

신생 아인크라드에 배치된 플로어 수호 보스는 오리지널 SAO에 비하면 어이가 없을 정도로 강화되었다. 물론 게임 시스템이 대폭 바뀌었으므로 단순히 비교할 수는 없겠지만, 대부분의 옛날 보스들은 신중하게 작전을 짜면 한 명도 죽지 않고 공략할 수 있었는데, 새 보스는 엄청나게 강력한 통상 및 특수공격으로 플레이어들을 민들레 솜털처럼 날려버리는 부조리한 위력을 과시하는 것이다.

당연히 공략을 위한 작전도 변할 수밖에 없었다. 레이드의 상한선까지 인원을 모으고, 죽는 사람이 속출할 것을 예상해 힐러 층을 두텁게 보완한다. 한 사람이 희생해서 주는 10대미지보다는 열 명이 살아남은 채 11대미지를 주는 것을 중시한다. 아스나가 보스 공략전에 참가한 것은 21플로어까지였지만, 그런 하부 플로어에서도 7인 풀 파티 곱하기 7, 총원 49명의 레이드가 전멸된 사례는 헤아릴 수가 없다.

보스의 위력은 당연히 플로어가 올라갈수록 강해진다. 지난 크리스마스 업데이트로 열린 20플로어대 가운데 중반을 넘어선, 한 층 아래의 제26플로어에서는 수많은 대형 길드 중에서 정예를 고르고 골라 겨우 공략에 성공했다고 들었다.

다시 말해, 아무리 유우키네 길드가 실력자들밖에 없다곤 해도, 거기에 아스나가 하나 더해진 겨우 일곱 명이 보스를 쓰러뜨리는 것은 무모하다고 할 수밖에.

아스나는 말을 고르면서 짤막하게 그런 사정을 설명해주었다.

"……그러니까……, 일곱 명은 좀 무리가 있지 않을까 하는데요……."

말을 끊자, 유우키네 일행은 얼굴을 마주하더니 어쩐지 모두들 멋쩍게 웃었다. 대표로 유우키가 입을 열었다.

"네, 완전 무리였어요. 사실은 25플로어랑 26플로어 보스에도 도전했거든요."

"네에——?! 여……여섯이서?!"

"네. 우리 생각엔 꽤 잘했다고 생각하는데, 아무래도 MP랑 회복 포션이 딸려서요. 이리저리 궁리를 하는 사이에 커다란 집단이 해치워버리더라고요."

"그……그랬구나……. 진심이구나."

아스나는 다시 한 번 천천히 여섯의 얼굴을 둘러보았다.

분명 무모한 도전이긴 하지만, 그런 기개가 있는 자들은 싫지 않다. 게임에 익숙해질 대로 익숙해진 플레이어는 할 수 있는 것과 할 수 없는 것을 금방 구분 짓고 만다. 《슬리핑 나이츠》 멤버들이 이글이글 뿜어내는 도전정신은, 아스나의 눈에 매우 신선하고——그러면서도 어딘가 그립게 보였다.

"하지만……, 왜요? 왜 다른 길드와 함께 가지 않고, 단독으로 보스를 잡고 싶어요?"

물론 단일 길드만으로 보스를 잡으면 어마어마한 액수의 유르드와 레어 장비며 아이템을 잔뜩 얻을 수 있다. 그러나 그 동기는 어딘가 이 여섯 사람하고는 맞지 않는 것 같다.

"어……, 그건 있죠……."

유우키는 자수정색 눈동자를 한껏 뜨고 무언가를 말하려고 입을 열었다.

하지만 목소리가 나오지 않았다. 답답해하는 표정으로 몇 번이나 입을 열었다 닫았다 했지만, 좀처럼 해야 할 말을 찾지 못하는 것 같았다.

그때 유우키의 옆으로 나온 장신의 운디네, 시우네라고 자신을 소개했던 여성이 거들고 나섰다.

"저어, 내가 설명해도 될까? 그 전에 일단 앉으세요."

아스나를 포함한 일곱이 테이블에 앉아 NPC 웨이트리스에게 주문한 음료가 나왔을 때, 시우네는 나긋나긋한 열 손가락을 테이블 위에서 맞잡으며 차분하고 침착한 목소리로 말을 시작했다.

"아스나 님은 이미 눈치를 챘을지도 모르지만, 우린 이 세계에서 만난 사이가 아니랍니다. 게임 밖의 어떤 인터넷 커뮤니티에서 만나서……, 금방 의기투합해서 친구가 되었지요. 벌써……, 2년 정도 됐네요."

속눈썹을 내리깐 채 무언가를 떠올리듯이 잠시 말을 끊었다.

"최고의 동료들이지요. 다 함께 수많은 세계를 여행하고 많은 모험을 했답니다. 하지만 유감스럽게도 우리가 함께 여행을 할 수 있는 것은 이번 봄까지예요. 다들……, 각자 바빠지거든요. 그래서 우린 팀을 해산하기 전에 한 가지, 절대 잊을 수 없는 추억을 만들기로 결심했어요. 무수히 존재하는 VRMMO 월드 중에서 가장 즐겁고 아름답고 가슴이 뛰는 세계를 찾아, 그곳에서 힘을 합쳐 무언가 한 가지 업적을 이루자고요. 그래서 여기저기 컨버트를 반복하면서 도착한 곳이 이

세계예요."

그러면서 시우네는 동료들을 순서대로 돌아보았다. 쥰, 텟치, 타루켄, 노리, 유우키, 다섯은 각자 얼굴을 빛내며 크게 고개를 끄덕였다. 시우네도 생긋 웃더니 말을 이었다.

"이 세계——요정의 고향 알브헤임, 그리고 부유성 아인크라드는 멋진 곳이에요. 아름다운 도시와 숲, 초원, 세계수——그리고 이 성을 다 함께 나란히 날았던 추억은 모두 영원히 잊지 못할 거예요. 우리의 바람은 단 한 가지……, 이 세계에 발자취를 남기는 거지요."

살짝 감은 눈꺼풀 안에서 시우네의 남색 눈동자가 진지한 빛을 띠었다.

"보스를 공략하면 제1플로어 《시작도시》의 흑철궁에 있는 《검사의 비》에 이름이 남지요?"

"아……."

아스나는 한순간 눈을 크게 뜬 후 세차게 끄덕였다. 분명 보스를 쓰러뜨린 플레이어의 이름은 흑철궁에 기록된다. 아스나도 제21플로어 란에 이름을 남겼다.

"그래서……, 자기만족이라고밖에 할 수 없지만, 우린 꼭 그 비석에 이름을 새기고 싶어요. 하지만 문제가 하나 있었답니다. 보스를 공략한 것이 하나의 파티일 때는 전원의 이름이 기록되지만, 여러 파티가 연합한 레이드일 때는 파티 리더들의 이름만이 남는 거예요."

"아……, 그렇구나. 네, 정말 그러네요."

아스나는 흑철궁 내부를 떠올리며 맞장구를 쳤다.

《검사의 비》는 가상세계 내의 3D 오브젝트이기 때문에 면적에 한계가 있다. 최종적으로는 100개에 이르는 플로어의 모든 공략자들을 기재할 공간은 도저히 없다. 한 플로어마다 새길 수 있는 플레이어의 이름은 최대 일곱 명. 그러니 시우네의 말마따나 한 개 파티가 보스를 쓰러뜨리면 모든 사람의 이름이 비석에 새겨지지만, 그것이 레이드일 경우엔 각 파티 리더의 이름만 남는다.

시우네는 아스나가 여기까지 이해하기를 기다렸던 것처럼 살짝 고개를 끄덕이고 말을 이었다.

"결국 비석에 《슬리핑 나이츠》 전원의 이름을 남기려면 한 개 파티만으로 보스에 도전해야 해요. 우린 25플로어와 26플로어에서 열심히 노력했지만 한 발 미치지 못해서……. 그래서 다 함께 상의해 결정했답니다. 풀 파티는 일곱 명이니까, 앞으로 한 명 분의 자리가 있잖아요? 외람된 말이지만, 우리 중에서 가장 강한 유우키와 비슷하거나 그 이상으로 강한 사람을 찾아서 파티에 가담해달라고 부탁을 해보기로요."

"그랬구나……. 그렇게 된 거였군요."

아스나는 참았던 숨을 살짝 내뱉으며 시선을 하얀 테이블보의 표면으로 떨어뜨렸다.

《검사의 비》에 이름을 남긴다. 그 바람은 이해할 수 있다.

VRMMO만이 아니라도, 온라인 게임이란 플레이어에게 많은 시간을 요구하기 때문에, 진학이나 취직 같은 이유로 봄철에 은퇴하는 사람이 많다. 필연적으로 몇 년이나 존속했던 친밀한 길드가 해산할 수밖에 없는 경우도 있을 것이다. 그 추억을 이 세계가 존재하는 한 영원히 남는 기념비에 새겨두고 싶다는 생각이 드는 것도 자연스럽다.

다름 아닌 아스나 자신도 과연 언제까지 ALO를 계속할 수 있을지 알 수 없는 상황이다. 어머니가 이 이상 강경한 태도를 보인다면 어뮤스피어 사용 그 자체를 금지할지도 모른다. 남은 시간이 유한하다면, 1분 1초를 가능한 밀도있게 보내고 싶다는 마음은 그들과 같다.

"……어떤가요? 받아들여 줄 수 있을까요? 우리는 컨버트한 지 얼마 되지 않아서 충분한 사례를 할 수는 없을지도 모르지만……."

금액을 제시하기 위해 트레이드 윈도우를 조작하려는 시우네를 아스나는 두 손으로 제지했다.

"아, 아뇨, 어차피 경비가 엄청나게 들 테니까 돈은 그쪽으로 쓰시는 게 나을 거예요. 보수는 보스에게서 나온 것 중에서 뭔가 하나 받으면 그걸로……."

"그럼 받아들여주는 건가요?!"

시우네와 동료 다섯의 얼굴이 확 밝아졌다. 그 표정을 순서대로 둘러보며, 아스나는 내심 어쩌다 이런 상황이 됐을까 새삼스럽게 생각하지 않을 수 없었다. 처음에는 수수께끼의 검호 《절검》의 소문을 듣고 살짝 흥미를 품었던 것뿐이다. 그런데 이러저러하는 사이에 시합장에서 최전선까지 끌려와 동료를 소개받고, 급기야 플로어 보스에 도전하자는 제안을 받았다. 시간은 불과 한 시간도 안 지났다.

아스나를 그런 제트코스터와도 같은 전개에 끌어들인 당사자인《절검》유우키는, 반짝반짝 빛나는 자수정색 눈동자를 크게 뜨고 아스나의 대답을 기다렸다. 성급하다면 성급하고 막무가내라면 막무가내이긴 하지만, 이렇게 이상한 만남 또한 VRMMO에서 느낄 수 있는 즐거움 중 하나가 아니겠는가. 그리고 무엇보다――가슴속에서는 이미 한 가지 어렴풋한, 그러나 확실한 예감이 싹트고 말았다. 자신은 분명, 어딘가 신비한 이 검사들과 친해질 수 있을 것이라는.

"어……, 잠시만, 기다려 주세요."

그렇기 때문에 되는 대로 대답하고 싶지는 않았다. 아스나는 한 차례 심호흡을 하고 시선을 테이블 위의 잔에 고정한 다음, 약간 혼란에 빠진 생각을 가라앉혔다. 당혹감과 놀라움은 옆으로 미뤄놓고, 유우키네의 원대한 목적을 천천히 곱씹어보았다.

아득한 옛날, 이제는 이미 존재하지 않는 길드의 서브 리더로서, 아스나는 수많은 보스 몬스터의 공략작전을 진두에서 지휘했다.

다른 공략 길드나 솔로 플레이어들과 보스 공략 패턴과 약점에 대해 몇 시간에 걸쳐 토의하고, 소리를 질러대고, 인원이 부족할 때는 땅에 무릎을 꿇으며 협력을 청한 적도 있다. 그렇게까지 고심한 이유는, 그 세계에서는 꼭 지켜야만 할 절대조건이 있었기 때문이다. 다시 말해, 한 명의 사망자도 내지 않는다는 것.

하지만 지금은 모든 것이 바뀌었다. 이 요정의 나라에서 플레이어에게 주어진 의무와 권리는 단 한 가지, 즐기는 것뿐이다. 승산이 없다고 처음부터 포기한다면 과연 게임을 즐긴다고 할 수 있을까? 유우키네는 이미 겨우 여섯이서 25, 26플로어의 보스 몬스터에게 도전하고, 심지어 선전했다고 한다.

이리저리 실패를 고민하느니, 아무 생각 없이 일단 부딪치고 본다. 그런 막무가내 플레이는 꽤나 오랫동안 하지 않았던 것 같다. 어차피 전멸한다고 해봤자 잃는 것은 약간의 경험치뿐이다.

"……할 수 있는 데까지 해 보죠. 이참에 성공률은 생각하지 말고."

아스나는 얼굴을 들고 장난스럽게 미소를 지으며 말했다.

그 순간 유우키가 가련한 얼굴을 눈부실 정도로 확 빛냈다. 동료 다섯이 요란한 환호성을 지르는 가운데, 유우키는 한껏 몸을 내밀어 테이블 위에 놓인 아스나의 오른손을 두 손으로 꽉 감싼다.

"고마워요, 아스나 님! 처음에 검을 맞부딪쳤을 때부터 그렇게 말해줄 것 같았어!"

"이젠 그냥 편하게 아스나라고 불러줘."

미소를 지으며 그렇게 대답하자, 유우키도 방긋 웃으며 외쳤다.

"나도 유우키라고 해줘!"

앞을 다투어 손을 내미는 나머지 다섯 명과도 순서대로 굳게 악수를 나누고, 새로 주문한 커다란 잔으로 건배가 일단락되었을 때, 아스나는 문득 떠오른 의문을 유우키에게 던져보았다.

"그러고 보니 유우키 님……이, 아니라 유우키는 듀얼로 강한 사람을 찾았지?"

"응, 맞아."

"그럼 나 말고도 강한 사람이 많이 있었을 텐데. 특히 온통 새까만 장비를 걸친 스프리건 한손 직검 전사라든가, 기억 안 나? 아마 그 사람이 나보다 훨씬 도움이 됐을 텐데……."

"아~……."

겨우 그것만으로도 유우키는 키리토를 떠올린 모양이다. 끄덕끄덕 고개를 움직이더니, 어째서인지 복잡한 표정으로 팔짱을 꼈다.

"응, 기억나. 그 사람도 진짜 강했어!"

"그럼……, 왜 그 사람에게 도움을 청하지 않았어?"

"으~음……."

웬일로 말을 우물거리며, 유우키는 언뜻 미스테리어스한 미소를 지었다.

"역시 그 사람은 안 돼."

"어……, 왜?"

"내 비밀을 눈치챘으니까."

유우키도, 시우네나 다른 동료들도, 그 점에 대해서는 이야기하고 싶지 않은 것 같아 그 이상 추궁할 수는 없었다. 아마 그 《비밀》이란 절검, 즉 유우키의 탁월한 실력과 관계가 있을 것 같았지만, 키리토가 무엇을 눈치챘는지 아스나는 전혀 감도 잡히지 않았다.

고개를 갸웃거리고 있으려니, 화제를 바꾸려는 것처럼 레프러콘 타루켄이 동그란 안경을 밀어올리며 말했다.

"그런데……, 공략의 구체적인 순서는, 어……어떻게 되나요?"

"아……, 음……."

목덜미에 걸린 의문을 피처 잔에 담긴 과일주로 삼키고, 아스나는 검지를 들었다.

"우선 중요한 건 보스 공략 패턴을 확실하게 파악하는 거야. 피할 수 있을 때는 피하고, 방어해야 할 때는 방어하고, 공격할 때 전력을 다해 공격하면 승산이 보일지도 몰라. 문제는 그 정보를 어떻게 얻느냐인데……, 아마 보스 공략 전문 길드에는 물어봐도 소용이 없겠지. 한번쯤 전멸을 전제로 도전해볼 필요가 있을 것 같아."

"응, 우린 괜찮아! 다만……, 지난 플로어에서도, 그 전에도, 도전했다가 전멸한 다음에 금방 다른 길드가 공략을 해버렸거든."

유우키가 침울한 표정을 짓자, 테이블 반대편에서 살라만더 소년 준이 뾰족뾰족한 눈썹을 추켜올리며 말을 이었다.

"세 시간 후에 다시 와봤더니 벌써 끝났더라고~. 기분 탓일지도 모르겠지만……, 어째 우리가 실패하는 걸 기다린 것 같달까……."

"흐음……."

아스나는 입가에 손을 대고 생각에 잠겼다.

최근 들어 보스 공략에 여러 가지 사건이 발생했다는 소문은 들었다. 주된 내용은 대형 길드가 지나치게 관리를 한다는 것인데, 과연 총원이 여섯 명밖에 안 되는 소형 길드에도 주의를 기울일까 싶었다. 그렇다고는 해도 무시해도 좋을 정보는 아니다.

"으음, 그럼 일단 주의하는 의미에서, 전멸하면 곧바로 재도전할 수 있도록 준비를 갖춰놓자. 다들 괜찮은 시간이 언제야?"

"아, 미안. 나랑 타루켄은 밤에는 안 돼. 내일 오후 1시부터는 어떨까?"

몸집이 커다란 스프리건 노리가 흑발을 긁으며 미안하다는 듯이 말했다.

"응, 난 괜찮아. 그럼 내일 1시에 이 여관에서 모일까?"

"오케이."

"좋아."

입을 모아 고개를 끄덕이는 《슬리핑 나이츠》 멤버들을 향해, 아스나는 한껏 커다란 목소리로 말했다.

"——파이팅!"

아쉬운 듯이 정말 고맙다는 인사를 되풀이하는 유우키의 어깨를 탁탁 두드려주고 여관을 나선 아스나는, 우선 리즈벳과 다른 친구들에게 돌아가기로 했다. 자초지종을 설명하면 놀라겠지, 생각하며 두근거리는 가슴을 안고 롬바르 중앙광장에 있는 《텔레포트 게이트》를 향해 잰 걸음으로 걸어갔다.

약간 어렴풋한 기억을 더듬어 좁은 길을 빠져나와, 겨우 눈앞에 북적거리는 원형 광장이 출현한 그 순간이었다.

뚝, 하고 마치 무언가 스위치를 끊은 것처럼 세계가 순식간에 어둠에 빠졌다. 시각과 청각을 완전히 차단당한 채, 아스나는 무한한 어둠으로 빠져들었다.

4

바닥없는 구멍에 내팽개쳐지는 듯이 급격한 낙하감각.

느닷없이 하늘과 땅의 방향이 90도 바뀌며 등에 강한 압력이 가해졌다. 이어서 오감의 회로가 파직파직 난폭하게 재접속되는 충격. 아스나는 온몸에 빳빳하게 힘을 준 채 고통을 참아냈다.

두세 번 눈꺼풀이 경련한 후에야, 눈물이 배어나온 두 눈을 간신히 뜨고 자기 방의 천장을 멍하니 바라보았다.

몸에 익은 침대 매트리스의 감각이 겨우 등을 통해 전해졌다. 얕은 호흡을 몇 번이고 반복하는 사이에 신경계의 혼란은 서서히 멀어져갔다.

대체 무슨 일이 일어난 걸까. 한순간의 정전일까, 아니면 어뮤스피어에 모종의 장애가――그런 생각을 하며 마지막으로 크게 심호흡을 했다. 공기에 자신의 것이 아닌 향수 냄새를 느끼고 의아한 심정으로 상체를 일으킨 그 순간, 아스나는 아연실색해 입을 딱 벌렸다.

침대 바로 옆에는 험악한 표정을 지은 어머니가 오른손에 연회색의 가느다란 코드를 쥐고 서 있었다. 그것은 아스나가 머리에 쓴 어뮤스피어의 DC 단자에 접속되어 있어야 할 전원 케이블이었다.

이상 단절의 이유는 어머니 쿄코가 어뮤스피어의 전원을 뽑았기 때문이었다. 그 사실을 깨달은 아스나는 참지 못하고 소리를 질렀다.

"왜……왜 이러는 거야, 엄마!"

그러나 쿄코는 미간에 깊은 주름을 지은 채 말없이 북쪽 벽으로 눈을 돌렸다. 아스나도 그 시선을 따라가, 벽시계의 바늘이 6시 30분에서 5분 정도 지났다는 사실을 깨달았다.

자신도 모르게 아스나가 입을 굳게 다물자, 쿄코는 겨우 입을 열었다.

"지난달에 식사 시간에 늦었을 때 엄마가 말했을 텐데. 앞으로 이 게임기를 쓰다가 늦으면 전원을 뽑아버리겠다고."

냉기를 넘어서 어딘가 의기양양한 심경마저 느껴지는 어조에 반사적으로 소리를 질러 대답할 뻔했다. 고개를 숙인 채 열심히 그 충동을 삼킨 다음, 아스나는 낮고 떨리는 목소리로 말했다.

"……시간을 잊어버린 건 내가 잘못했어. 하지만 그렇다고 코드를 뽑을 필요는 없잖아. 몸을 흔들거나 귓가에 소리만 질러도 안에서 경보가 울리니까……."

"전에 그렇게 했더니 네가 눈을 뜰 때까지 5분이나 걸렸는걸."

"그야……, 이동도 해야 하고, 인사도 해야 하니까……."

"인사는 무슨 인사야. 그딴 괴상망측한 게임 속에서 하는 인사가 현실의 약속보다 중요하니, 넌? 음식이 식으면 기껏 챙겨준 가정부에게 미안하다는 생각도 안 들어?"

——설령 게임 속이라 해도 상대는 진짜 사람이란 말이야. 게다가 그러는 엄마도 학교에 가는 날엔 고작 전화 한 통으로

요리를 몽땅 버리게 만들면서——.

수많은 반론이 머리를 가로질렀다. 하지만 아스나는 다시 시선을 떨어뜨리고 떨리는 숨을 깊이 토해냈다. 이윽고 흘러나온 것은 짧은 한마디뿐이었다.

"……미안해. 다음부터는 조심할게."

"다음은 없어. 앞으로 한 번만 더 약속을 어겼다간 기계를 압수할 거야. 애초에……."

쿄코는 입가를 살짝 일그러뜨리더니, 아직도 아스나의 머리에 얹힌 어뮤스피어를 노려보았다.

"엄마는 이해가 안 된다. 그 괴상한 기계 때문에 네 소중한 시기를 2년이나 낭비했잖니. 쳐다보기도 싫지 않아?"

"이건……, 너브기어하고는 다르단 말이야."

그렇게 중얼거리며 머리에서 이중 금속원관을 벗었다. SAO 사건을 계기로 현재의 어뮤스피어에 장치된 수많은 안전장치에 대해 설명해줄까 생각했지만, 말해봤자 소용없을 것이라고 금방 마음을 고쳐먹었다. 게다가 기계가 다르다고는 해도, VRMMO 게임 때문에 아스나가 2년에 걸쳐 식물인간 상태에 빠졌던 것은 사실이다. 그 사이에 어머니가 크게 걱정했던 것도 또한 사실일 테고, 부모님은 한때 아스나의 죽음까지도 각오했다고 들었다. 어머니가 풀 다이브 장비를 싫어하는 마음은 이해해야만 한다.

아스나가 입을 다물고 있자, 어머니는 크게 한숨을 쉬더니 문 쪽으로 돌아섰다.

"밥 먹을 테니 당장 옷 갈아입고 내려와."

"……오늘은 됐어."

저녁을 만들어준 가정부 아키요에게는 미안하지만, 지금은 도저히 어머니와 마주 앉아 식사를 할 마음이 들지 않았다.

"마음대로 하렴."

살짝 고개를 가로저으며 어머니는 방을 나갔다. 짤깍 소리를 내며 문이 닫히자, 아스나는 제어 패널에 손을 뻗어 에어컨을 급속 환기 모드로 바꾸고 어머니의 오드뚜왈렛 향수 냄새를 내보내려 했지만, 냄새는 언제까지고 끈덕지게 남았다.

《절검》 유우키를 비롯한 매력적인 동료들과 만나 새로운 모험의 예감이 가슴에 남겨준 고양감은, 햇빛에 드러난 눈덩어리처럼 형체도 없이 사라지고 말았다. 아스나는 벌떡 일어나 옷장을 열고 무릎에 구멍이 뚫린 청바지를 꺼내 입었다. 두꺼운 면 점퍼를 걸치고 그 위에는 하얀 다운재킷을 걸친다. 모두 어머니가 골라주지 않은 얼마 안 되는 옷이다.

재빨리 머리를 정돈하고 힙색과 휴대단말을 챙겨 서둘러 방을 나왔다. 계단을 내려와 현관홀에서 운동화를 신고 무거운 문을 밀어 열려던 순간, 벽에 설치된 통합 제어 패널에서 날카로운 목소리가 울려 퍼졌다.

『아스나! 이런 시간에 어딜 가는 거니?!』

그러나 아스나는 그 말에 대답하지 않고, 어머니가 원격 조작으로 현관을 잠그기 전에 도어 핸들을 밀었다. 양여닫이문이 활짝 열린 순간 양쪽 측면에서 소리를 내며 금속 록 볼트가 튀어나왔지만, 아슬아슬한 타이밍에 선수를 친 아스나는 밖으로 빠져나왔다. 습기를 머금은 차가운 밤공기가 얼굴을 두드렸다.

빠른 발걸음으로 주차용 회전장치를 가로질러 게이트 옆의 통로를 통해 집의 부지 밖으로 나온 후에야, 아스나는 꽉 참았던 숨을 겨우 내뱉었다. 호흡이 눈앞에 하얗게 떠오르며 금세 흐려지더니 사라졌다. 재킷 지퍼를 목덜미까지 올리고 두 손을 주머니에 찔러넣곤, 토큐 세타가야 선 미야노사카 역 방면을 향해 걷기 시작했다.

갈 곳이 있는 것도 아니다. 어머니에게 화풀이를 하듯 집을 나오기는 했지만, 이것이 그저 어린아이 같은 반항에 불과하다는 것은 아스나도 잘 안다. 청바지 주머니에 넣은 휴대단말에는 GPS 추적 기능이 있으므로, 어머니는 아스나가 있는 곳을 시시각각 알 수 있다. 그렇다고 해서 단말을 놔두고 올 만한 배짱이 있는 것도 아니다. 그런 자신에 대한 짜증이 가슴속의 무력감을 더욱 부풀렸다.

큰 저택이 이어진 주택가 한구석에 오도카니 있는 좁은 아동공원 앞에서 아스나는 발을 멈추었다. 입구에 세워진 말발굽 모양 파이프에 걸터앉아 주머니에서 휴대단말을 꺼내들었다.

화면에 손가락을 놀려 주소록에서 키리토──카즈토의 페이지를 불러냈다. 콜 버튼에 손가락을 놓기는 했지만, 아스나는 거기서 질끈 눈을 감았다.

카즈토에게 전화를 해서, 예비 헬멧을 챙겨 바이크로 마중을 나오라고 하고 싶었다. 조그맣고 시끄럽기는 하지만 괜시리 빠른 바이크의 뒷자리에 올라타, 카즈토의 허리에 팔을 꽉 감고, 새해 벽두라 텅 비었을 간선도로를 한없이 일직선으로 달리고 싶었다. 그러면 분명 알브헤임에서 전속력으로 비행할 때처럼 머릿속의 응어리도 사라지고 말 텐데.

하지만 지금 카즈토를 만난다면 감정을 억제하지 못한 채 울면서 모든 일을 털어놓고 말 것 같았다. 학교를 옮겨야만 한다는 것, ALO에도 못 갈지 모른다는 것. 아스나를 어렸을 때부터 규정지었던 방향으로 떠밀려가는 냉혹한 현실과, 그에 저항할 수 없는 자신——다시 말해, 한없이 숨겨왔던 자신의 연약함 그 자체를.

아스나는 단말 화면에서 손가락을 떼곤 조용히 슬립 버튼을 눌렀다. 한순간 꽉 쥔 다음 다시 주머니에 넣었다.

강해지고 싶다. 한순간도 흔들리지 않는 정신력을, 보호자에게 의존하지 않고 자신이 바라는 방향으로 나아가기 위한 힘을 원했다.

하지만 동시에 약해지고 싶다고 외치는 마음도 있다. 자신을 속이지 않고 울고 싶을 때 울 수 있는 약함. 매달려서 날 지켜달라고, 도와달라고 말할 수 있는 약함을 원했다.

하늘에서 눈이 내리기 시작해, 그중 한 송이가 뺨에 닿아 금세 녹아 흘러내렸다. 아스나는 고개를 들고 희뿌연 저녁하늘 저편에서 떨어지는 어렴풋한 빛을 말없이 바라보았다.

5

"음——그러니까 유우키랑 쥰이랑 텟치가 포워드, 타루켄이랑 노리가 미들레인지, 그리고 시우네가 백업이라 이거구나."

아스나는 아래턱에 손가락을 대고 무기와 방어구를 장비한 《슬리핑 나이츠》 멤버들을 둘러보았다. 어젯밤 소개받았을 때는 모두들 가벼운 평소 차림이었지만, 지금은 모두 에인션트 웨폰 급의 장비로 단단히 무장했다.

《절검》 유우키는 어제와 같은 까만 하프 아머에 가느다란 롱소드. 살라만더 쥰은 조그만 몸에 어울리지 않는 적동색의 풀 플레이트 아머를 단단히 장비했으며, 등에는 몸집만큼 커다란 대검을 매달아놨다.

노움 거한 텟치도 마찬가지로 두꺼운 플레이트 아머에, 문짝처럼 거대한 타워 실드를 들었다. 무기는 사방에 울퉁불퉁한 돌기가 달렸으며 매우 묵직해 보이는 헤비 메이스였다.

안경을 낀 레프러콘 타루켄은 늘씬한 몸을 황동색 라이트아머로 감싸고, 무기는 엄청나게 긴 스피어였다. 그 옆에 선 누님 스타일의 스프리건 노리는 금속을 쓰지 않은 도복 같은 넉넉한 천 방어구를 걸치고, 마찬가지로 천장에 닿을 듯한 기다란 강철제 쿼터스태프를 짊어졌다.

그리고 유일한 메이지인 운디네 족의 시우네는 하얀색과 진남색의 승려풍 법의에, 브리오슈처럼 둥글게 부푼 모자를 쓰고 오른손에 가느다란 은색 로드를 들었다. 전체적으로는 균형이 잘 잡힌 파티지만, 굳이 말하자면 버퍼와 힐러가 조금 부족하다 싶었다.

“그럼 나도 백업으로 들어가는 편이 나을 것 같네.”

허리의 레이피어를 마력 부스트용 완드로 교환하기 위해 칼집째로 떼며 아스나가 말하자, 유우키가 미안하다는 듯이 고개를 움츠렸다.

“미안해, 아스나. 그렇게 검을 잘 쓰는데 뒤로 돌아가야 하다니.”

“아니야, 어차피 난 탱커는 할 수 없을 테니까. 그 대신 쥰과 텟치가 더 얻어맞아야 할 테니 각오해줘~.”

생글생글 웃음을 지으며 중장비를 걸친 두 사람을 보았다. 엄청난 체격 차이가 있는 살라만더와 노움 콤비는 한순간 얼굴을 마주하더니, 동시에 철컹 아머 가슴팍을 두드렸다.

“그, 그래, 맡겨만 달라고!”

힘차기는 했지만 약간 뻣뻣한 쥰의 말에 모두 유쾌한 웃음소리를 냈다.

2026년 1월 8일 수요일.

겨울방학 마지막 날인 이날 오후 1시, 아스나는 약속대로 다시 제27플로어 거주구역《롬바르》의 여관을 방문해 슬리핑 나이츠 멤버들과 재회했다. 목적은 물론 이 플로어의 미궁구역 최상층 플로어를 지키는 보스 몬스터에 함께 도전하는 것.

이들이 자신에게 기대하는 역할은, 수치상의 전투력보다 모두의 힘을 살리기 위한 전술을 제공하는 것이라고 아스나는 이해했다. 단순히 능력만을 비교한다면, 유우키네 길드는 아마 모두들 아스나와 같거나 그 이상일 것이다. 하지만 아스나에게는 ALO에 갓 컨버트한 그들에게는 없는 지식과 경험이 있다.

그래서 우선 멤버들의 빌드 구성과 무기류를 상세히 확인하고, 기본이 되는 파티 진형을 결정하기로 한 것이다.

백업이 되기로 결심한 아스나는 아이템 창을 열고 허리춤에서 떼어낸 레이피어를 그 안에 수납한 다음, 대신 완드를 꺼냈다. 끄트머리에 이파리가 하나 달린 나뭇가지일 뿐이라 조금 빈약한 인상이 드는 아이템이지만, 사실은 세계수의 제일 꼭대기 가지를 잘라낸 것이다. 입수하려면 거대한 수호룡의 맹공을 뚫고 지나가야만 한다.

"그러면."

완드를 손끝으로 휘릭 돌리며, 아스나는 미소와 함께 말했다.

"살짝 보스방을 엿보러 가볼까?"

롬바르의 여관을 떠난 일곱은 항상 어둠이 지배하는 하늘로 날아올랐다.

역시라고 해야 할까, 모두 보조 스틱 없이 자유비행을 했으며 몸놀림이 매끄러워 아스나는 새삼 감탄했다. 도저히 이제 막 컨버트했다고는 생각하기 힘들었다. 이건 이미 VRMMO 게임에 적응했다기보다는, 그 근간을 구성하는 풀 다이브 기술 그 자체에 대한 친화성이 높다고 해야 하리라. 드물게 그런 플레이어가 있는 것은 사실이지만, 오랜 게임 플레이 경력 속에서도 아스나가 직접 아는 사람이라곤 키리토를 필두로 한 극히 몇 안 되는 사람뿐이었다.

그런 사람이 여섯 명이나 모이다니, 대체 어떤 경위로 구성된 길드일까. 잘 생각해 보면 오늘은 1월 8일이고, 일반 사회에서는 설 연휴가 끝나 회사에서도 학교에서도 시업식이 있을 것이다. 아스나네 학교는 만사 여유 있는 커리큘럼 탓인지 내일부터 3학기가 시작되지만, 길드 멤버 여섯 명이 모두 이런 대낮에 모이기란 원래 매우 어렵지 않을까.

단순히 생각하면, 매우 강한 것도 포함해서 게임에 실생활을 모조리 쏟아붓는 하드코어 플레이어 집단이라고 판단하는 것이 타당하리라. 하지만 아스나는 그렇지 않으리라 생각했다. 슬리핑 나이츠 멤버들에게선 그런 길드가 늘 풍기는 강한 자부심 같은 것이 느껴지지 않았다. 다들 한없이 자연스럽게 게임을 즐기는 것 같았다.

현실세계의 플레이어는 어떤 사람들일까. 평소 같으면 궁금하게 여기지도 않는 사실을 생각하던 그 순간, 전방에서 날아가던 유우키가 변함없이 기운찬 목소리로 외쳤다.

"보인다, 미궁구역!"

살짝 눈을 돌리자 잇달아 솟은 바위산 너머로 한층 커다란 탑이 보였다. 원통형 탑은 지상에서 상부 플로어 바닥까지 쭉 뻗어나갔다. 바닥에는 하나가 조그만 집만큼 큰 수정 육각기둥이 수도 없이 튀어나와, 푸른 인광을 발하며 어둠에 솟아난 탑을 어렴풋이 비춰주었다. 미궁구역 입구는 탑 아래쪽에 시커멓게 뚫려 있다.

한동안 호버링해 입구 주위에 몬스터나 다른 파티의 모습이 없음을 확인했다.

오늘의 《돌발 보스 공략》에 대해서는 물론 리즈벳을 비롯한 친구들에게도 이미 보고를 해 두었다. 다들 《절검》의 생각지도 못한 의뢰에 놀랐지만, 금세 자기들도 거들겠다는 말을 해주어서 아스나는 기뻤다. 하지만 유우키 일행의 최종목적은 동료들과 마지막 추억을 만드는 것이다. 그러니 사태를 너무 확대하지 않는 편이 좋겠다는 아스나의 생각을 친구들은 금세 받아들여 주었으며, 다들 현재 가진 각종 포션을 소지 용량 한계까지 들려 배웅해주었다.

이번 건에 대해 당초부터 의미 있어 보이는 태도를 관철하던 키리토는 한순간 무언가 생각하는 것 같았지만 역시 미소를 지으며 격려했고, 아스나를 따라가고 싶어 하던 유이를 다독여 주었다. 어떤 의미에서는 약간의 배신행위라고도 할 수 있는 타 길드 원조를 응원해준 동료들에게 새삼 감사하면서, 아스나는 대열 제일 후미에서 천천히 미궁구역을 향해 강하했다.

다리가 검푸른 지면에 닿자 나란히 거대한 탑을 올려다봤다. 이렇게 상부 플로어로 이어지는 타워를 바라보는 것이 구 SAO 시절부터 헤아려 몇십 번이나 되는지도 알 수 없지만, 공중에서 부감하는 것과는 또 다른, 그야말로 위용이라 불러야 할 만한 모습에는 항상 압도된다.

"……그럼 작전대로 일반 몬스터하고는 최대한 전투를 피하면서 가자."

아스나가 말하자, 역시 긴장이 되는지 굳은 얼굴을 했던 유우키네 길드 멤버들은 말없이 고개를 끄덕였다. 각자 허리며 등 뒤에 손을 뻗어 소리 높여 무기를 뽑아든다.

마법 실력이 탁월한 운디네 종족인 시우네가 은색 로드를 들더니, 잇달아 수많은 버프 스펠을 영창했다. 일곱 파티 멤버의 몸을 광원 이펙트가 휩싸고, 시야 왼쪽 위의 HP 바 아래에 수많은 스탯 아이콘이 깜빡였다. 이어서 스프리건 노리가 전원에게 암시 마법을 걸어주었다. 아스나도 버프 마법을 몇 가지 익히긴 했지만, 시우네 쪽이 스킬 레벨이 높기 때문에 그녀에게 맡겨놓았다.

준비가 끝났을 때 다시 한 번 얼굴을 마주하고 고개를 끄덕인 다음, 포워드인 유우키부터 미궁구역에 발을 들였다.

입구에서 한동안 이어진 천연 동굴이 돌 블록이 깔린 인공 미궁으로 바뀌자, 주위의 온도가 아주 조금이지만 분명히 떨어지고 축축한 냉기가 피부를 쓰다듬었다. SAO 시절에도 고생했다시피 미궁구역 내부는 진저리가 날 정도로 넓었으며, 또한 출현 몬스터의 레벨도 필드와는 비교할 수 없을 정도다. 게다가 알브헤임 지상에 존재하는 던전들과 마찬가지로 안에서는 비행을 전혀 할 수가 없다. 맵 데이터는 정보상인에게 미리 구입해놓았지만 그래도 보스방까지는 최단으로도 세 시간은 걸릴 것이다.

——라고 사전에 예상은 했으나.

겨우 한 시간이 조금 지나서 눈앞에 한층 넓은 복도와 그 안쪽 막다른 곳에 거대한 문이 나타났을 때, 아스나는 새삼 슬리핑 나이츠의 실력에 혀를 내둘렀다. 개개인의 전투능력은 나름 파악했다고 생각했는데, 여섯의 팀워크는 더더욱 훌륭하다고 할 수밖에 없었다. 한 마디도 말을 나누지 않았지만, 조그만 몸짓이나 손짓만으로도 멈춰야 할 곳은 멈추고 돌파해야 할 곳은 돌파했다. 아스나는 거의 파티의 맨 꽁무니에서 그저 따라가기만 하면 되었다. 몬스터와 전투가 벌어진 것은 겨우 세 번 뿐이었으며, 그것조차도 아스나의 지시에 따라 순식간에 리더격 몬스터만 해치워 적진이 혼란에 빠졌을 때 쉽게 뿌리칠 수 있었다.

보스방으로 이어지는 복도를 전진하면서, 아스나는 조금 푸념하고 싶은 기분에 곁의 시우네에게 속삭였다.

"어쩐지……. 내가 정말 필요했던 걸까? 여러분을 도와줄 여지는 거의 없었던 것 같은데……."

그러자 시우네는 눈을 동그랗게 뜨더니 열심히 고개를 가로저었다.

"아니, 그럴 리가요. 아스나 씨의 지시 덕에 트랩에도 걸리지 않았고, 전투도 조금만 하면서 왔는걸요. 지난번에 두 번 왔을 때는 조우하는 적과 모두 정면으로 싸웠기 때문에, 보스방에 도착할 무렵에는 다들 꽤 지쳤답니다."

"그, 그건 그것대로 대단하네……. 아, 유우키, 잠깐만!"

아스나가 살짝 볼륨을 높여 말하자 포워드 세 사람은 우뚝 발을 멈추었다.

이미 보스방 앞의 긴 복도도 반 이상 답파해 막다른 곳의 무서운 장식이 새겨진 돌문이 세부까지 보였다. 복도 양옆에는 일정한 간격으로 원기둥이 서 있지만, 그 뒤쪽을 포함해 몬스터의 모습은 없었다.

의아한 표정으로 돌아보는 유우키와 쥰과 텟치에게 입술에 손가락을 대 보인 다음, 아스나는 커다란 문 좌우의 마지막 원기둥 너머에 시선을 돌렸다.

복도의 조명이라곤 원기둥 윗부분 벽감(壁龕)에 설치된 접시 위에서 타오르는 푸른 불꽃뿐이었다. 노리의 암시 마법이 있어도, 일렁일렁 흔들리는 돌벽의 그림자가 미미하게 움직이는 것까지는 포착하기 어려웠다. 그러나 아스나는 직감적으로 시야 일부분에 위화감을 느꼈던 것이다.

손짓으로 유우키 일행을 물러나게 하고 아스나는 오른손의 완드를 치켜들었다. 조금 긴 스펠 워드를 재빨리 조합해 왼손바닥을 가슴 앞에서 위로 쳐들었다.

영창이 완료된 순간, 손바닥 위에 가슴지느러미가 박쥐처럼 길게 뻗은 조그만 물고기가 다섯 마리 나타났다. 푸르고 투명한 그 물고기들에게 얼굴을 마주하고, 원하는 방향을 향해 가볍게 숨을 불었다.

그러자 물고기들은 퍼덕퍼덕 몸을 틀며 공중을 일직선으로 헤엄치기 시작했다. 은폐 주문을 간파하기 위한 《서처》를 소환한 것이다. 다섯 마리는 약간씩 각도를 두고 방사형으로 하늘을 나아가다가, 그중 두 마리가 아스나의 눈에 들어온 공기의 일렁임 속으로 돌입했다.

푸른빛이 팟 퍼졌다. 서처가 소멸하고 그 안에 출현한 녹색 공기의 장막이 금세 녹아드는 것처럼 사라졌다.

"앗!"

유우키가 놀라서 소리를 질렀다. 조금 전까지는 아무도 없었던 원기둥 너머에서 플레이어 세 사람이 홀연히 나타난 것이다.

아스나는 그들의 온몸으로 재빨리 시선을 돌렸다. 임프가 둘, 실프가 하나. 모두 경장이며 무기는 단검이다. 그렇다고 해도 무장의 그레이드는 제법 높다. 아는 얼굴은 없었지만 컬러 커서에 표시된 길드 태그는 눈에 익었다. 방패에 옆을 향한 말 그림. 제23플로어 이후의 미궁구역을 잇달아 공략하는 유명 대규모 길드의 문장이다.

미궁구역에서 주위에 몬스터도 없는데 하이드를 쓰다니, 심상찮은 일이다. 상식적으로 보면 PK의 수법이다. 아스나는 상대의 원거리 공격에 대비해 지팡이를 치켜들고, 곁에서 유우키 일행도 철컹철컹 무기를 고쳐들었다.

그러나 생각과는 달리 삼인조 중 하나가 황급히 한손을 들며 외쳤다.

"스톱, 스톱! 싸울 생각 없어!"

황급한 모습은 연기처럼 보이지 않았지만, 아스나는 경계를 풀지 않고 맞받아쳤다.

"그럼 무기를 집어넣어!"

그러자 세 사람은 얼굴을 마주보더니 금세 저마다 단검을 허리의 칼집에 찼다. 아스나는 시우네를 흘끔 돌아보고는 속삭였다.

"저 사람들이 다시 발검을 할 기색을 보이면 즉시 《아쿠아 바인드》 마법을 걸어."

"알았어요. 우와, ALO에서 PvP는 처음인데. 가슴이 쿵쾅쿵쾅 뛰네요."

쿵쾅쿵쾅이 아니라 두근두근이라고 표현해야 할 것처럼 눈을 빛내는 시우네와 다른 멤버들의 모습에, 아스나는 살짝 쓴웃음을 지은 후 다시 삼인조를 쳐다보았다. 몇 걸음 다가가 날카롭게 물었다.

"PK가 아니라면……, 무슨 목적으로 하이드한 거죠?"

다시 동료들과 시선을 마주한 후, 리더로 보이는 임프가 대답했다.

"동료하고 만나기로 했거든. 그 전에 몹에게 걸리면 귀찮으니까 숨어 있었던 거라고."

"……."

그럴듯하게 들리기는 했지만 어딘가 수상하다. 하이드 주문을 시전하는 동안에는 엄청난 속도로 마나가 소비되기 때문에 수십 초 간격으로 값비싼 포션을 마셔대야만 한다. 애초에 이런 미궁의 깊은 곳까지 도달할 정도의 실력이면 그렇게 수고를 끼치면서까지 몬스터 전투를 피할 필요가 없을 텐데.

하지만 그들의 설명에 그 이상의 허점을 발견할 수는 없을 것 같았다. 위험을 배제하자는 의미에서 당장 PK에 나서는 방법도 있겠지만, 대규모 길드와 문제를 일으켰다간 나중에 이것저것 귀찮아질 것이다.

아스나는 의문을 꾹 삼키고 가볍게 고개를 끄덕였다.

"알았어요. ——우린 보스에 도전하러 온 건데, 그쪽이 아직 준비가 안 됐다면 먼저 잡아도 되겠죠?”

“얼마든지.”

어쩌면 더욱 교묘한 말로 보스 도전을 방해할지도 모른다고 예상했지만, 깡마른 임프는 생각과 달리 짧게 대답했다. 그리고 두 동료들에게도 손짓을 해 물러나도록 한 다음 자신도 커다란 문 옆으로 비껴났다.

“우린 여기서 동료를 기다릴 테니, 뭐, 열심히 해봐. 그럼 이만.”

슬쩍 웃음을 머금고, 임프는 동료 실프에게 턱짓을 했다. 실프는 두 손을 들고 익숙한 어조로 스펠 워드 영창을 시작했다.

금세 술자의 발밑에서 녹색 공기의 소용돌이가 피어나 세 사람의 몸을 에워싸는 막이 되었다. 녹색이 점점 흐려지다가 일렁이듯이 사라졌을 때는 이미 누구의 모습도 보이지 않았다.

“…….”

아스나는 한동안 입가를 꾹 다문 채 다시 하이드한 그들의 방향을 응시했지만, 이윽고 어깨를 으쓱한 다음 유우키를 돌아보았다. 절검이라는 별명을 가진 소녀는 조금 전의 불온한 대화에도 전혀 기분이 상하지 않았는지, 커다란 보라색 눈동자를 반짝거리며 아스나에게 가볍게 고개를 갸웃해보였다.

“……일단 예정대로 한번 탐색전을 해보자.”

아스나가 말하자 유우키는 씨익 웃으며 대답했다.

“응! 드디어 도전하는 거구나! 힘내자, 아스나!”

“탐색전이라고 하지 말고, 부딪쳐서 해치울 기세로 기합을 넣자구.”

기세등등한 쥰의 말에 아스나도 웃음으로 대답할 수밖에 없었다.

"뭐, 그게 이상적이겠지만. 그래도 괜히 비싼 아이템을 쓰면서까지 회복하지는 않아도 돼. 어디까지나 나랑 시우네가 힐할 수 있는 범위 내에서 노력하는 거야. 알았지?"

"네, 선생님!"

장난기가 듬뿍 담긴 쥰의 대답에 헬멧 바이저를 손가락으로 찌르고, 아스나는 나머지 다섯 명을 순서대로 쳐다보았다.

"죽어도 곧장 마을로 돌아가진 말고, 보스의 공격 패턴을 확실하게 봐둬. 전멸하면 함께 롬바르의 세이브 포인트까지 돌아가기로 하고. 포메이션은——쥰과 텟치가 제일 앞에서 계속 버티면서 가끔 도발 스킬로 헤이트를 확보해줘. 타루켄과 노리는 그 양옆에서 타깃을 빼앗기지 않을 정도로만 공격. 유우키는 자유롭게 유격하고, 가능하다면 보스의 등 뒤로 돌아가 봐. 그리고 나랑 시우네는 후방에서 지원과 회복."

"알았어."

일동을 대표해 거한 텟치가 묵직한 목소리로 대답했다.

시우네가 재빨리 전원에게 버프 마법을 다시 걸어주기를 기다렸다가 포워드 두 사람이 앞으로 나왔다. 왼손의 타워 실드를 철컹 소리와 함께 들고 오른손의 헤비 메이스를 어깨에 짊어진 텟치는, 거대한 문 바로 앞에서 아스나를 흘끔 돌아보았다.

아스나가 고개를 끄덕여 대답하자, 마찬가지로 어깨에 대검을 짊어진 쥰이 빈 왼손을 문에 가져갔다. 어깨를 부풀리며 힘을 준다.

검게 번들거리는 바위로 만들어진 두 개의 문짝은 저항하듯 삐걱거리는 소리를 낸 후 그르르릉, 천둥과도 비슷한 소리를 복도 전체에 울리며 좌우로 갈라지기 시작했다. 내부는 완전한 어둠——.

그렇게 생각한 것도 찰나, 문 바로 앞에서 푸른 화톳불 두 개가 화륵 피어올랐다. 이어서 그 좌우로 또 두 개. 약간의 시간차를 두고 무수한 불꽃이 원을 그리듯이 일어난다. 이 조명 연출은 모든 플로어가 똑같다. 모든 불꽃이 켜지고 보스의 팝업이 끝날 때까지가 공략 참가 준비시간인 셈이다.

보스방은 완전한 원형이었다. 바닥은 반들반들하게 잘 닦인 돌 블록이며 넓이는 상당했다. 제일 안쪽 벽에는 상부 플로어로 이어지는 계단을 감추어놓은 문이 보였다.

"——가자!"

아스나가 소리친 것과 동시에 쥰과 텟치가 힘껏 방 안쪽을 향해 달렸다. 나머지 다섯 사람도 즉시 뒤를 따랐다.

모두 미리 정해놓은 포메이션대로 이동해 각각 무기를 소리 높여 든 것과 동시에——방 한복판에 거칠게 깎아놓은 거대한 폴리곤 덩어리가 잇달아 솟아났다. 검은 입방체들이 충격성을 발하며 어렴풋한 인간의 모양으로 합체하고, 실루엣이 자리를 잡으며 조금씩 정보량이 늘어갔다.

마지막으로 무수한 파편을 허공으로 흩뿌리며 보스 몬스터가 실체를 드러냈다.

몸의 길이가 4미터 정도나 되는 시커먼 자이언트였다. 근골

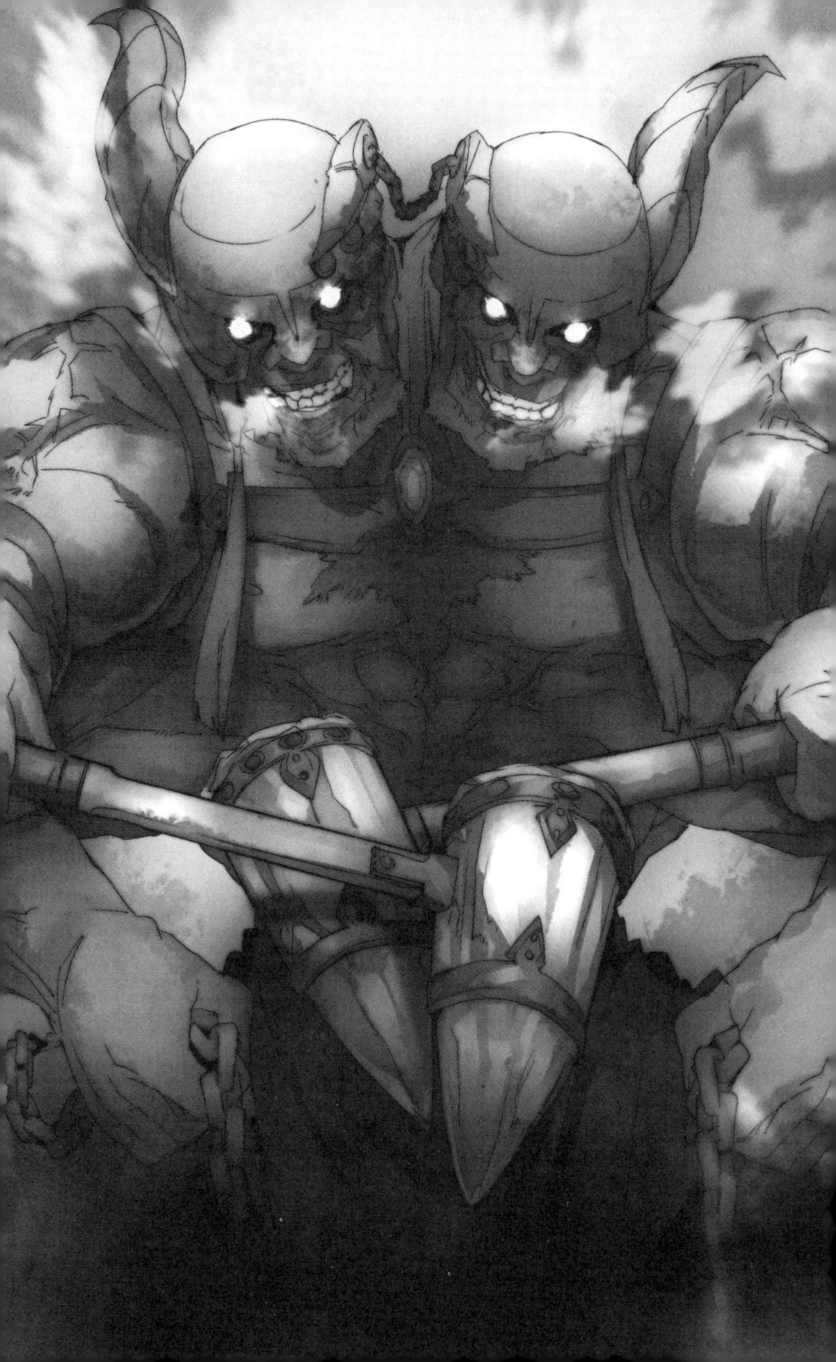

이 우락부락한 동체에는 두 개의 머리와 네 개의 팔이 달렸으며, 각각의 손에 흉악한 형태의 둔기를 쥐었다.

자이언트가 한 걸음을 디디자 지진 같은 진동이 온 방에 퍼졌다. 하반신에 비해 상반신의 볼륨이 매우 컸으며, 몸을 한껏 앞으로 굽히기는 했지만 그래도 머리는 일행보다 훨씬 높은 곳에 있었다.

붉게 빛나는 네 개의 눈으로 침입자들을 한동안 노려본 후, 거인은 굵은 포효를 질렀다. 위쪽 두 팔에 쥐고 있던 공성추처럼 생긴 거대한 해머를 높이 치켜들고, 아래쪽 두 팔로는 대형 선박의 닻을 매달아놓을 것 같은 굵은 쇠사슬을 바닥에 내리쳐 대면서——.

6

"뜨아아아아! 졌다, 졌어!!"

마지막으로 텔레포트한 노리가 타루켄의 등을 퍽퍽 두드리면서 유쾌하게 외쳤다.

롬바르 중앙광장에 이어진 돔형 건물 안. 실내 한복판의 한 층 낮게 만들어진 바닥에 세워진 위치 세이브 크리스탈 주위에, 아스나를 비롯한 일곱 명이 전송되었다. 물론 제27플로어 보스인 시커먼 자이언트의 맹공 앞에 어이 없이 전멸했기 때문이다.

"우웅~, 열심히 했는데~."

아쉽다는 듯이 어깨를 늘어뜨리는 유우키의 뒷덜미를 아스나가 꽉 붙들었다.

"흐에?"

의아한 표정을 짓는 유우키를 잡아당기며 그대로 방 한구석까지 뛰어간다.

"다들 빨리 이쪽으로!"

일단 여관으로 돌아가 휴식 겸 반성회를 가지자고 하던 쥰이나 다른 멤버들도 입을 멍하니 벌린 채 즉시 뛰어왔다.

《사망 시 귀환 포인트》인 돔 안에는 아무도 보이지 않았지만, 만약을 위해 바깥까지 목소리가 들리지 않는 장소로 전원을 모은 후 아스나는 재빨리 주워섬겼다.

"느긋하게 굴 여유가 없어. 보스방 앞에 있던 삼인조, 기억하지?"

"아, 네."

시우네가 고개를 끄덕였다.

"그건 보스 공략 전문 길드의 척후대였어. 동맹 길드 외의 플레이어가 보스에 도전하는 걸 감시했던 거야. 아마 다른 플로어에서도, 그전에도, 여러분이 보스방에 들어가는 걸 그들이 봤을 거야."

"네에……? 전혀 몰랐는데요……."

"아마 목적은 보스 공략을 방해하는 게 아니라 정보 수집이겠지. 슬리핑 나이츠처럼 소규모 길드가 도전하는 걸, 이런 말은 좀 미안하지만 자기네 선발대처럼 이용해 보스 공략 패턴이나 약점 위치를 파악하는 거야. 그러면 자기들은 데스 페널티도 안 받고 포션 값도 쓰지 않을 테니까."

아스나가 여기서 말을 끊자, 동그란 안경을 낀 타루켄이 손가락 끝까지 쭉 뻗은 오른손을 척 쳐들면서 입을 열었다.

"하, 하지만 우리가 보스방에 들어간 후에 금방 문이 닫혔잖아요? 저, 정보수집을 하려 해도 전투 그 자체는 거의 못 봤을 텐데요?"

"이건 내가 방심했기 때문인데……, 전투가 끝난 다음에야 겨우 쥰의 발밑에 조그만 회색 도마뱀이 쫄랑쫄랑 따라다니는 걸 발견했어. 그건 암속성 마법인 《피핑(Piping)》이야. 다른 플레이어에게 패밀리어를 붙여서 시야를 훔치는 주문. 스펠이 걸린 순간 딱 1초 정도 디버프 스탯 아이콘이 표시될 텐데……."

"어, 어쩌지. 난 전혀 몰랐어."

아스나의 설명을 들은 순간 민망한 표정을 짓는 쥰의 등을 가볍게 두드려주었다.

"아냐, 미리 말해놓지 못했던 내 잘못이야. 분명 보스방에 들어가기 직전에 시우네가 버프를 다시 건 순간을 노려 스펠을 썼을 거야. 아이콘이 잔뜩 나올 때 한순간 섞여들어가면 모르는 게 당연하지."

"……아, 그렇다면……."

눈을 동그랗게 뜨고 있던 유우키가 가슴 앞에 두 손을 쥐면서 외쳤다.

"25플로어랑 26플로어에서 우리가 전멸한 다음에 곧장 보스가 공략됐던 게 우연이 아니었구나~!"

그 목소리에 놀라움은 있을지언정 원한이나 분개하는 감정은 전혀 느껴지지 않았다. 그런 유우키에게 새삼 어렴풋한 경의를 품으며 아스나는 살짝 고개를 끄덕였다.

"틀림없어. 여러분이 필사적으로 최선을 다해 보스의 패턴을 최종단계까지 다 파악했던 걸, 그들도 공략에 써먹었던 거야."

"그렇다면 다시 말해……."

시우네가 모양 좋은 눈썹을 살짝 찡그리며 말했다.

"이번에도 보기 좋게 이용당했다는 뜻인가요……?"

"……이럴 수가."

노리의 탄식성에 동료 다섯 명도 어깨를 축 늘어뜨리려 했으나, 그 전에 아스나는 유우키의 아머를 찰싹 두드렸다.

"아니야, 아직 그렇다고 단언할 수는 없어!"

"어……? 그게 무슨 소리야, 아스나?"

"지금은 현실시간으로 오후 2시 반이잖아. 이런 시간에 수십 명을 모으기란, 아무리 대규모 길드 동맹이라 해도 어려울 거야. 적어도 한 시간은 걸릴걸? 그 사이를 찌르는 거지. ——잘 들어. 앞으로 5분 안에 미팅을 마치고, 30분 안에 보스방까지 돌아가자!"

"뭐어~?!"

아무리 강호들이라 해도 이번만큼은 나란히 경악성을 질렀다. 그런 일동을 둘러보며, 아스나는 누구에겐가 물려받은 듯이 한쪽 뺨만 들어올리는 자신만만한 미소를 지어 보였다.

"우리라면 할 수 있어. 그리고——이 인원으로도 분명 보스를 쓰러뜨릴 수 있어."

"저, 정말?!"

코가 부딪칠 정도로 불쑥 몸을 내미는 유우키에게 크게 고개를 끄덕이며 대답한다.

"침착하고 냉정하게 약점을 찌른다면. 작전은 이래. 보스는 자이언트 타입이고, 팔이 많아서 어렵지만 정면을 확실하게 구분할 수 있는 만큼 비정형 크리처 타입보다는 나아. 공격 패턴은 해머 내리치기, 쇠사슬 휘젓기, 머리 숙이고 돌진. HP가 절반으로 줄어든 다음에는 광범위 브레스 공격 추가. 게이지가 레드존까지 떨어지면 무기 네 개로 8연격 소드 스킬……."

아스나는 바닥에 홀로그램 패널을 펼쳐 자유입력창으로 바꾸고 손가락으로 재빨리 보스의 공격 패턴을 그렸다. 다음으로는 각각에 대한 자세한 방어 방법을 열거했다.

"……그러니까 쥰과 텟치는 사슬은 무시해도 돼. 오로지 해머에만 집중해. 다음으로 약점인데, 해머 내리치기 공격을 무기나 방패로 막지 말고 피해서 바닥을 치게 하면 0.7초 정도 경직시간이 생겨. 그 틈을 놓치지 말고 노리랑 타루켄이 확실하게 강공격을 맞춰줘. 그리고 등 쪽에도 허점이 많아. 유우키는 오로지 뒤만 노리고 돌진계 소드 스킬로 공격해. 사슬은 뒤까지도 닿으니까 조심하고. 그리고 브레스 대응법은……."

작전회의에서 이렇게 많은 말을 한 것은 틀림없이 혈맹기사단 서브 리더 시절 이후 처음이리라, 마음속으로 회상할 틈도 없이 아스나는 열심히 입을 놀렸다. 여섯 사람은 진지한 표정으로 고개를 연신 끄덕였다.

마치 학교 선생님이라도 된 것 같다고 생각하면서, 아스나는 정확히 4분 만에 브리핑을 마쳤다. 다음으로 인벤토리를 연 다음, 미리 맡아둔 공략 예산으로 사들인 대량의 회복 포션을 친구들에게 받아온 선물과 합쳐 한꺼번에 실체화했다.

잘그랑잘그랑 소리를 내며 바닥 위에 형형색색의 유리병이 산처럼 쌓였다. 이를 조금 전 도전 때 멤버들이 입었던 대미지의 양에 맞춰 하나하나 분배했다. 마지막으로 파란 병에 든 마나 회복약을 자신과 시우네의 주머니에 털어넣고 모든 준비를 마쳤다.

아스나는 등을 쭉 펴고는, 다시 모두의 얼굴을 둘러보며 미소를 지으면서도 힘차게 고개를 끄덕였다.

"다시 한 번 말하겠지만 여러분……, 아니, 우리라면 보스를 이길 수 있어. 오래전부터 여기서 싸웠던 내가 보증할게."

그러자 유우키도 여느 때와 같은 천진난만한 미소를 지으며 딱 잘라 말했다.

“내 감이 틀리지 않았구나. 아스나에게 부탁하길 잘했어. 만약 공략이 잘 안 돼도 내 마음은 변함이 없을 거야. ——고마워, 아스나.”

나머지 다섯 사람도 즉시 고개를 끄덕였다. 서브 리더 격인 시우네가 부드럽고도 잘 울리는 목소리로 말을 이었다.

“정말로 고마워요. 유우키가 데려와준 당신이야말로 우리 모두가 고대하던 사람이라고, 지금 새삼스럽게 확신했어요.”

그 순간 가슴속에 치미는 커다란 감정의 여울을 아스나는 열심히 집어삼켰다. 손가락을 하나 세우고 윙크를 하며——.

“……그 말은 축하 파티 때까지 아껴두자. 그럼……, 다시 한 번 파이팅!”

다시 롬바르에서 날아오른 여섯 명은 에누리 없는 전속력 비행으로 미궁구역까지 달려갔다. 최단거리를 똑바로 비행한 것이라 필드 몹의 무리에 몇 번인가 타깃을 당하기는 했지만, 노리의 환혹 마법으로 시야를 차단해가며 단숨에 주파했다.

거탑까지는 겨우 5분 만에 도달했다. 즉시 입구로 뛰어들어 조금 전과 같은 루트를 따라 최상층으로 내달렸다. 역시 좁은 던전 안에서 몬스터의 무리 한복판을 돌파할 수는 없었지만, 그 대신 절검 유우키가 자신의 본 실력을 발휘해 적의 리더 개체를 거의 단칼에 베어버렸다.

설정한 타이머가 28분을 가리켰을 때, 마침내 눈앞에 보스방으로 이어지는 복도가 나타났다. 넓은 통로는 천천히 왼쪽으로 꺾이며 나선형으로 탑 중앙부까지 이어진다.

"아자, 앞으로 2분!!"

쥰이 외치더니 유우키의 앞으로 나서서 라스트 스퍼트를 시작했다. 유우키가 그 모습에 손가락질을 하며 쫓아갔다.

"앗, 야, 기다려!"

보아하니 대형 길드 동맹의 허를 찌를 수 있을 것 같다고 생각하며 아스나도 열심히 달렸다. 빙글빙글 원을 그리면서 일행은 금세 복도를 주파하고, 앞길에 보스방의 거대한 문이——.

"……아?!"

문앞에 펼쳐진 광경에 아스나는 숨을 들이키면서 두 발로 브레이크를 걸었다. 앞서 달려가던 유우키와 쥰도 부츠로 바닥을 긁으며 급정지했다.

"뭐……뭐야, 이게……?!"

아스나의 옆에서 노리가 멍하니 중얼거렸다.

보스방 문으로 이어지는 복도의 마지막 30미터는 약 스무 명쯤 되는 플레이어로 빼곡했다.

종족은 제각각이지만 유일한 공통점이 있었다. 커서 옆의 길드 엠블럼이다. 방패에 말의 옆머리. 조금 전 문 앞에서 하이드했던 세 사람과 같다.

——이미 늦었나?! 설마 이렇게 일찍 멤버를 모으다니…….

내심 이를 악물었던 아스나는 어라 싶었다. 보스 공략 치고는 인원이 적다. 스무 명, 다시 말해 3개 파티라면 레이드의 상한

인 7개 파티 49명의 절반도 안 된다.

아마——아직 참가 멤버 전원이 다 모이지는 못한 것이다. 미궁구역 제일 안쪽을 집합장소로 삼다니, 대담하기는 하지만 그만큼 이들도 초조했다는 뜻이리라.

아스나는 표정이 딱딱하게 굳어진 유우키의 곁으로 다가가더니, 자청색 롱헤어에 감춰진 귀에 입을 가져갔다.

"괜찮아, 한 번 더 도전할 여유는 있을 것 같아."

"……진짜?"

안도한 표정을 보이는 유우키의 어깨를 살짝 두드리고, 아스나는 집단을 향해 성큼성큼 다가갔다. 전원이 똑바로 시선을 향했지만 그들의 얼굴에 놀라움이나 긴장은 없었다. 그뿐이 아니라 이 전개를 즐기는 듯한 풀어진 분위기마저 느껴졌다.

아스나는 그것을 무시하고 집단 앞에 서서, 두드러지게 값비싼 무장을 걸친 노움 남성 플레이어에게 말을 걸었다.

"실례지만 우린 보스에게 도전하려고 해요. 거기 좀 비켜주세요."

하지만 굵은 팔을 과시하듯 팔짱을 낀 노움은 아스나가 예상치도 못했던 한 마디를 입에 담았다.

"미안하지만 여긴 지금 폐쇄 중이다."

"폐쇄……라니, 그게 무슨 말이죠……?"

아연실색하며 되물었다. 노움은 과장스럽게 눈썹을 올렸다 내리더니 별것도 아니라는 투로 말을 이었다.

"조금 이따 우리 길드가 보스에 도전할 거거든. 지금은 준비 중이고. 잠시 거기서 기다려."

"잠시라면……, 얼마나요?"

"뭐, 대충 한 시간 정도?"

상황이 여기에 이르자 아스나도 겨우 그들의 의도를 이해했다. 그들은 보스방 앞에 정찰대를 배치해 정보수집만 했던 것이 아니라, 공략에 성공할 만한 파티가 나타났을 때는 더 많은 인원의 부대를 동원해 던전을 물리 봉쇄하는 작전까지 쓴 것이다.

요즘 일부 고레벨 길드가 사냥터를 독점하는 경우가 있어 문제가 된다는 소문은 들었다. 그러나 설마 중립지역에서도 이런 노골적인 점령행위가 활개를 칠 줄은 몰랐다. 이래서야 마치 옛날 아인크라드에서 전횡을 일삼던 《군》과 같지 않은가.

자연스럽게 목소리가 날카로워지려는 것을 간신히 참으면서 아스나가 말했다.

"그렇게 오래 기다릴 여유 없어요. 그쪽이 당장 도전할 거라면 몰라도, 그러지 못하겠다면 우리가 먼저 하겠어요."

"하지만 말이지."

그러나 노움은 전혀 주눅이 드는 기색도 없이 말했다.

"우리가 먼저 왔잖아. 순서는 기다려야지."

"그럼 준비가 끝난 다음에 오세요. 우린 언제든 시작할 수 있는데 한 시간이나 기다리는 건 말도 안 돼요."

"그래봤자 우린 어쩔 수 없어. 위에서 시킨 거니까. 불만이 있으면 길드 본부까지 가서 교섭하든가. 위그드라실 시티에 있으니까."

"거기까지 갔다간 그거야말로 한 시간도 더 지나잖아!"

자신도 모르게 거친 목소리로 되받아친 후 아스나는 입술을 깨물고 자신을 진정시키기 위해 심호흡을 했다.

아무리 교섭을 해도 그들은 길을 터줄 마음이 없는 모양이다. 그렇다면 어떻게 할까.

보스가 드롭하는 아이템과 유르드를 모두 제공하겠다는 거래를 청해보면 어떨까. 아니, 보스 공략의 매력은 아이템만이 아니다. 막대한 스킬업 포인트에, 검사의 비에 이름을 새긴다는 명예처럼 실체 없는 보상도 있다. 도저히 이 자들이 받아들일 것 같지는 않았다.

이것이 다른 VRMMO였다면 비매너 행위로 GM의 재량을 물을 수도 있다. 하지만 ALO에서는 플레이어간의 문제는 당사자들끼리 해결하는 것을 추천했으며, GM은 기본적으로 시스템에 기인한 문제만 해결해준다.

속수무책으로 가만히 서 있는 아스나를 노려보던 노움은, 교섭이 끝났다고 판단했는지 몸을 돌려 동료들 쪽으로 돌아가려 했다.

그 등에 대고 아스나의 대각선 뒤쪽에 있던 유우키가 말을 걸었다.

"저기, 당신."

멈춰 서서 어깨 너머로 돌아보는 노움에게 《절검》은 여느 때처럼 당찬 목소리로 물었다.

"다시 말해, 우리가 이 이상 아무리 부탁해봤자 거기서 비켜줄 마음은 없다는 거지?"

유우키의 당돌한 말에 노움도 눈을 껌뻑거렸지만, 이내 거만

한 태도로 받아치며 고개를 끄덕였다.

"——까놓고 말하자면 그렇지."

그러자 유우키는 싱긋 웃더니 짧게 말했다.

"그렇구나. 그럼 할 수 없네. 붙자."

"뭐……뭐야?!"

"에엑?!"

노움 사내와 동시에 아스나도 놀라서 소리를 질렀다.

분명 ALO는 《중립 지역에서는 다른 플레이어를 무조건 공격 가능》이라는 하드코어한 시스템을 세일즈 포인트로 내세우는 타이틀이다. 모든 플레이어에게는 불만을 검으로 호소할 권리가 있다는 문장이 도움말 내에도 분명히 존재한다.

그러나 실제로 플레이어를 습격하는 행위에는 규칙으로 명문화된 것 이상의 부작용이 다수 따라온다. 상대가 대규모 길드 멤버일 경우에는 더욱 그렇다. 설령 그 자리에서는 이긴다 해도 사후에 길드 전체를 동원해 보복에 나설지도 모르며, 원한을 게임 밖의 온라인 커뮤니티까지 끌고 가지 말라는 법도 없다. 처음부터 PK를 플레이 스타일로 삼은 사람이 아니고서는 대형 길드를 상대로 싸우기란 거의 불가능한 것이 현실이다.

"유……유우키, 그건……."

그런 사실을 어떻게든 설명해보고자 아스나는 입을 열기는 했지만 말문이 막혔다. 그런 아스나의 등을, 유우키는 웃음을 지우지 않은 채 탁 두드렸다.

"아스나. 부딪쳐야만 전해지는 것도 있어. 예를 들면, 내가 얼마나 진지한가 하는 것."

"뭐, 그렇지."

등 뒤에서 쥰이 맞장구를 쳤다. 돌아보니 다른 다섯 명도 태연자약한 모습으로 각자 무기를 고쳐들고 있었다.

"다들……."

"봉쇄한 사람들도 각오는 했을 거 아냐? 마지막 한 사람이 남더라도 이 자리를 지키겠다는 각오."

유우키는 다시 노움에게 시선을 돌리더니 살짝 고개를 갸웃하며 말했다.

"그치? 내 말이 맞지?"

"어……? 우, 우리는……."

아직 경악에서 깨어나지 못한 그의 정면에서, 조그만 임프 소녀는 허리의 장검을 소리 높여 뽑더니 끄트머리를 정면으로 척 겨누었다. 입가의 웃음을 거두고, 눈동자에 진지한 빛을 띠고──.

"자, 뽑아."

유우키의 페이스에 말려든 것처럼, 노움은 허리에서 큼지막한 배틀액스를 들더니 척 겨누었다.

다음 순간, 조그만 임프 소녀는 한 줄기 돌풍처럼 복도를 내달렸다.

"허억……."

겨우 사태를 이해한 것처럼, 노움은 콧날에 주름을 지으며 굵은 목소리로 신음하더니 거대한 도끼를 치켜들었다. 그러나 움직임은 너무나도 느렸다. 유우키의 흑요석 같은 칼날은 어둠색 궤적을 남기고 낮은 위치에서 솟아나 사내의 가슴 한복판에 꽂혔다.

"억!"

유우키보다도 훨씬 체격이 좋은 노움은 그 일격에 휘청 자세를 무너뜨렸다. 그 순간 정면 상단베기가 날아들었다. 묵직한 소리를 내며 노움의 어깻죽지에 검이 파고들어 HP 게이지를 요란하게 깎아냈다.

"으아아아아!!"

결국 사내도 분노의 포효를 지르며 양날 배틀액스를 오른쪽 위에서 유우키를 향해 내리치려 했다. 역시 유명 길드의 파티 리더를 맡은 만큼 속도는 제법 빨랐지만, 《절검》은 당황하는 기색도 없이 검을 한 차례 번뜩였다.

까강! 드높은 금속성이 울리며 도끼는 살짝 궤도가 빗나가더니, 유우키의 붉은 카추샤로부터 몇 센티미터 위를 가로질렀다. 원래 무기로 무기를 막아내는 《패링》은 무게가 같거나 더 무거운 무기로만 가능하다. 그런데도 레이피어와 분간이 되지 않을 만큼 가녀린 유우키의 장검이 거대한 도끼를 튕겨낸 것은, 어디까지나 참격이 무시무시할 정도로 빠르기 때문이다. 아바타와 뇌신경, 그리고 이를 잇는 어뮤스피어까지도 완전히 하나가 되어야만 저런 움직임이 가능하다.

대체 어떤 경험을 쌓으면 저런 경지에 도달할 수 있을까. 그런 감탄과 함께 전투를 지켜보던 아스나의 시선 너머에서 유우키의 검이 하늘색 궤적을 그렸다. 소드 스킬이 발동한 것이다.

혼신의 힘을 담은 중공격이 빗나가 발을 헛디딘 노움 전사의 몸 한복판에 정면 머리치기, 내려베기, 올려베기, 전력 상단베기의 4연격이 한 호흡으로 날아들었다. 검극이 그리는 연푸른색의 정사각형이 노움의 온몸을 감싸고 강하게 번뜩였다. 수직 4연격 《버티컬 스퀘어》.

"크헉……!"

비명과 함께 거한은 몇 미터나 날아가 바닥에 쓰러졌다. HP 게이지가 단숨에 레드 존까지 돌입했다. 자신도 그것을 확인했는지, 한순간 오른쪽 위를 본 두 눈이 크게 뜨였다.

시선이 다시 유우키에게 돌아왔다. 경악의 표정이 금세 분노로 바뀌었다.

"치……치사하다, 기습을 하다니……!"

약간 뜬금없는 비난과 함께 리더가 일어나자, 그제야 약 스무 명 정도 되는 동료들도 겨우 의식을 전투 모드로 바꾼 모양이다. 포워드들이 복도를 가득 메우고 잇달아 무기를 뽑는다.

반사적으로 세계수의 완드를 고쳐 쥐며, 아스나는 조금 전 유우키의 말을 머릿속으로 되뇌었다.

——아스나. 부딪쳐야만 전해지는 것도 있어.

그것은 분명 그 자리에서 즉석으로 튀어나온 말은 아닐 것이다. 유우키라는 신비한 소녀의, 말하자면 신념이리라. 왜냐하면 그녀는 처음부터 그랬으니까. 길거리 듀얼로 무수한 도전자와 검을 나누고 동시에 마음을 나누었다.

……그렇구나……. 그랬어…….

소리 내지 않고 그렇게 중얼거렸을 때, 아스나는 무의식중에 미소를 짓고 있었다. PvP의 부작용에서 오는 보복 따위를 마음에 두고 물러날 거라면, 애초에 VRMMO를 플레이할 의미가 없다. 허리에 찬 검은 장식품도 무게추도 아니다. 절대로.

아스나는 부츠 바닥에 결의를 담아 한 걸음을 내디디며 유우키의 오른쪽 옆에 섰다. 그리고 쥰과 시우네가 아스나의 오른쪽에, 텟치와 노리와 타루켄이 유우키의 왼쪽에 섰다.

겨우 일곱으로 이루어진 파티가 뿜어내는 무언가를 느꼈는지, 세 배나 되는 적수가 일제히 한 걸음 물러났다.

긴박한 공기를 다음 순간 깨뜨린 것은――.

전방이 아니라 배후에서 쇄도한 무수한 발소리였다. 아스나 일행의 머리 너머로 복도의 후방을 본 노움 전사가 씨익, 의기양양한 미소를 지었다.

"…………아!"

이럴 수가. 하필이면 이때. 숨을 죽이며 돌아본 아스나의 시야에 무수한 컬러 커서가 겹쳐지며 표시되었다. 길드 태그는 대부분 처음 보는 《초승달에 화살》이었지만, 《방패에 말》도 일부 섞여 있었다. 그렇다면 역시 노움 리더의 일행이 기다리던 레이드 부대의 나머지 절반이 도착한 것이리라. 인원은 아마도 서른 명에 가까울 터.

아무리 유우키네 길드가 강하다 해도 일곱 배의 적을 상대로, 게다가 앞뒤로 포위된 상태에서는 승산이 없다. 집단 후방에서 날아드는 마법이며 활의 집중포화만으로도 HP가 깎여나갈 것이다.

――내가 우물쭈물 망설이는 바람에…….

아스나는 회한과 함께 입술을 꽉 깨물었다. 처음부터 유우키의 신조에 따랐더라면, 전방의 스무 명을 돌파해 보스방에 진입할 수 있었을지도 모르는데.

사과를 입에 담기 직전, 왼쪽의 유우키가 아스나의 손을 살짝 잡았다. 가상의 피부를 통해 유우키의 마음이 전해졌다.

——미안해, 아스나. 내가 성급하게 나서는 바람에 아스나까지 말려들어서. 하지만 난 후회하지 않아. 왜냐하면 아까 아스나가 우리랑 만난 후로 제일 멋진 얼굴로 웃었는걸.

머릿속에 직접 들리는 듯한 그 속삭임에 아스나는 유우키의 손을 맞잡으며 대답했다.

——나야말로 도움이 되지 못해 미안해. 이 플로어는 힘들지도 모르겠지만, 다음 보스는 꼭 다 같이 쓰러뜨리자.

두 사람의 대화는 시우네를 비롯한 다섯에게도 전해진 모양이었다. 모두들 고개를 끄덕이고 원진을 짜며 앞뒤를 대비했다. 후방에서 쇄도하는 서른 명은 이미 길드 메시지 같은 수단으로 상황을 파악했는지 모두 발검 상태였다.

이렇게 된 이상 싸울 수 있는 데까지 싸울 수밖에. 그렇게 각오를 다지고, 아스나는 공격 스펠의 영창을 개시하기 위해 완드를 쳐들었다. 그 모습을 보고 적 집단의 가장 앞줄에서 달려오던 캐트 시 종족의 클로(claw) 전사가 육식짐승 같은 미소를 지으며 외쳤다.

"그만 포기하시……."

——그러나 의기양양한 그 말이 끝까지 이어지기도 전에.

또 다시 아스나의, 그리고 그 자리에 있던 플레이어 전원의 상상을 아득히 넘어서는 사건이 일어났다.
"저……저게 뭐야……?"
처음 그 사실을 깨달은 것은 암시능력이 뛰어난 노리였다. 1초 후, 아스나도 눈으로 보았다.
겨우 20미터 전방까지 육박했던 적 증원부대의 후방에서, 완만히 꺾이는 복도의 벽 위를 무언가가……, 누군가가 옆으로 몸을 눕힌 채 질주해 오고 있다. 너무나도 스피드가 빨라 전체가 검고 흐릿하게 보였다.
저건 경량급 요정의 공통 스킬인 《월 런(Wall Run)》이다. 쓸 수 있는 종족은 실프, 운디네, 캐트 시, 임프, 그리고 스프리건. 하지만 보통은 겨우 10미터가 한계인데, 그 그림자는 이미 그 세 배 이상을 달렸다. 웬만큼 대시 속도가 빠르지 않고서는 불가능하다.
그리고 여기까지 인식한 시점에서――아니, 어쩌면 어렴풋한 그림자를 본 그 순간부터, 아스나는 난입자가 누구인지를 확신했다.
그림자는 초고속 벽타기로 증원부대의 머리 위를 휙 지나가더니, 유유히 바닥으로 뛰어내려 신발 밑창으로 요란한 스파크를 흩뿌리며 제동을 걸었다. 적 주력과 아스나 일행의 중간 지점에서 등을 보이곤 정지했다.
몸에 딱 달라붙는 검은색 가죽바지에, 마찬가지로 검은색 롱코트, 층진 짧은 흑발, 등에는 약간 큼지막한 한손용 직검.
칼집 또한 검은색이었는데, 여기에는 순백색 와이번의 박이 입혀져 있었다. 위그드라실 시티 대로에 위치한 《리즈벳 무구

점》의 엠블럼이다. 아스나의 둘도 없는 친구가 요툰헤임산 희귀 금속을 소재로 벼려낸 회심의 명검이다.

검은 옷의 검사는 오른손의 잔상이 남을 정도로 빠르게 번뜩이며 등에서 연푸른색 칼날의 한손검을 뽑더니, 지르릉! 하고 요란한 소리를 내며 발밑의 돌 블록에 꽂았다. 그 기백에 주눅 든 것처럼 서른 명의 고수들이 모조리 멈춰 섰다.

이어서 흘러나온 목소리는, 우연히도 조금 전에 노움 도끼전사가 아스나에게 했던 말과 매우 비슷했다.

"미안하지만 여긴 통행금지야."

긴장감이라고는 전혀 없었지만 잘 울리는 그 목소리에 새로 나타난 서른 명만이 아니라 아스나의 뒤에 있던 스무 명도, 그리고 슬리핑 나이츠 멤버들까지도 입을 딱 벌렸다.

너무나도 불손한 그 행동에 처음 반응한 것은, 증원부대의 선두에 서 있던 깡마른 살라만더였다. 암적색 장발을 찰랑거리며, 믿을 수 없다는 듯이 고개를 크게 가로저었다.

"이봐, 《블랙키》 나리. 아무리 네가 강해도 이 인원을 솔로로 잡는 건 무리가 아닐까?"

온몸이 검은색인 데서 유래된 별명이 한두 가지가 아닌 이 검사는 어깨를 으쓱이며 대답했다.

"글쎄? 해보지 않고선 모르겠는데?"

사람을 놀리는 듯한 태도에, 길드 동맹 전체의 리더로 보이는 살라만더는 쓴웃음을 지으며 오른손을 가볍게 들었다.

"그건 그렇군. 그럼 어디 마음껏 받아보시지. ……메이지 부대, 태워버려."

따악! 손가락이 울렸다. 즉시 집단 후방에서 스펠 워드의 고속 영창이 들려왔다. 반응도 그렇고 발음도 그렇고, 매우 고수였다. 아스나는 순간적으로 자신도 회복마법을 외울까 했지만, 뒤에서 슬금슬금 간격을 재는 스무 명의 선발대가 이를 허용하지 않았다.

그리고 그 순간, 스프리건 난입자가 처음으로 살짝 방향을 돌렸다.

왼뺨에 떠오른 자신만만한 미소는, 아바타는 다를지언정 처음 만났을 때부터 오늘까지 헤아릴 수 없을 정도로 보았던 것과 완전히 똑같았다. 그 직후 인파 안쪽에서 발생한 스펠 사출의 광채가 웃음을 실루엣으로 바꾸었다.

《검은 검사》 키리토는 자신에게 발사된 일곱 발이나 되는 고레벨 공격마법을 보고도 전혀 당황하는 기색을 보이지 않았다. 아니, 이젠 움직여도 소용이 없다. 마법은 모두 《단발 유도계》 타입. 폭은 겨우 5미터에, 비행도 불가능한 복도 안에서 이동 회피는 불가능하다.

대신 키리토는 바닥에서 뽑아든 장검을 오른쪽 어깨에 걸치더니 칼날에 심홍색 광원 이펙트를 맺었다. 소드 스킬――.

다음 순간 형형색색의 섬광과 굉음, 그리고 50여 인분의 경악이 좁은 복도를 가득 메웠다.

키리토가 뿜어낸 7연격 기술 《데들리 신즈(Deadly Sins)》가 쇄도하는 공격 마법을 모조리 공중에서 받아친, 아니, 《베었던》 것이다.

"말도……, 안 돼……."

《절검》 유우키조차 믿을 수 없다는 듯이 중얼거렸다. 마음은 충분히 이해한다. 이해하지만, 이 정도의 무리, 무모, 몰상식에 놀랐다간 키리토라는 VRMMO 플레이어하곤 같이 게임을 할 수 없다.

저것은 키리토가 독자적으로 창안한 시스템 외 스킬, 그 이름도 찬란한 《스펠 블래스트(Spell Blast)》였다.

과거 구 아인크라드 시절의 키리토는 듀얼에서 상대의 몸이 아닌 무기를 노리고 소드 스킬을 날려, 취약한 부위에 정확히 명중시켜 부숴버리는 시스템 외 스킬인 《암 블래스트(Arm Blast)》를 주특기로 사용했다. 초인적인 반응력과 정밀하기 짝이 없는 조준능력이 있어야 비로소 가능한 신기(神技)인데, ALO에서 마법을 베는 것은 그보다도 훨씬 더 어렵다.

왜냐하면 공격 마법은 대부분 단단한 실체가 없으며, 겉보기에는 광원 이펙트의 집합체에 불과하기 때문이다. 《충돌판정》이 있는 것은 스펠의 중심 한 점뿐. 고속으로 날아드는 한 도트를, 그것도 통상기가 아닌 소드 스킬로 베어야만 한다. 마법 속성 공격은 순수 물리 속성의 통상 무기공격으로는 상쇄할 수 없기 때문이다. 반면 대부분의 소드 스킬은 지수화풍광암의 속성 대미지를 포함하고 있어 마법과 충돌이 가능한데, 어중간한 시스템 어시스트 때문에 속도 컨트롤이 불가능한 참격으로 스펠의 중심점을 포착하는 것이 얼마나 어려운지는, 이미 무모함을 넘어서서 절대 불가능이나 마찬가지다.

실제로 한때 키리토와 함께 《스펠 블래스트》를 연습했던 리파나 클라인, 그리고 아스나도 사흘 만에 포기할 수밖에 없었다. 키리토가 이것을 해낼 수 있었던 것은 《건 게일 온라인》이라는 이세계에 컨버트해, 그곳에서 《총탄을 검으로 베는》 실전 경험을 쌓았기 때문이라고 했다.

"아무리 빠른 마법이라도 안티 매터리얼 라이플의 탄환보단 느리거든."

진지한 얼굴로 말씀하시는 그에게, 아스나는 오랜만에 8소도 넘게 입을 딱 벌리고 말았다.

이와 같은 이유로 아마도——아니, 거의 틀림없이 현재 알브헤임에서 《스펠 블래스트》를 쓸 수 있는 것은 키리토 한 사람뿐. 게다가 그는 그것을 몰래 연습할 뿐, 듀얼이나 파티 사냥에서는 절대로 쓰지 않았으므로 이 자리의 대형 길드 멤버들이 보는 것은 처음일 것이다.

"……저게 뭐야……."

신음한 장발 살라만더에 이어 복도 앞뒤에서 온갖 소리가 들렸다.

"마법을 베었잖아."

"우연 아니야?"

"치트일까?"

하지만 역시 공략 길드를 내세우는 만큼 반응은 신속했다. 살라만더의 지시에 따라 포워드도 무기를 뽑고, 유격대가 활이며 폴 암을 겨누고, 후방에선 다시 스펠 영창을 시작했다. 이번에는 《단발 유도계》만이 아니라 《다발 유도계》 타입이나 《광범위 곡사계》 타입까지 섞인 것 같았다.

키리토는 다시 한 번 돌아서서 아스나에게 재빨리 고개를 끄덕이더니 왼손 손가락을 세 개 펼쳐 보였다.

물론 변형 V사인이 아니다. 3분까진 막아보겠다, 라는 의미다. 그도 자신이 혼자서 서른 명을 섬멸할 수 있으리라고는 생각하지 않는다.

그제야 아스나는 키리토가 왜 지금 여기에 나타났는지를 깨달았다.

그는 아스나가 슬리핑 나이츠에 협조해 이 플로어의 보스 공략에 도전하겠다는 말을 했을 때부터 대형 길드 동맹의 방해가 들어오리라 예상했던 것이다. 그래서 아마 미궁구역 입구에 하이드한 채 동맹의 동향을 체크했으리라. 아스나 일행이 감당할 수 없는 인원이 타워에 돌입한 시점에서, 몸을 버려가며 시간을 벌기 위해 추적했던 게 아닐까.

3분. 180초. 숲속 오두막에서는 눈만 깜빡여도 지나가는 시간이지만 PvP에서는 한없이 길다. 키리토의 실력을 의심하는 건 아니지만, 정말 저 인원을 그만큼 저지할 수 있을까? 이쪽의 일곱 명 중에서 한 명이 키리토를 원호하는 게 좋지 않을까……?

아스나가 품은 한순간의 망설임은 두 번째 사건이 끊어버렸다.

우선 키리토는 왼손도 등으로 돌리더니, 그곳에서 실체를 이룬 두 번째 검의 손잡이를 쥐고 맑은 소리와 함께 뽑았다. 질은 황금색 검신을 가진 무시무시할 정도로 유려한 롱 소드. 플레이어 메이드가 아니다. 지하세계 요툰헤임의 공중 미궁 가장 깊은 곳에 봉인되어 있던 레전더리 웨폰, 《성검 엑스칼리버》였다. 저것을 입수하기 위해 리파의 친구인 비행형 사신 《통키》에 탈 수 있는 제한 인원만 가지고 미궁에 도전했는데, 보스와 싸울 때마다 전멸 직전까지 몰리는 끔찍한 경험을 했다. 하지만 오랜만에 쌍칼을 장비한 키리토의 뒷모습은 그 고생이 충분히 보상될 만큼 절대적인 신뢰를 가져다주는 것이었다.

황금색 장검이 뿜어내는 압력에 증원부대가 흠칫 한 걸음 물러났다. 그 동요를 꿰뚫듯——대열 제일 뒤에서 힘찬 고함소리가 들렸다.

“으랏차차차아아! 이 몸도 계시다고! 보이지는 않겠지만!!”

별로 기품 있다고는 할 수 없는 굵직하고 탁한 목소리는, 틀림없이 오랜 친구인 카타나전사 클라인의 것이었다. 자신도 모르게 발돋움을 해서 보니, 플레이어들의 머리 저편으로 악취미스러운 반다나와 거꾸로 선 붉은 머리카락만이 겨우 보였다. 보아하니 미궁구역을 감시하던 것은 키리토만이 아니었던 모양이다. 하지만 왜 시간차를 두고 등장한 걸까.

“늦었잖아! 뭐 했던 거야!”

인파 이쪽에서 키리토가 외치자 저쪽에서 클라인이 소리를 질러 대답했다.

“미안, 길을 잃어서!”

휘청 기울 뻔하던 몸을 추스른 아스나는, 마지막으로 키리토의 어깨 위에서 이쪽에 손을 흔드는 조그만 형체를 보았다. 내비게이션 픽시이자 두 사람의 《딸》 유이였다. 사랑스러운 미소가 가슴에 따뜻한 온기를 불어넣어주었다.

————고마워, 유이. 고마워, 클라인.

————사랑해, 키리토 군.

입 밖으로는 내지 않고 그렇게 속으로 말한 후, 아스나는 곁의 유우키에게 속삭였다.

"저쪽은 맡겨두면 돼. 우리 일은 앞쪽의 스무 명을 돌파하고 보스방에 들어가는 거야."

"응, 알았어."

깜빡깜빡 몇 번이나 눈을 떴다 감던 유우키는 금세 시원스럽게 대답했다.

휙 몸을 돌리더니, 느닷없이 소드 스킬을 시전하려는지 장검을 머리 위로 크게 치켜든다. 보라색 광원 이펙트를 받으며 오른쪽의 준과 시우네, 왼쪽의 텟치와 노리와 타루켄도 무기를 겨누었다.

상황을 못다 파악한 선발대 스무 명과 그들의 리더인 노움 전사도, 아스나 일행의 액션을 깨닫고 대형 공략 길드다운 순발력으로 반격태세에 들어갔다.

배후에서 또 다시 마법과 소드 스킬이 격돌하는 요란한 음향이 들렸다. 이를 신호로 아스나도 외쳤다.

"——가자!!"

유우키를 선두로 쐐기형 포메이션을 이룬 일곱은 단숨에 바닥을 박찼다. 노움 일행도 포효를 지르며 달려들었다.

쌍방이 격돌한 순간, 콰콰앙!! 하는 충격파가 작렬하고 잇달아 수많은 광원 이펙트가 터져나왔다. 금세 질서 없는 혼전이 시작되고, 복도 이쪽도 칼 부딪치는 소리로 넘쳐났다.

유우키가 PvP에 능하다는 것은 아스나도 직접 경험한 바 있지만, 그녀 외의 멤버도 싸울 상대가 몬스터에서 플레이어로 바뀌었어도 전혀 겁먹지 않고 마음껏 무기를 휘둘러댔다.

준의 양손검과 텟치의 헤비 메이스가 중량을 살린 정면공격으로 적의 대열을 무너뜨렸다. 이렇게 생겨난 틈을 타루켄의 장창과 노리의 쿼터스태프가 정확하게 공격한다. 유우키로 말할 것 같으면, 소유주의 무시무시한 회피력을 충분히 발휘해 쇄도하는 수많은 칼날을 가볍게 뚫으며, 적의 품으로 파고들어선 필살의 참격을 카운터로 꽂아넣었다.

슬리핑 나이츠 멤버들은 몇 배의 적을 상대로 그야말로 성난 사자처럼 싸웠지만 적 집단도 쉽게 쓰러지지는 않았다. 후방에 버티고 있던 메이지 부대가 끊임없이 회복마법을 영창했기 때문이다.

이만한 난전에서는 피할 수 없는 우발적인 명중에, 유우키 외의 멤버들도 HP가 조금씩 줄기 시작했다. 아스나와 시우네도 동시에 힐 주문을 영창했다.

그때 집단에서 불쑥 빠져나와 두 사람을 향해 대시하는 그림자가 둘 있었다. 레더 계열 경갑을 입고 손에는 날카롭게 빛나는 단검을 장비한 어쌔신 타입이다.

그들이 수십 분 전 보스방 앞에서 하이드하던 실프라는 사실을 깨닫자마자, 아스나는 반사적으로 주문을 바꾸었다. 주특기인 초고속 영창으로 조합한 스펠워드는 2초 만에 완성되어, 시프 두 사람의 발밑에서 가느다란 물줄기가 몇 줄기나 뿜어져 나왔다. 발이 묶인 두 사람은 요란하게 넘어졌다.

그 틈에 아스나는 동료들의 회복을 마친 시우네에게 속삭였다.

"힐은 혼자서 해도 괜찮겠어?"

아스나보다도 살짝 키가 큰 운디네는 금세 고개를 끄덕였다.

"네, 아마 충분할 거예요."

"그럼 난 적의 힐러를 해치우고 올게."

전투가 시작된 지 이미 1분도 넘게 지났으며, 등 뒤의 요란한 소리는 점점 격렬해졌다. 아마 키리토와 클라인은 마법 저격을 막기 위해 적 집단에 뛰어들어 혼전을 펼치고 있겠지만, 힐러가 없는 이상 우발적인 대미지까지는 커버하지 못한다. 3분이라고는 했지만, 두 사람의 헌신에 보답하기 위해서라도 하다못해 2분 안에 적진을 돌파하고 싶었다. 지금은 단기결전을 시도해야 할 때다.

아스나는 재빨리 윈도우를 열어 완드를 인벤토리에 넣고, 대신 애용하는 레이피어를 장비했다. 금세 허리 주위를 은색 빛이 에워싸더니, 미스릴사를 엮어 만든 허리띠와 같은 소재의 칼집이 실체를 이루었다.

차르릉 소리를 내며 가늘고 긴 칼날을 뽑아들고, 우선 약간 전방에서 이동계 디버프 마법 《아쿠아 바인드》로 묶인 실프 두 사람을 향해 돌진했다. 크리티컬 포인트에 어려움 없이 연속 공격을 퍼부어 HP 게이지를 날려버린다.

잇달아 터져나가는 아바타의 파편 너머로 전방의 혼전지대를 노려보았다. 이리저리 얽혀 칼을 맞댄 검사들은 거의 복도의 폭을 가득 메우고 있었지만, 굳이 비교하자면 오른쪽이 엷어보였다.

한 차례 호흡을 고른 아스나는 힘껏 돌바닥을 박찼다. 오른손의 레이피어를 허리께에 치켜들고 온 힘을 다해 대시했다. 속도가 충분히 실렸을 때, 이쪽에 등을 돌리고 싸우던 유우키를 향해 소리를 질렀다.

"유우키, 피해!!"

"뭐……? ——으악!!"

슬쩍 돌아본 유우키는, 돌진하는 아스나를 보자마자 황급히 뛰어 피했다. 그 안쪽에서 도끼를 치켜든 채 놀라 굳은 대장 노움을 향해, 아스나는 땅에 닿을 정도로 몸을 숙인 자세에서 똑바로 검을 내질렀다.

칼끝에서 순백의 광채가 몇 줄기나 치솟아 아스나를 안개처럼 감쌌다. 그 직후 몸이 살짝 떠오르는 감각. 아스나는 혜성처럼 길게 빛의 꼬리를 끌며 맹렬한 속도로 돌진했다.

"으아아악?!"

겨우 움직임을 회복한 노움은 양손도끼를 옆으로 돌려 방패 대신 내밀려 했다. 그러나 살짝 못 미쳐서 몸 한복판에 레이피어의 끝이 닿았다.

그 순간, 마치 폭주하는 괴수에게 받힌 것처럼 노움은 하늘 높이 튕겨 날아갔다. 유우키의 검에 HP가 거의 다 깎였는지, 그의 몸은 허공에 뜬 사이에 노란색 빛을 뿜으며 사방으로 흩어졌다.

순백의 혜성으로 변한 아스나는 한 사람을 해치우고도 전혀 기세를 죽이지 않은 채, 적 후방의 힐러 부대를 향해 일직선으로 돌진했다. 그 궤도에 있던 서너 명이 대장과 똑같이 튕겨 날아가, 어떤 자는 허공을 춤추고 어떤 자는 바닥에 나뒹굴었다. 세검 카테고리 최상위의 장거리 돌진계 소드 스킬, 《플래싱 페너트레이터(Flashing Penetrator)》라는 기술이다. 발동하기 위해서는 충분한 도움닫기가 필요하기 때문에 일대일 전투에서는 쓸 기회가 거의 없지만, 이처럼 적 집단을 돌파할 때는 매우 유용한 수단이 된다.

한순간에 갑옷과 방패의 철벽을 관통하고도 몇 미터나 더 활공한 후에야 아스나는 겨우 미궁 바닥에 착지했다. 신발 바닥으로 요란하게 스파크를 일으키며 브레이크를 걸어 정지하고, 한쪽 무릎을 꿇은 자세로 고개를 들었다. 눈앞에는 로브며 법의를 걸친 마법사 네 명이 멍하니 아스나를 내려다보고 있었다.

——또 《버서커 치유사》라는 본의 아닌 별명이 퍼지겠는걸.

내심 그런 생각을 하면서도, 아스나는 오른손의 레이피어를 한껏 끌어당겼다.

집단전에서는 사실 전면에 나서는 근접전투원의 능력보다도 후방의 백업이 중요하다. 아스나의 돌진으로 회복 담당을 모조리 잃은 적의 선발대는, 시우네의 지원을 받은 슬리핑 나이츠의 맹렬한 공격 앞에 어이없이 궤멸당했다.

경과 시간은 2분 8초.

돌아보니 아직까지 증원부대와 격전을 펼치는 키리토와 클라인의 모습이 눈에 들어왔다. 증원부대도 꽤 수가 줄었지만 두 사람의 컬러 커서에 표시된 HP 게이지는 이미 레드존에 임박했다.

두 사람과 키리토의 어깨에서 전술 레이더 역할을 수행하는 유이의 분전에, 아스나는 마음속으로 다시 한 번 깊은 감사를 보냈다.

그리고 전원이 무사히 살아남은 슬리핑 나이츠 멤버들을 돌아보며 외쳤다.

"자, 이제부터가 진짜야! 가자, 보스를 잡으러!!"

"와!"

목소리를 맞춰 대답하는 여섯 명과 동시에 지면을 박찬 아스나는, 시커멓게 버티고 선 보스방의 거대한 문을 향해 전력으로 달렸다.

처음 도전했을 때와 마찬가지로 쥰이 왼손을 문에 댔다. 묵직하게 좌우로 열린 문 너머로 창백한 불꽃 두 개가 솟아났다.

화염이 원형 방을 한 바퀴 돌 때까지가 문의 개방이 유지되는 유예시간이다. 그러나 지금은 그것을 기다릴 필요가 없다. 일곱 명은 곧장 내부로 뛰어들었다. 마지막으로 문을 들어선 아스나는 돌아서자마자 오른쪽 벽에 설치된 돌 버튼을 눌렀다. 1분의 유예시간을 캔슬하고 곧장 문을 닫기 위한 장치다.

묵직하게 몸을 떨며 거대한 문이 닫히기 시작했다. 그 너머에서는 격전이 최종국면으로 접어들려 했다.

새빨갛게 물든 HP 게이지 너머에서 검은 검사가 오른손을 쳐들었다. 살짝 들어 보인 두 개의 손가락은, 이번에야말로 아스나에게 보내준 승리의 V사인이었다.

그 직후 보스방의 문이 완전히 닫히자, 복도 쪽의 소리는 조금도 들리지 않았다. 이제 내부에서 전투가 끝날 때까지는 아무도 문을 열 수 없다.

무거운 정적 속에서 화톳불만이 2초 간격으로 숫자를 늘리고 있었다. 불꽃의 대열은 아직 원형 실내의 가장자리를 절반도 채우지 못했다. 보스가 팝업될 때까지는 50초 정도의 시간이 있다.

"다들 포션으로 HP와 MP를 100퍼센트 회복해줘. 보스전 순서는 작전대로. 초반 공격패턴은 단순하니까 침착하게 피해."

아스나의 말에 여섯은 고개를 끄덕이곤 붉은색과 푸른색 병을 꺼냈다.

이를 다 마신 후에 모두들 무언가 말하고 싶어 하는 것을 깨닫고, 아스나는 살짝 고개를 갸웃했다. 그러자 대표로 유우키가 한 걸음 나서더니 입을 열었다.

"아스나……, 아까 그 사람들, 우릴……, 보내주려고 그런 거야……?"

"…………응."

미소를 지으며 살짝 고개를 끄덕였다. 지금쯤 키리토와 클라인은 HP 게이지를 모두 잃고 조그만 《리메인 라이트》가 되었을 것이다. 아니, 그대로 기다려봤자 아무도 소생시켜 주지 않을 테니 이미 세이브 포인트까지 돌아가지 않았을까.

말하자면 희생양이 된 두 사람을 걱정하는 유우키 일행을 순서대로 둘러보며, 아스나는 딱 부러지는 목소리로 말했다.

"두 사람의 마음은 보스 공략 성공 보고로 보답하자."

"……하지만 우린 아스나랑 아스나 친구들에게 도움만 받고……."

입술을 깨물며 빨간 카추샤로 장식한 머리를 숙이는 유우키의 두 어깨를 탁 두드렸다. 보스가 나타날 때까지는 앞으로 10초. 그 시간 동안 중요한 한마디를 입에 담았다.

"나도 유우키에게 소중한 걸 배웠는걸. 《부딪치지 않으면 전해지지 않는 것도 있다》."

그러자 당사자인 유우키는 어리둥절한 표정으로 눈을 크게 떴지만, 시우네를 비롯한 다섯은 아스나가 무슨 말을 하려는지 즉시 깨달은 모양이었다. 미소를 짓고 고개를 끄덕이는 요정들의 등 뒤로 마지막 화톳불이 한층 커다란 소리를 내며 타올랐다.

"자, 이게 마지막 기회야! 아까 그 길드는 분명 우리가 싸우는 동안 태세를 재정비하고 복도에 재집합할 테니까. 문이 열렸을 때 V사인을 선물해줄 수 있도록 열심히 싸우자!"

《혈맹기사단》 부단장 시절에도 곧잘 이렇게 보스전 직전에 파티를 독려하곤 했다. 그러나 당시에 아스나의 말은 분명 동료들에게 힘보다도 긴장을 주었다. 그저 검을 꽉 쥐기만 했을 뿐, 마음에 전해진 것은 없었다. 그것은 아스나가 효율적으로 인원을 지휘할 생각만 했을 뿐, 진짜 마음을 부딪치려 하지 않았기 때문이었다.

……있잖아, 유우키. 이 전투가 끝나면 네 이야기를 들려줘. 이제까지 어떤 세계를 여행했고 어떤 모험을 했는지.

그런 마음을 담아 마지막으로 다시 한 번 유우키의 어깨를 꽉 잡은 아스나는 한 걸음 물러났다. 다시 인벤토리에 수납한 레이피어 대신 세계수의 가지를 꺼내 높이 치켜들었다.

그 너머 중저음을 울리며 네모난 바위 같은 폴리곤이 생성되었다. 마침내 보스의 팝업이 시작된 것이다. 커다란 인간 형태를 이룬 덩어리가 무수한 파편을 흩뿌리며 부서지고, 안에서 두 개의 머리와 네 개의 팔을 가진 자이언트가 나타났다.

"좋았어……. 다시 한 번, 승부다!"

유우키의 낭랑한 목소리에 이어 전원의 기합과 시커먼 자이언트의 포효가 겹쳐졌다.

7

작은 병의 뚜껑을 엄지로 튕겨 날리고 안에 든 푸른 액체를 단숨에 들이켜며, 아스나는 마나 회복약의 잔량을 흘끔 확인했다.

허리의 파우치에 빼곡하게 들어 있던 포션은 40분을 넘는 격전 속에서 거의 모두 소비되었으며, 남은 것은 겨우 세 개였다. 함께 힐러를 맡은 시우네도 비슷한 상황이리라.

포워드도 최선을 다하고 있다. 시커먼 자이언트의 공격 패턴 중 회피할 수 있는 것은 모두 피했다. 하지만 두 개의 입에서 이따금 뿜어져 나오는 독 속성의 광범위 브레스와, 두 자루의 쇠사슬로 주위를 미친 듯이 휩쓸어대는 전방위 공격만은 어떻게 하기가 어려웠다. 그런 공격이 날아들 때마다 아스나와 시우네가 최상급 전체회복 주문을 영창할 수밖에 없었으므로, 마나가 아무리 많아도 따라가기 힘들었다.

이쪽에서도 노리의 스태프와 타루켄의 창, 유우키의 검이 무수히 클린히트했지만, 마치 내구력이 무한한 철벽을 두드리는 것처럼 반응이 없었다. 보스는 이따금 네 개의 팔을 몸 앞으로 교차하며 방어 자세를 취했으며, 그렇게 되면 진짜 강철처럼 단단해져 어떤 공격도 통하지 않아 피로감만 늘어갔다.

목덜미까지 치미는 초조함을 포션과 함께 억지로 삼키고 아스나는 한껏 소리를 질렀다.

"다들, 이제 얼마 안 남았어! 조금만 더 힘내자!"

——라고 말해보기는 했지만, 5분 전에도 같은 말을 했다. 새 아인크라드의 플로어 수호 보스 몬스터는 HP 게이지가 표시되지 않기 때문에, HP 잔량은 거동으로 추측할 수밖에 없다. 전투 개시 때는 어기적어기적 움직이던 자이언트가 지금은 광포화에 빠진 것처럼 마구 날뛰어대고 있으므로 체력이 얼마 남지 않았다는 것은 분명하지만, 그것조차도 희망적 관측의 영역을 벗어나지 못했다.

이렇게 앞이 보이지 않는 장기전에서 후방의 백업은 그저 마나 포인트만 줄어들 뿐이지만, 최전선에서 적의 맹공에 시달리는 포워드는 플레이어 본인의 정신력과 집중력까지 소모해야 한다. 일반 보스 공략전에서는 최전선에 선 탱커와 대미지 딜러는 길어야 5분이면 교대하는 것이 정석이므로, 그 점을 생각한다면 슬리핑 나이츠 멤버들의 분전은 경이롭다고 해야 하리라.

하지만 아무리 그래도 피로는 감출 수가 없는 듯, 아스나의 목소리에 "와——!" 하고 씩씩하게 대답한 것은 유우키뿐이었다. 조그만 임프 소녀만은 몇십 분이 지나도록 초조한 빛 하나 보이지 않았으며, 경쾌한 스텝으로 거인의 철퇴와 사슬을 피해선 오른손의 검으로 정확하게 대미지를 주었다.

아스나는 이제까지 유우키가 보여준 실력의 원천은 어마어마한 반사신경이라고 생각했지만, 또 한 번 인식을 새로이 할 수밖에 없었다. 끊어지지 않는 집중력으로 검을 휘둘러대는 강인한 의식 또한 키리토에 필적할지도 모른다.

문득 아스나는 몇 번 째인지 모를 회복 스펠을 영창하면서 눈앞의 광경을 먼 기억 속에 겹쳐서 보았다.

옛 아인크라드의 제74플로어 보스방에서 키리토도 비슷한 거대 인간형 보스를 상대로 혼자서 분전하지 않았던가. 적의 맹공을 아슬아슬한 패리와 스텝으로 피하고, 두 손의 검을 기관총 같은 속도로 번뜩이며 보스의 약점으로 보이는 옆구리에 언제 끝날지도 모르는 연속 소드 스킬을——.

"앗……."

아스나는 벼락처럼 떠오른 아이디어에 자신도 모르게 살짝 소리 내었다. 그 순간 영창 중이던 스펠이 펌블을 내는 바람에 주위에 검은 안개가 무럭무럭 피어났다.

아뿔싸 싶어 고개를 움츠렸으나, 아스나에 이어서 캐스팅하던 시우네의 마법 아슬아슬하게 성공했다. 전방에서 독 브레스에 휩싸였던 텟치 일행의 HP 게이지가 금세 안전권까지 회복되었다.

흘끔 시선을 돌리는 시우네에게, 아스나는 미안하다는 표현으로 왼손을 들어보인 후 재빠르게 말했다.

"시우네, 잠깐 생각난 게 있는데 30초 만 힐을 맡겨도 될까?"

"네, 괜찮아요. 전 아직 마나에 여유가 있으니까요."

고개를 끄덕이는 시우네에게 다시 한 번 손을 들어 보이고, 아스나는 오른손의 완드를 치켜들었다. 날카롭게 숨을 들이마신 다음 한계 속도로 새로운 주문의 영창을 시작한다.

스펠 워드가 조합됨에 따라 아스나의 앞에 반짝반짝하는 얼음의 입자가 나타나고, 그것이 금세 응축되어 네 개의 날카로운 얼음기둥을 만들어냈다. 얼음의 나이프가 완성됨과 동시에 아스나의 시야에 파란 광점이 표시되었다. 비유도형 공격 스펠용 조준점이다.

아스나는 신중하게 왼손을 움직여 푸른 광점의 위치를 미세 조정해 시커먼 자이언트의 두 머리 바로 아래, 목덜미에 맞췄다. 거인이 쿠웅쿠웅 전진해 위쪽의 팔 두 개로 해머를 높이 치켜든 바로 그 순간——.

"에잇!!"

아스나는 오른손의 완드를 똑바로 휘둘렀다. 네 개의 얼음기둥은 엷은 푸른색 궤적을 이끌며 날아가, 정확히 거인의 두 목이 이어지는 부분에 명중했다.

"그어어어어어어!!"

그 순간 검은 거인은 비명과도 같은 포효를 지르더니, 해머 공격을 중지하고 네 개의 팔을 목 앞으로 단단히 교차시키며 몸을 말았다. 그대로 5초 정도 방어 태세를 취한 후, 다시 팔을 치켜들더니 워해머를 있는 힘껏 바닥에 내리친다.

엄청난 소리와 함께 바닥이 지진처럼 흔들리고, 아스나는 넘어지지 않기 위해 두 다리에 힘을 주면서 살짝 중얼거렸다.

"역시……."

되묻듯이 곁에서 고개를 갸웃하는 시우네에게 재빨리 설명했다.

"저 방어행동은 랜덤인 줄 알았는데, 그게 아니었어. 목덜미가 약점으로 설정되었던 거야. 약점까지 찾을 여유가 없어서 처음부터 신경을 안 썼는데……."

"그럼 저기를 공격하면 쓰러뜨릴 수 있나요?!"

"적어도 효율은 좋아지겠지만……, 위치가 좀 높은걸……."

거인의 키는 거의 4미터. 머리를 노리고 싶기는 하지만 타루켄의 장창으로도 아슬아슬하게 닿지 않는다. 필드라면 얼마든지 날아서 공격할 수 있지만 던전 안에서는 그럴 수 없다.

"카운터를 먹을 각오로 소드 스킬을 쓸 수밖에 없겠네요."

시우네의 말에 아스나도 고개를 끄덕였다. 비행 불가 에이리어에서 조금이라도 체공시간을 늘리려면, 돌진계 소드 스킬을 쓰거나 점프해서 연속계 기술을 펼칠 수밖에 없다. 당연히 기술을 쓴 다음에는 경직시간이 기다리고 있으며, 무방비하게 낙하하는 도중에 공격당할 것이 분명하다. 가령 사망하더라도 스펠로 소생을 시도할 수는 있지만 성공률은 100퍼센트가 아니며, 또한 영창 시간도 정신이 아득해질 정도로 길기 때문에 힐이 늦어져 파티 전체가 붕괴될 가능성이 높다.

하지만, 유우키라면 분명 망설이지 않고 해낼 것이다. 그렇게 생각하며 시우네의 얼굴을 보자, 가녀린 외견과는 달리 의외로 대담한 운디네도 힘차게 고개를 끄덕였다.

"시우네, 난 앞으로 가서 작전을 전하겠어. 조금만 더 힐을 부탁해."

"맡겨만 주세요!"

아스나는 파우치에서 남은 포션 중 두 개를 꺼내 시우네에게 전해주고 전선으로 달려갔다. 15미터 정도 거리를 한순간에 주파해 시커먼 자이언트에게 다가간 순간, 바로 옆에서 굉음을 울리며 쇠사슬이 날아들었다. 목을 숙여 회피했지만 사슬 끄트머리에 달린 추가 어깨를 스치고 지나가 금세 HP가 줄어들었다.

그래도 아랑곳 않고 유우키의 바로 옆에 도달한 아스나는 외쳤다.

"유우키!!"

검을 휘두르면서 휙 고개를 돌린 유우키는 눈을 크게 떴다.

"아스나! 여긴 왜 왔어?"

"들어봐, 저놈에게는 약점이 있어. 좌우 목의 연결점 한가운데를 노리면 큰 대미지를 입힐 수 있을 거야."

"약점?!"

유우키는 다시 돌아서더니, 뚫어지게 거인의 머리를 올려다보았다. 그 순간 아득한 상공에서 커다란 술통만한 해머가 날아와 두 사람은 황급히 피했다. 이어서 발생한 진동파를 수직 점프로 피하면서 유우키가 외쳤다.

"높아……. 난 점프해도 닿지 않을 거야!"

"마침 괜찮은 발판이 있잖아?"

아스나는 씨익 웃더니, 약간 떨어진 곳에서 문짝 같은 방패를 들고 사슬의 난무에서 노리를 지켜주는 텟치에게 시선을 돌렸다. 금세 유우키도 수긍한 듯이 씨익 웃어 대답했다.

두 사람은 동시에 대시해 텟치의 뒤쪽 3미터 정도 위치로 돌아갔다. 유우키가 입에 손을 대더니, 그 조그만 몸 어디서 나올까 싶을 정도로 큰 소리를 질렀다.

"텟치! 다음에 해머 공격이 시작되면 곧장 몸을 숙여!!"

거구의 노움은 돌아보고 조그만 눈을 크게 떴지만, 금세 고개를 끄덕였다.

시커먼 자이언트는 한바탕 쇠사슬을 휘둘러댄 후, 커다란 바위 같은 상반신을 젖히며 공기를 들이마셨다. 한순간 멈춘 후, 두 개의 입을 크게 벌리고 시커먼 가스를 콰악 뿜어냈다. 금세 주위는 유황 같은 악취에 휩싸였으며, 포워드에 선 전원의 HP가 쭉쭉 감소했다.

하지만 브레스 공격이 끝난 순간, 멋들어진 타이밍으로 푸른 빛이 쏟아져 체력을 회복시켜 주었다. 거인은 이어서 위쪽 두 손에 쥔 두 자루의 해머를 높이 치켜들었다.

유우키가 몸을 낮추고 대시 준비를 했다. 아스나는 그 조그만 등을 향해 재빠르게 말했다.

"마지막 기회야! 힘내, 유우키!"

유우키는 등을 돌린 채 대답했다.

"나한테 맡겨, 언니!!"

언……니?

생각도 못한 호칭에 아스나가 눈을 깜빡거린 그 순간, 소녀는 이미 맹렬히 땅을 박차고 있었다.

전방에선 거인이 바닥을 꿰뚫을 기세로 두 개의 해머를 내리쳤다. 충격음이 온 실내에 울려 퍼지고, 방사형으로 발생한 진동파를 텟치가 몸을 숙이는 방어로 버텨냈다.

그 직후 유우키도 뛰었다. 왼발을 텟치의 넓은 왼쪽 어깨에 걸치고, 오른발로 두꺼운 헬멧 정수리 부분을 밟으며——.

"차아아아아앗!!"

날카로운 기합과 함께 유우키는, 마치 눈에 보이지 않는 날개를 펄럭이기라도 하는 것처럼 높이높이 날아갔다. 단숨에

거인의 품속에 파고든 것과 동시에 오른손의 검을 높이 끌어당기고,

"야앗——!!"

다시 기합성을 터뜨리며 두 개의 목이 이어지는 곳을 향해 무시무시한 속도로 내질렀다. 자청색 이펙트 플래시가 솟으며, 원형의 실내를 눈부시게 비추었다.

공중에서 소드 스킬을 발동하면, 설령 그곳이 비행 불가 에이리어라 해도 기술이 끝날 때까지 사용자는 떨어지지 않는다. 유우키는 시커먼 자이언트의 정면에 체공한 채 번개처럼 오른손을 번뜩였다. 오른쪽 위에서 왼쪽 아래를 향해 내지르는 다섯 발. 그 라인과 교차하는 궤도로 다시 다섯 발. 날카로운 검극이 크리티컬 포인트를 도려낼 때마다 거인은 네 개의 팔을 떨며 비명 같은 절규를 질러댔다.

X자를 그리듯이 열 번의 찌르기를 꽂은 유우키는, 몸을 크게 오른쪽으로 틀더니 검신에 왼손을 가져다댔다.

순간 칼날에서 뿜어져나온 너무나도 눈부신 섬광에, 아스나는 자신도 모르게 눈을 가늘게 떴다. 유우키의 흑요석 검이 이 한순간 금강석으로 바뀐 것 같았다. 순백색으로 빛나는 장검은 방울 소리 같은 맑은 효과음을 울리며 X자의 교차점——거인의 두 목이 이어지는 곳에 멋지게 명중하더니 그대로 검신의 뿌리께까지 깊이깊이 틀어박혔다.

거인이 절규를 그치더니 부자연스러운 자세로 온몸을 굳혔다. 아스나도, 준과 텟치도, 그리고 오른손을 한껏 뻗은 유우키도, 시간이 정지한 것 같은 정적 속에서 한동안 움직임을 멈

추었다.

이윽고 깊이 꿰뚫은 검을 중심으로 검게 번들거리는 거인의 피부에 무수한 하얀 균열이 발생했다. 균열은 그 내부에서 솟아나온 빛의 압력을 견디지 못한 것처럼 쩌적쩌적 길이와 굵기를 더해갔다. 그리고 금세 동체와 팔다리 전체로 퍼져나가고——.

고목이 뜯겨나가는 듯한 메마른 소리를 내며, 시커먼 자이언트는 두 개의 목이 이어진 곳을 중심으로 두 쪽으로 분단되었다. 그 직후 유리 조각상이 박살나듯이 4미터의 거구가 크고 작은 무수한 덩어리가 되어 터져나갔다. 솟아난 순백색 빛이 물리적인 압력을 수반하며 밀려들어 아스나의 머리카락을 요란하게 흩날렸다. 중저음과 고주파가 뒤섞인 효과음이 돔형 실내 안에 울려 퍼졌으며, 마침내 딱딱한 금속성을 높이 끌며 흐려지다 사라졌다.

가장자리부터 돔의 어스름을 요사스럽게 비추었던 푸른 화톳불이, 한순간 요란하게 흔들리더니 아무런 조짐도 없이 오렌지색으로 바뀌었다. 동시에 보스방 전체가 밝은 조명으로 가득 차며 맴돌던 요기의 잔재를 씻어내었다.

철컥, 하는 큰 소리가 들리더니, 정면 안쪽의 다음 플로어로 이어지는 큰 문의 자물쇠가 풀렸다.

"…………하하……, 해냈……다아……."

아스나는 갈라진 웃음소리를 흘리며 그 자리에 털썩 주저앉았다. 시선을 되돌리니 보스가 소멸한 장소에 멍하니 서 있는 유우키와 눈이 마주쳤다.

조그만 임프 소녀는 여전히 몇 초 동안이나 깜빡깜빡 눈을 깜빡였지만, 이윽고 입가에 옅은 웃음이 배어 나왔다. 그것은 금세 전에도 몇 번인가 보았던——아니, 이제까지 본 것 중 가장 밝고 화사한 만면의 웃음으로 바뀌었다.

오른손의 검을 소리 높여 칼집에 꽂자마자, 유우키는 아스나에게 쌩하니 달려왔다. 약간 떨어진 곳에서 두 팔을 크게 벌리고 점프해, 그대로 아스나의 가슴에 와락 뛰어든다.

"으헉!"

아스나는 요란한 비명을 지르며 유우키와 한덩어리가 되어 바닥에 쓰러졌다. 코앞에서 서로의 눈동자를 들여다보며, 동시에 외쳤다.

"아하하하……, 해냈어. 이겼어……, 이겼다고, 아스나!"

"응, 해냈어! 아——…… 피곤하다——!!"

유우키를 위에 얹은 채 손발을 큰 대 자로 벌리고 바닥에 털썩 드러누웠다. 주위에선 똑같이 주저앉은 동료 다섯 명이 단숨에 뛰어오르더니, 저마다 승리 포즈를 지으며 입가에 환희의 미소를 짓고 있었다.

그때 아스나는 머리 위에서 무거운 소리가 울려 퍼지는 것을 들었다. 시선을 드니, 거꾸로 된 시야의 중심에서 입구의 커다란 문이 다시 천천히 좌우로 갈라지는 것이 보였다. 그 너머에는 들끓는 무수한 사람의 모습.

문이 완전히 열리기도 전에 굵은 함성을 지르며 돌입한 것은, 역시나 복도를 가로막았던 대형 공략 길드의 레이드 파티였다. 그들은 보스방 내부가 환한 오렌지색 조명으로 가득 찬

것을 깨닫고 기세와 속도를 줄이더니, 저마다 멈춰 서서 주위를 둘러보았다.

약 50명의 대부대 선두에 서서 암적색 머리카락을 길게 늘어뜨린 살라만더와 아스나의 눈이 마주쳤다. 리더의 얼굴에 경악과 이해, 그리고 분함이 순서대로 떠오르는 것을, 아스나는 조금 통쾌한 기분으로 바라보았다.

"헤헤……."

씨익 웃음을 지은 후, 바닥에 쓰러진 채 아스나와 유우키, 그리고 다섯 동료들은 동시에 V사인을 만들어 그들에게 내밀어 주었다.

수십 마디의 퇴장용 멘트를 남기고 대형 길드가 물러간 후, 아스나와 슬리핑 나이츠 멤버들은 보스방 안쪽의 문을 열었다. 긴 나선계단을 올라 정자처럼 생긴 조그만 건물에서 뛰어나오니, 그곳은 아직 아무도 밟은 적이 없는 제28플로어였다. 바로 근처의 주거구역까지 단숨에 날아가 중앙광장의 텔레포트 게이트를 유우키가 활성화시키자, 보스 공략 퀘스트는 모두 끝났다.

푸르게 빛나는 게이트를 통해 당장 롬바르까지 돌아온 일곱은, 광장 한구석에 빙 둘러서서 다시 한 번 찰싹찰싹 하이파이브를 나누었다.

"다들 수고했어! 드디어 끝났구나~"

웃음과 함께 말하며 아스나는 어쩐지 쓸쓸함을 느꼈다. 어디까지나 용병이었던 아스나에게는 계약 종료가 곧 작별을 의미하는 것이기 때문이다.

아니야, 이제부터 친구가 되면 되지. 시간은 얼마든지 있으니까——하고 생각을 고쳐먹고 있으려니, 갑자기 시우네가 아스나의 어깨를 탁 두드렸다. 단정한 얼굴에는 여느 때보다도 달리 진지한 빛이 어려 있었다.

"아니에요, 아스나 씨. 아직 끝나지 않았어요."

"……응?"

"중요한 일이 남았으니까요."

그 표정에 아스나는 금방 흑철궁에 안치된 《검사의 비》를 떠올렸다. 생각해 보면 슬리핑 나이츠의 목적은 보스 공략 그 자체가 아니라, 길드가 존재했다는 증거로 비석에 모두의 이름을 남기는 것이었다. 그렇다면 아직 들뜨기에는 이르——.

하지만 시우네가 그 다음에 한 말은 아스나의 예상을 크게 뒤엎는 것이었다.

"——뒤풀이를 해야죠."

휘청 무릎이 꺾였다. 놀라게 하지 말라고 주먹을 치켜든 다음, 아스나는 두 손을 허리에 척 가져갔다.

"그래, 하자! 아주 성대하게 벌이자!"

그러자 쥰이 씨익 웃음을 지었다.

"그럼! 예산은 얼마든지 있으니까! 장소는 어디로 할까? 어디 대도시의 레스토랑을 전세 내버릴까?"

"아……."

아스나는 문득 어떤 생각을 떠올리고, 두 손을 맞잡으면서 사람들의 얼굴을 둘러보았다. 만난 지 이제 겨우 이틀 지났지만, 이 사람들이라면 분명 오랜 친구들하고도 사이좋게 지낼 것이 분명하다고 확신하면서 입을 열었다.

"어, 그렇다면……, 내 플레이어 홈으로 가지 않겠어? 작은 곳이긴 하지만."

그 말을 들은 유우키가 얼굴을 확 빛냈다.

그러나――어째서인지 그 미소는 눈이 녹는 것처럼 금세 사라졌다. 그대로 가볍게 입술을 깨물며 고개를 숙인다.

"유……유우키? 왜 그래?"

당황하며 아스나가 말을 걸었지만, 언제나 기운이 넘치던 소녀는 얼굴을 들려 하지 않았다. 대변하듯이 시우네가 입을 열었다.

"……저어……, 미안해요, 아스나 씨. 마음 상하지 않았으면 좋겠는데……, 우린……."

그러나 말은 끝까지 이어지지 않았다. 계속 고개를 숙이고 있던 유우키가, 갑자기 날카롭게 숨을 들이마시더니 오른손으로 시우네의 손을 붙잡은 것이다.

유우키는 입을 꽉 다물고 커다란 눈동자에 절절한 빛을 띠며 말없이 시우네를 바라보았다. 무언가 말하고 싶은 것처럼 두세 번 입술이 조그맣게 움직였지만 소리를 내지는 않았다.

그러나 시우네는 유우키가 무슨 말을 하고 싶은지 알아차린 것 같았다. 입가에 아주 희미한 미소를 짓더니, 오른손으로 유우키의 머리를 가볍게 쓰다듬곤 아스나를 쳐다보았다.

"아스나, 고마워요. 그럼 사양하지 않고 들를게요."

조금 전에 펼쳐진 장면의 의미를 이해하지 못하고 아스나는 고개를 갸웃했다. 하지만 그 자리의 분위기를 날려버리려는 듯, 노리가 여느 때처럼 호쾌한 목소리로 말했다.

"그러기로 했으면 우선 술이 있어야지! 통으로 사자, 통으로!"

"여긴 노리가 좋아하는 고구마 소주는 없어요."

안경을 밀어올리며 타루켄이 작은 목소리로 끼어들자, 금세 요란하게 맞받아친다.

"뭐야, 짜샤? 내가 언제 고구마 소주를 좋아한다고 그랬어?! 내가 좋아하는 건 *아와모리 쿠스라고!"

"섹시하지 않은 건 똑같구만."

쥰이 다시 맞받아치는 바람에 모두 일제히 웃음을 터뜨렸다. 함께 웃으며 아스나는 유우키에게 다시 시선을 보냈다. 유우키의 얼굴에도 겨우 웃음이 돌아오고 있었지만, 그 눈동자 속에서 흔들리는 어딘가 애절한 빛은 아직 완전히 사라지지 않은 것 같았다.

나란히 롬바르 중앙광장으로 향해 술과 음식을 잔뜩 사들인 후, 일행은 제22플로어로 텔레포트했다.

조그만 마을의 광장에서 날아올라, 깊은 눈에 파묻힌 숲을 눈 아래로 내려다보며 남쪽으로 향했다. 얼음이 깔린 호수를 단숨에 넘어가니, 나무들 틈에 뻥 뚫린 공터와 그곳에 세워진 조그만 통나무집이 보였다.

"아, 저기야?!"

*아와모리 쿠스 : 아와모리는 오키나와의 특산물. 좁쌀 등의 잡곡으로 만드는 소주와 비슷한 증류주. 매우 독하다. 그중에서도 쿠스(古酒)는 아와모리를 3년 이상 숙성시킨 것. 오키나와에서는 경사스러운 자리를 축하하는 등의 특별한 행사에 쓰인다.

유우키의 들뜬 목소리에 아스나는 고개를 끄덕였다.

"응, 맞……, 앗."

아스나가 대답하기도 전에, 유우키는 두 팔을 벌리더니 단숨에 가속했다. 그대로 곧장 집 앞뜰을 향해 떨어져간다. 그 직후 퍼엉 소리와 함께 요란한 눈안개가 피어오르고, 근처 나뭇가지에서 놀란 새떼가 날아올랐다.

"……이런이런."

시우네와 얼굴을 마주하며 웃은 다음 아스나도 날개를 펼치고 착륙자세에 들어갔다. 한동안 활공한 후 사뿐 앞마당으로 내려와, 발을 동동 구르며 재촉하는 유우키에게 이끌리듯이 문으로 향했다.

집에 친구들이 있으면 소개해줄 생각도 있었지만, 집에는 아무도 없었다. 대형 길드를 막아준 키리토와 클라인은 아직 세이브 포인트에서 돌아오지 않았다 쳐도, 리즈나 시리카까지 없는 걸 보면, 이런 전개를 예상하고 일곱이서만 소란을 피우도록 배려해준 것일지도 모른다.

"헤에~, 흐음~. 여기가 아스나네 집이구나!"

유우키는 신이 났는지, 바닥에서 돋아난 테이블이며 새빨갛게 타오르는 난로, 벽에 걸린 칼 같은 것을 구경하며 돌아다녔다. 나머지 여섯은 테이블 주위에 모이더니, 아까 사들인 음식을 각자 인벤토리에서 꺼냈다. 금세 정체를 알 수 없는 술안주며 과자가 산처럼 쌓였다.

노리의 희망대로 통째 사들인 와인 뚜껑을 따서, 황금색 액체를 찰랑찰랑 따른 잔이 테이블에 놓이자 파티 준비는 끝났다. 부엌에서 아스나의 조미료 컬렉션을 열심히 구경하던 유우키를 쥰이 붙잡아 거실로 끌고 와선, 일곱이 나란히 테이블에 앉았다.

건배 선창을 맡은 유우키가 잔을 높이 들며 만면의 미소로 외쳤다.

"그러면 보스 공략 성공을 축하하며……, 건배!"

"건배!"

다 함께 외치며 짤랑짤랑 잔을 부딪치는 소리가 이어지고, 모두 단숨에 와인을 비웠다. 그 후 이어진 것은 무질서와 대소동이었다.

쥰과 텟치가 아까 쓰러뜨린 보스의 이야기로, 노리와 타루켄이 ALO에 존재하는 술 이야기로 열을 올리는 동안, 아스나는 유우키와 시우네에게 이제까지 컨버트했던 VRMMO 세계의 이야기를 들었다.

"누가 뭐래도 제일 막장이었던 건 있지, 미국에서 만든 《인섹사이트》라는 거였어~."

유우키는 두 팔로 몸을 감싸는 시늉을 하며 얼굴을 찡그렸다.

"아……, 그거 말이지."

시우네가 고개를 끄덕이며 쓴웃음을 지었다.

"흐음……, 어떤 건데?"

"벌레! 벌레밖에 없어! 몬스터가 벌레인 건 그렇다 쳐도, 나까지 벌레라니까~. 난 그나마 이족보행형 개미라 괜찮았지만 시우네는……."

"안 돼, 말하지 마~."

"……커다란 애벌레였다니까! 입에서 시, 실을 푸흡……."

그리고 더는 못 참겠다는 듯이 유우키는 다시 깔깔 웃음을 터뜨렸다. 시우네가 입술을 비죽거리자 아스나도 함께 웃었다.

"재미있었겠다~. 다 같이 여러 세계를 여행하고 다녔구나……."

"아스나는? VRMMO 꽤 오래 한 것 같은데."

"나는, 어……, 이게 다야. 이 집을 사려고 돈을 모으는 데 꽤 시간이 걸렸거든……."

"그랬구나~."

유우키는 고개를 들더니, 다시 한 번 두 눈을 가늘게 뜨며 거실을 둘러보았다.

"하지만 정말 굉장히 마음이 편안해, 이 집은. 어쩐지……, 옛 추억이 떠오르는 것 같아."

"그러게요. 여기 있으면 굉장히 마음이 놓여요."

시우네도 고개를 끄덕였다.

그때 문득 그 조그마한 입이 놀란 듯이 살짝 벌어졌다.

"왜, 왜 그래, 시우네?"

"깜빡했어요! 돈 얘기를 하니 생각났는데……, 우린 아스나에게 보스 공략을 거들어달라고 부탁하면서 보스가 드롭한 걸 전부 주기로 약속했잖아요. 어쩌죠? 이렇게 잔뜩 사버렸으니."

"아, 나도 깜빡했다!"

미안하다는 듯이 어깨를 움츠리는 두 사람에게 웃으며 손을 흔들고 아스나는 입을 열었다.

"괜찮아, 괜찮아. 뭐가 됐든 조금만 받으면. 아, 아니다——. 역시……."

아스나는 잠시 입을 다물며 크게 숨을 들이마셨다.

보스 공략 전부터 어렴풋하게 생각했던 말을 꺼낼 기회라고 생각한 아스나는, 표정을 다잡으며 말했다.

"역시 아무것도 안 줘도 돼. 그 대신 부탁이 있는데."

"응……?"

"있지……, 계약은 이걸로 끝났지만……, 그래도 난 유우키랑 더 많이 이야기를 나누고 싶어. 물어보고 싶은 게 아주 많아."

어떻게 해야 유우키처럼 강해질 수 있을까——그것을 가르쳐주었으면. 가슴속으로 중얼거리며, 아스나는 다음 한 마디를 입에 담았다.

"나를, 슬리핑 나이츠에 넣어줄 수 없을까?"

ALO의 요정으로 다시 태어난 아스나는 한 번도 길드에 들어간 적이 없다. 대형 길드에서 수없이 권유를 받기도 했고, 키리토나 리즈와 함께 조그만 길드를 결성하자는 이야기도 없었던 것은 아니지만 어째서인지 흐지부지되고 말았다.

그 이유는 분명 길드라는 것에 대한 어렴풋한 《두려움》이 마음에 남아 있기 때문이다. 아스나는 과거 최강이라 불리던 길드에서 1년도 넘게 서브 리더라는 요직을 지냈다. 멤버에게 강철의 규율과 강철의 의지를 요구하고, 자신도 그것을 실천하기 위해 사람들 앞에서는 거의 웃지도 않았다. 당시의 자신은 두려움의 대상은 되었을지언정, 결코 흠모의 대상이 되지는 않았을 것이다. ALO 세계에서 다시 길드에 들어가면 언젠가 그 무렵과 같은 언동을 보이지 않을까, 그것이 두려웠다.

그러나 오늘 아스나는 슬리핑 나이츠 멤버들 속에서 지극히 자연스럽게 행동하고 부담 없이 지시도 내렸다. 그것은 유우키와 동료들이 편안할 정도로 매끄럽게 아스나의 마음속 장벽을 넘어 날아왔기 때문이다. 그들과 지내는 시간은 분명 벽을 낮춰줄 것이다. 진정한 강함을 가르쳐줄 것이다. 아스나 자신이 깨닫지 못했던 그 마음을, 키리토나 리즈, 클라인 같은 친구들은 태도로 지지해주었다. 갑자기 다른 길드의 활동에 참가한다는 말에 불만을 드러내기는커녕 응원해주었던 것이 그 증거일 것이다.

아스나의 말을 들은 유우키는 금방 대답하지 못하고 질끈 입술을 깨물었다. 활짝 뜨인 커다란 눈에 다시 애절한 빛이 일렁였다.

어느샌가 시우네도, 그리고 나머지 넷도 대화를 멈춘 채 가만히 유우키와 아스나를 보고 있었다. 그렇게 찾아온 정적 속에서, 유우키는 오랫동안 말없이 아스나를 응시하고 있었다. 이윽고 움직인 입술에서 나온 말은, 여느 때와는 달리 흔들리고 있었다.

"저기……, 있지, 아스나. 우리……, 슬리핑 나이츠는 이제 곧……, 아마도 봄이 되기 전에 해산할 거야. 그 후로는 다들 좀처럼 게임에 들어오지 못할 테니까……."

"응, 나도 알아. 그때까지만이라도 좋아. 난 유우키랑……, 다른 사람들하고도 친해지고 싶어. 그 정도의 시간은 있지……?"

아스나는 몸을 내밀어 유우키의 자수정색 눈동자를 들여다보았다. 그러나 유우키는 도망치듯이 금방 시선을 돌리고 말았다. 아마 그녀를 만난 후 처음으로 보여준 행동이 아니었을까. 그리고 그대로 살짝 고개를 가로젓는다.

"미안……, 미안해, 아스나. 정말……, 미안해."

몇 번이나 미안하다고 중얼거리는 유우키의 목소리가 평소와는 달리 괴롭게 들려서, 아스나는 그 이상 추궁할 수 없었다.

"그렇구나……. 아니, 나야말로 억지를 부려서 미안해, 유우키."

"저어……, 아스나, 우리는……."

곁에서 시우네가 유우키의 말에 첨언하려는 듯이 무언가 말을 꺼냈지만, 웬일로 그녀도 말을 찾지 못하는 것 같았다.

아스나는 나란히 괴로운 표정을 짓고 있는 멤버들을 둘러보고, 분위기를 되살리려는 듯이 손뼉을 짝 치며 열심히 씩씩한 목소리를 냈다.

"미안! 괜히 이상한 소리를 꺼내서 난감하게 만들었네. 분위기 띄울 겸 그거 보러 가자!"

"그거……?"

고개를 갸웃하는 시우네와, 아직까지 얼굴을 들지 못하는 유우키의 어깨를 동시에 탁 두드렸다.

“중요한 걸 깜빡했잖아! 분명 이미 갱신됐을 거야, 흑철궁에 있는 《검사의 비》!”

“아, 맞다!”

쥰이 큰 소리를 내며 벌떡 일어났다.

“가자, 가자! 사진도 찍고!!”

“응? 가자!”

아스나가 다시 한 번 말하자, 그제야 유우키도 고개를 들고 살짝 웃었다.

아직 어딘가 기운이 없는 유우키의 손을 끌고 텔레포트 게이트에서 뛰쳐나온 아스나는, 오랜만에 찾아온 《시작 도시》의 중앙광장을 둘러보았다.

“역시 여긴 넓구나……. 자, 이쪽이야!”

거대한 왕궁에 등을 돌리고 화단 틈을 누비듯이 빠른 걸음으로 걷자, 금세 전방에 네모난 《흑철궁》의 위용이 보였다. 아인크라드에서도 가장 유명한 관광 명소 중 하나이므로, 초심자에서 베테랑까지 수많은 플레이어가 드나든다.

높은 메인 게이트를 지나 건물 안으로 들어서자 서늘한 공기가 피부를 쓰다듬었다. 한없이 높은 천장에 플레이어들의 부츠가 강철 바닥을 울리는 소리가 무수히 반사되었다.

똑같이 또각또각 높은 소리를 내며, 아스나와 유우키 일행은 안쪽의 대형 홀로 향했다. 두 개의 내문을 빠져나가자 한층 조용한 분위기에 싸인 공간이 펼쳐지고, 그 한가운데에 넓적하고 거대한 강철 비석이 놓여 있었다.

"저거구나!"
준과 노리가 아스나와 유우키의 양쪽 옆을 지나쳐 뛰어갔다. 몇 초 뒤에 《검사의 비》 밑에 도착하자, 아스나도 고개를 들고 빼곡하게 늘어선 문자열의 말미를 찾았다.
"아……, 있다."
갑자기 유우키가 중얼거렸다. 아스나와 맞잡은 손에 힘이 꽉 들어갔다. 동시에 아스나도 발견했다. 검게 빛나는 강철 비석의 거의 한복판, 【Braves of the 27th floor】라는 한 문장 밑에 알파벳으로 일곱 명의 이름이 깊이 새겨진 것을.
"있다……, 우리 이름이야……."
어딘가 멍한 음색으로 유우키가 중얼거렸다. 그 눈동자가 어렴풋이 젖어드는 것을 보니 아스나도 가슴이 벅찼다.
"이봐! 사진 찍자!"
준의 목소리가 뒤에서 들리자, 아스나는 유우키의 어깨를 두드린 다음 휙 몸을 돌렸다.
"자! 웃어야지, 유우키."
아스나의 말에 겨우 유우키도 생긋 미소를 보였다. 여섯 명이 비석 앞에 서자, 준은 《스크린샷 촬영 크리스탈》 팝업 윈도우를 조작해 타이머를 설정하고 손을 떼었다. 크리스탈은 그대로 공중에 정지했고, 위쪽으로 카운트다운 표시가 빛났다.
준이 뛰어와 유우키와 텟치 사이에 끼어들고, 모두 크게 웃음을 지은 순간, 찰칵 소리가 나며 크리스탈이 빛났다.
"오케이!"
준이 다시 뛰어가자, 아스나와 유우키는 다시 한 번 돌아서서 《검사의 비》를 올려다보았다.

"해냈구나, 유우키."

아스나는 손을 떼고 유우키의 머리를 살짝 쓰다듬었다. 유우키는 고개를 끄덕이고 오랜 시간 동안 일곱 명의 이름을 가만히 바라보더니, 이윽고 조용한 목소리로 중얼거렸다.

"응……. 나, 마침내 해냈어, 언니."

"후후후."

그 말에 아스나는 결국 웃음을 흘렸다.

"유우키, 또 그랬어."

"어……?"

무슨 말인지 모르겠다는 듯이 유우키는 아스나를 쳐다보았다.

"날 언니라고 그랬잖아. 보스방에서도 그러더니~. 아니, 난 기쁘지만……——?!"

별 생각 없이 하던 말을 아스나는 중간에 집어삼키고 말았다.

유우키가 두 눈을 크게 뜬 채 손으로 입을 가리고 있었다. 커다란 자수정색 눈동자에서 점점 투명한 물방울이 솟아나더니, 뺨을 타고 잇달아 흘러내렸다.

"유……유우키……?!"

숨을 들이마시며 손을 뻗으려던 아스나에게서, 유우키는 두 세 걸음 물러났다. 입술이 움직이며 갈라진 목소리가 흘러나왔다.

"아스나……, 나, 난……."

갑자기 유우키는 고개를 숙이더니, 넘쳐나는 눈물을 북북 닦고는 왼손을 휘둘렀다. 그렇게 나타난 윈도우를 떨리는 손가락으로 두드린다. 금세 그 조그만 몸을 하얀 빛의 기둥이 에워싸고——.

그것을 마지막으로 불패의 초검사 《절검》 유우키는 아인크라드에서 모습을 감추었다.

8

아스나는 손 안의 종이쪽지에 시선을 떨어뜨리고, 손으로 적어놓은 문자열과 눈앞에 펼쳐진 거대한 건축물의 벽면에 표시된 명칭이 동일한지를 확인했다.

카나가와 현 요코하마 시 츠즈키 구. 녹음이 짙은 언덕 틈에 에워싸인 것처럼 세워진 건물이다. 높이에 비해 양쪽 윙이 넓게 펼쳐진 설계나, 주위의 구릉이 보여주는 넉넉한 자태를 보고 있으면 도저히 이곳이 수도권이라는 생각이 들지 않지만, 아스나의 집이 있는 세타가야 구에서는 토큐 선을 타고 30분도 걸리지 않는다.

건물은 아직 지어진 지 얼마 되지 않은 것 같았으며, 겨울철의 낮은 햇빛을 받아 갈색 타일이 붙은 벽면이 반짝반짝 빛나고 있었다. 자신이 오랫동안 잠들었던 곳과 매우 흡사하다는 생각을 하며, 아스나는 메모를 주머니에 집어넣었다.

"여기 있니, 유우키……?"

조그만 목소리로 중얼거렸다. 만나고 싶은 반면, 이곳에 그 소녀가 없으면 좋겠다는 생각도 들었다.

살짝 망설인 후, 아스나는 교복 위에 걸친 코트 깃을 여미며 정면 출입구를 향해 잰 걸음으로 걷기 시작했다.

《절검》 유우키가 아인크라드에서 사라진 지 이미 사흘이 지났다.

마지막 순간, 검사의 비 앞에서 그녀가 보여준 눈물은 아직 아스나의 눈꺼풀에 새겨져 있다. 도저히 이대로 잊어버릴 수는 없었다. 어떻게든 다시 한 번 만나 이야기를 하고 싶었다. 하지만 아스나가 보낸 메시지는 모조리 《송신 상대가 로그인하지 않았습니다》라는 자동 답장이 돌아왔으며, 그 후 메시지를 확인한 기척도 없었다.

슬리핑 나이츠 멤버들이라면 유우키가 있는 곳을 알 것이라고 생각했지만, 이틀 전 저녁에 그들의 본거지인 롬바르의 여관에서 혼자 아스나를 맞이한 시우네는 긴 속눈썹을 내리깔며 살짝 고개를 가로저었다.

"우리도 그 후로 유우키와 연락이 되지 않아요. ALO만이 아니라 풀 다이브 자체를 하는 것 같지 않았고, 현실세계의 그녀에 대해 아는 것도 거의 없어요. 게다가……."

시우네는 여기서 말을 끊더니, 어딘가 마음을 쓰는 듯한 시선으로 아스나를 보았다.

"아스나 씨. 아마 유우키는 재회를 바라지 않을 거예요. 다른 그 누구도 아닌 당신을 위해."

아스나는 놀라서 할 말을 잃었다. 몇 초가 지난 후 간신히 목소리를 쥐어짜냈다.

"왜……, 어째서? 아니……, 어쩐지 유우키나 다른 사람들이 나와 필요 이상으로 다가서려 하지 않는다는 건 알았어. 내가 무언가 폐를 끼쳤다면 이젠 따라다니지 않을게. 하지만……, 나를 위해서 그랬다는 말은 수긍할 수가 없어."

"폐라뇨……."

언제나 조용한 태도를 무너뜨리지 않던 시우네가 웬일로 표정을 일그러뜨리고는 거칠게 고개를 가로저었다.

“우린 당신과 만난 것을 정말로 기쁘게 생각해요. 이 세계에서 마지막으로 그렇게 멋진 추억을 만들 수 있었던 것도 아스나 씨 덕분이에요. 보스 공략을 도와준 것, 그리고 길드에 들어오고 싶다고 말해준 건 아무리 감사해도 모자랄 정도예요. 유우키도 분명 그렇게 생각할 테고요. 하지만……, 제발, 부탁이니, 이젠 우리를 잊어주세요.”

말을 끊고 시우네는 왼손을 휘둘러 윈도우를 조작했다. 아스나의 앞에 조그만 트레이드 윈도우가 나타났다.

“예정보다 조금 이르긴 하지만 슬리핑 나이츠는 이제 해산할까 해요. 아스나 씨에게 주기로 했던 사례도 지금 청산하고 싶어요. 요전에 보스가 드롭한 것과 저희가 소지한 모든 아이템을…….”

“피……필요 없어. 안 받을 거야.”

아스나는 손가락을 내리치듯이 윈도우를 캔슬하고 시우네에게 한 걸음 다가갔다.

“정말로 이제 작별인 거야? 난……, 유우키도 시우네도, 다른 사람들도 다 좋아해. 길드는 해산해도 친구가 되어 계속 친하게 지낼 수 있을 거라 생각했어. 하지만 그렇게 생각한 건 나뿐이었던 거야……?”

이제까지의 아스나라면 절대 입에 담지 않았을 말이었다. 하지만 슬리핑 나이츠 멤버들과 행동을 함께 한 겨우 며칠 사이에, 아스나는 조금씩 자신이 변해갔음을 느꼈다. 그렇기에 그들과 헤어지기 싫었다.

하지만 시우네는 시선을 내리깔고 고개를 가로저을 뿐이었다.

"미안해요……, 미안해요. 하지만 이래야만 해요. 여기서 작별하는 편이……. 미안해요, 아스나."

그리고 그녀도 마치 도망치듯이 윈도우를 열어 로그아웃하고 말았다.

유우키만이 아니라 시우네와 쥰, 노리 같은 다른 멤버들도 그 후로 ALO에 로그인하지 않았다.

겨우 며칠 동안 함께 지냈을 뿐이다. 그 정도로 친구가 되었다고 생각한 아스나의 잘못일지도 모른다. 하지만 슬리핑 나이츠 멤버들은 아스나의 마음 깊은 곳에 씻을 수 없는 인상을 남기고 갔다. 이대로 잊어버릴 수는 없었다.

이미 3학기가 시작됐지만, 오랜만에 현실세계에서 카즈토나 리카(리즈), 케이코(시리카)와 만나도 아스나의 마음은 어딘가 침울했다. 정신이 들고 보면 눈꺼풀 안쪽에서, 고막 안쪽에서 유우키의 웃음이 되살아났다. 유우키는 아스나를 '언니'라고 불렀다. 그 사실을 깨달은 유우키는 눈물을 흘렸다. 그 이유를 어떻게든 알고 싶었다.

그리고 어제 점심시간. 아스나는 카즈토의 메일을 받았다.

【옥상에서 기다릴게.】

싸늘한 북풍이 스치고 지나가는 콘크리트 교사 옥상에는 다른 학생의 모습은 전혀 없었다. 카즈토는 공기 순환용 파이프에 기대 아스나를 기다리고 있었다.

현실세계의 그는 SAO에서 풀려난 지 이미 1년도 더 지난 지금까지도 그다지 체중이 늘지 않았다. 여동생인 스구하(리파)가 매일 든든히 먹이고 있을 테니 영양 면에서는 걱정하지 않아도 되겠지만, 섭취한 칼로리를 모조리 조깅이며 헬스로 소비하는 것일까. 어쩌면 가상세계에서 가혹한 전투를 겪은 탓에 육체의 에너지까지도 소모하고 만 것인지도 모른다.

블레이저 앞단추를 풀고 바지 주머니에 두 손을 꽂은 채 긴 앞머리를 바람에 나부끼며 서 있는 그 모습은, 차림새는 다를지언정 구 아인크라드 시절의 그와 거의 다를 바가 없었다. 아스나는 빨려들어 가듯이 그에게 다가서고, 고개를 든 카즈토의 어깨에 살짝 이마를 부딪쳤다.

가슴에서 소용돌이치는 감정을 그대로 토로하고 싶었으나, 아스나도 자신이 무엇을 느끼고 있는지 말로 표현할 수가 없었다. 눈을 꼭 감고 치밀어오를 것 같은 오열을 열심히 참고 있으려니, 카즈토의 손이 부드럽게 등을 두드려주었다. 동시에 귓가에서 목소리가 들렸다.

"꼭 《절검》을 만나고 싶어?"

그 한마디는 아스나의 바람을 모조리 집약한 것이었다. 그렇다. 그저 다시 한 번 만나고 싶었다. 왜냐하면 분명 유우키도 그것을 바라리라고 아스나가 믿고 있기 때문이다.

고개를 끄덕이자 카즈토는 조용히 말을 이었다.

"이젠 만나지 않는 편이 나을 거라고 그랬다지? 그래도 만나고 싶어?"

그에게는 제27플로어 보스 공략전의 전말과 그 후의 생각지도 못한 이별, 그리고 마지막으로 만난 시우네의 말을 모두 빠짐없이 전해놓았다. 카즈토도 나름 생각한 끝에 꺼낸 질문이리라. 그래도 아스나는 다시 한 번 힘차게 고개를 끄덕였다.

"응, 그래도. 난 어떻게든 다시 한 번 유우키를 만나서 이야기를 나누고 싶어. 그래야만 해."

"그렇구나."

카즈토는 짧게 대답하고 아스나의 두 어깨에 손을 대며 살짝 몸을 떼더니, 블레이저 안주머니에서 꺼낸 조그만 메모를 내밀었다.

"여기에 가면 만날 수 있을지도 몰라."

"뭐……?"

"어디까지나 가능성이야. ……하지만 난 《절검》이 거기 있을 거라고 생각해."

"어……어떻게 키리토 군이 그걸 알아……?"

두 번 접어놓은 종이쪽지를 받아들면서, 아스나는 멍하니 물었다. 그러자 카즈토는 시선을 하늘로 조용히 돌리더니 중얼거렸다.

"그곳이 일본에서 유일하게 《메디큐보이드》 임상시험을 하는 장소니까."

"메디……큐보이드?"

들어본 적이 없는 이상한 단어를 되풀이하며 아스나는 종이쪽지를 펼쳤다.

그곳에는 【요코하마 코호쿠 종합병원】이라는 명칭과 주소가 조그만 글자로 적혀 있었다.

깔끔하게 닦아놓은 유리 이중문을 지나 채광이 잘 된 현관홀에 발을 들이자, 어쩐지 그리운 소독약 냄새가 어렴풋이 감돌았다.

조그만 아이를 안은 어머니, 전동 휠체어에 앉은 노인이 천천히 오가는 공간을 가로질러, 아스나는 면회 접수 카운터로 향했다.

창구 옆에 비치된 용지에 주소와 이름을 적고, 면회를 희망하는 상대의 이름을 적는 칸에서 손이 멈추었다. 아스나가 아는 것이라곤 유우키라는 이름뿐이었으며, 그것조차 본명인지 어떤지 알지 못한다. 카즈토에게선 설령 그곳에 그녀가 있더라도 그것을 확인할 수 있을지 없을지, 면회를 할 수 있을지 없을지는 모른다는 말을 들었지만, 여기까지 와서 체념할 수는 없었다. 마음을 굳히고 용지를 든 채 창구로 향했다.

카운터 너머에서 단말을 조작하던 하얀 제복의 여성 간호사는 아스나가 다가오는 기척에 고개를 들었다.

"면회 오셨나요?"

미소와 질문에 뻣뻣하게 고개를 끄덕였다. 일부를 빈칸으로 남겨놓은 신청용지를 내밀며 아스나는 말했다.

"저기……, 면회를 하고 싶은데, 상대의 이름을 몰라요."

"네?"

수상해하며 눈썹을 모으는 간호사에게 열심히 말을 고르며 대답했다.

"아마 열다섯 전후의 여자아이일 거예요. 어쩌면 이름은 《유우키》일지도 모르지만, 아닐 수도 있어요."

"여기엔 입원하신 환자분이 많아서 그 정도로는 알 수 없어요."

"어……, 여기서 시험 중인 《메디큐보이드》를 쓰는 분일 텐데……."

"환자 분의 사생활에 관해서는……."

그때 카운터 안쪽에 있던 나이 지긋한 간호사가 고개를 들더니 가만히 아스나의 얼굴을 보았다. 이어서 아스나를 상대하던 간호사에게 무언가를 속삭였다.

젊은 간호사는 눈을 몇 차례 깜빡이더니, 다시 아스나를 쳐다보며 조금 전과는 살짝 달라진 어조로 말했다.

"실례지만 성함이 어떻게 되시나요?"

"아, 어, 유우키 아스나라고 합니다."

대답하면서 신청용지를 안쪽으로 밀어넣었다. 간호사는 용지를 받아보더니 안쪽에 있던 동료에게 건네주었다.

"신분증을 보여주실 수 있을까요?"

"어, 네."

황급히 코트 안주머니에서 지갑을 꺼내 학생증을 뽑아 제시했다. 간호사는 학생증의 사진과 아스나의 얼굴을 자세히 비교한 후, 살짝 고개를 끄덕이더니 잠시 기다리라는 말을 남기고 옆에서 수화기를 들었다.

내선으로 어딘가에 연락을 했는지, 두세 마디 작은 목소리로 이야기를 나눈 후 아스나를 다시 보았다.

"제2내과 쿠라하시 선생님이 나오실 거예요. 정면 엘리베이터로 4층에 올라가신 다음 오른쪽으로 쭉 가셔서, 접수대에 이걸 주세요."

그녀가 내민 트레이에서 학생증과 은색 패스카드를 집어들며 아스나는 꾸벅 고개를 숙였다.

4층 접수대 앞 벤치에서 다시 10분 정도 기다린 후, 아스나는 빠른 걸음으로 다가오는 하얀 가운의 모습을 알아차렸다.

"아이고, 이거 죄송합니다. 면목이 없군요. 기다리게 해서 미안해요."

이상한 사과를 하며 고개를 꾸벅인 것은 몸집이 작고 살짝 통통한 남자 의사였다. 아마 30대 초반 정도일 것이다. 이마가 넓고 머리카락을 정확히 7대 3으로 가르마를 탔으며, 테가 굵은 안경을 꼈다.

아스나는 황급히 일어나 깊이 고개를 숙였다.

"아, 아니에요. 저야말로 갑자기 실례를 해서……. 얼마든지 기다려도 되는 걸요."

"아닙니다. 오늘은 오후에 비번이라 마침 다행이었지요. 음, 유우키 아스나 양이라고 했나요?"

약간 늘어진 눈에 생글생글 웃음을 지으며, 남자 의사는 살짝 고개를 갸웃했다.

"네."

"저는 쿠라하시라고 합니다. 콘노 양의 주치의지요. 잘 와주었어요."

"콘노……, 양?"

"네, 풀 네임은 콘노 유우키라고 합니다. '유우키'는 한자로는 *목면(木棉)에 계절 계(季) 자를 쓰지요. 저는 '유우키 군'이라고 부르지만……, 그녀는 요즘 매일 아스나 양의 이야기만 했답니다. 아, 죄송합니다. 유우키 군이 언제나 그렇게 부르는 바람에."

"아니에요, 그냥 아스나라고 불러주세요."

미소를 지으며 대답하자, 쿠라하시 의사도 멋쩍게 웃더니 오른손으로 엘리베이터 쪽을 가리켰다.

"서서 이야기하기도 뭣하니 위층 라운지로 가시지요."

안내를 받아 간 널찍한 대합실 안쪽의 자리에 아스나와 쿠라하시는 마주 앉았다. 커다란 유리창을 통해 병원의 넓은 부지와 주위의 녹음을 멀리 내다볼 수 있었다. 주위에 사람의 모습은 거의 없었으며, 공조 설비가 어렴풋한 작동음을 내며 공기에 진동을 주고 있었다.

아스나는 마음속에 넘쳐나는 온갖 의문을 무엇부터 꺼내야 좋을지 망설였다. 그러나 쿠라하시 의사가 먼저 침묵을 깼다.

"아스나 양은 유우키 군과 VR 월드에서 알게 됐다지요? 그녀가 이 병원에 대해 이야기했나요?"

"어, 아뇨……, 그런 건 아니지만……."

"호오, 그런데 용케도 이곳을 알아내셨군요. 다른 게 아니라 유우키 군이 어쩌면 아스나 양이 면회를 올지도 모르니 접수대에 그렇게 전해달라고 하기에, 병원에 대해 말했나 싶어 의아했는데, 그게 아니라는 겁니다. 그럼 이곳을 알 수는 없을

*목면(木棉)에 계절 계(季) 자를 쓰지요 : 여기서 말하는 목면은 일본어로는 '유우'라고 읽으며, 닥나무 껍질로 만든 섬유를 말한다. 우리가 보통 아는 목화를 지칭하는 '모멘(목면)'과는 다르다.

거라고 저는 그랬는데, 조금 전 접수대에서 연락이 왔을 때는 정말 놀랐지요."

"저어……, 유우키가 선생님께 저에 대해 이야기를 했다고요……?"

이번에는 아스나가 묻자, 쿠라하시는 두세 번 크게 고개를 끄덕였다.

"그럼요. 최근 며칠 동안은 저와 면담을 할 때마다 아스나 양 이야기만 하던걸요. 다만 유우키 군은 아스나 양의 이야기를 한 다음에는 꼭 울음을 터뜨려서 말입니다. 자기 일로는 절대 약한 소리를 하지 않는 아이인데도."

"네……? 왜, 왜죠……?"

"더 친해지고 싶지만 그럴 수가 없다고, 만나고 싶지만 그럴 수가 없다고 그러더군요. 그 마음은……, 이해가 되지만……."

그때 쿠라하시 의사가 처음으로 살짝 침통한 표정을 보였다. 아스나는 깊이 심호흡을 한 다음, 마음을 굳게 먹고 물었다.

"유우키도, 그녀의 동료들도, VR 월드에서 헤어지기 전에 제게 그렇게 말했어요. 왜죠? 왜 《만날 수 없다》는 건가요?"

메모에서 병원의 이름을 본 순간부터 조금씩 부풀어올랐던 한 가지 불안을 열심히 억누르며 아스나가 몸을 내밀자, 쿠라하시 의사는 한동안 말없이 테이블 위에 놓은 두 손으로 시선을 떨어뜨리고 있었으나, 마침내 조용히 대답했다.

"그러면, 우선 《메디큐보이드》 이야기부터 시작하지요. 아스나 양은 물론 어뮤스피어의 유저겠지요?"

"아……, 네, 맞아요."

쿠라하시 의사는 한 차례 고개를 끄덕이고 얼굴을 들더니, 생각지도 못한 말을 입에 담았다.

"아스나 양에게 이런 말을 드리기는 뭣하지만, 저는 풀 다이브 기술이 애초에 오락 용도로 개발된 것이 참으로 유감스러웠습니다."

"네……?"

"그 테크놀로지는 정부에서 확실하게 투자해 처음부터 의료 목적으로 연구했어야만 해요. 그랬더라면 현재의 상황이 지금보다 1년, 아니, 2년은 더 발전했을 테니까요."

이야기가 생각지도 못한 방향으로 흘러가 당황하는 아스나에게, 의사는 손가락을 세우며 말했다.

"생각해 보십시오. 어뮤스피어가 제공하는 환경이 얼마나 의료현장에 유용하게 쓰일지를. 이를테면 시각이나 청각에 장애를 가진 사람들에게 그 기계는 그야말로 복음입니다. 선천적으로 뇌에 기능장애가 있을 때는 유감스럽게도 그럴 수 없겠지만, 안구와 시신경에 이상이 있어도 어뮤스피어는 뇌에 직접 영상을 보낼 수 있으니까요. 청각의 경우도 마찬가지고요. 빛과 소리를 전혀 모르고 자란 사람들도, 이제는 그 기계를 쓰면 진짜 풍경이란 것을 접할 수 있게 되었습니다."

뜨거운 어조로 설명하는 쿠라하시 의사의 말에 아스나는 고개를 끄덕였다. 어뮤스피어가 그런 분야에 널리 활용되기 시작한 것은 제법 오래 되었다. 언젠가 헤드기어가 더욱 작아지고 전용 렌즈와 맞물린다면, 시각장애인도 일반인과 똑같이 생활할 수 있게 된다고 한다.

"유용한 것은 신호전달기능만이 아닙니다. 어뮤스피어에는 체감각 차단 기능도 있으니까요."

의사는 손가락으로 자신의 목덜미 부근을 두드렸다.

"여기에 전자 펄스를 보내 일시적으로 신경을 마비시키는 겁니다. 다시 말해, 전신마취와 똑같은 효과가 있지요. 이를테면 수술 때 어뮤스피어를 사용하면, 조금이라고는 해도 사고의 위험이 있는 마취약의 사용을 피할 수도 있지 않을까요?"

어느샌가 의사의 이야기에 끌려들어간 아스나는, 고개를 끄덕이다가 문득 어떤 사실을 깨달았다. 전문가 앞이라 조금 주눅이 들었지만 작은 목소리로 의문을 제기해보았다.

"……저기, 그건 무리가 아닐까요? 어뮤스피어로 인터럽트 할 수 있는 감각 레벨은 아주 낮게 한정되어 있는 걸요. 몸에 메스를 대는 엄청난 아픔을 없애는 건 어뮤스피어라 해도, 심지어 초대 기종——너브 기어라 해도 불가능할 거예요……. 설령 연수(延髓)에서 캔슬한다 해도, 몸의 신경은 살아 있으니 척추반사는 남지 않나요……?"

"그……그렇습니다."

쿠라하시 의사는 아스나의 말에 놀란 듯이 한순간 눈을 크게 뜨더니, 금세 득의양양하게 몇 번이고 고개를 끄덕였다.

"바로 그렇습니다. 게다가 어뮤스피어는 전자 펄스의 출력도 약하고, CPU도 절전 타입이라 처리속도에도 다소 문제가 있지요. VR 세계에 풀 다이브하는 정도라면 그래도 상관없지만, 렌즈와 조합해 실시간으로 현실 환경과 동기화하는, 다시 말해 《AR(증강현실)》을 실현하려면 스펙이 많이 부족합니다. 그래서 현재 나라에서 개발을 서두르고 있는 것이 세계 첫 의료용 풀 다이브 기기――《메디큐보이드》입니다."

"메디큐……보이드."

아마도 의료(medical)와 입방체(cuboid)를 조합한 것으로 보이는 낯선 단어를, 아스나는 살짝 입속으로 중얼거려보았다. 의사는 가볍게 미소를 짓더니 설명을 이어나갔다.

"아직은 코드네임입니다만, 말하자면 어뮤스피어의 출력을 강화하고 펄스 발생 소자를 몇 배의 밀도로 늘리고 처리속도를 높인, 그리고 뇌에서 척추 전체를 커버할 수 있도록 침대와 일체화한 것이지요. 외견은 단순한 하얀 상자처럼 보이지만……. 이게 실용화되어 보다 많은 병원에 배치된다면 의료는 극적으로 바뀔 겁니다. 마취는 거의 모든 수술에서 필요하지 않을 테고, 또한 현재 《록트 인(Locked-in) 상태》 진단을 받은 환자분들과도 커뮤니케이션을 할 수 있을지 몰라요."

"록트 인……?"

"감금증후군이라고도 합니다. 뇌의 사고를 관장하는 부분은 정상인데, 몸을 제어하는 부분에 장애가 있어서 의사를 표현하지 못하는 상태지요. 메디큐보이드는 뇌의 깊은 곳까지 링크할 수 있기 때문에, 설령 몸이 움직이지 않더라도 VR 월드를 이용해 사회에 복귀할 가능성까지 있는 겁니다."

"그렇군요……. 다시 말해, VR 게임을 즐기기 위해 개발된 어뮤스피어보다도 훨씬 진짜 의미의……, 말하자면 《꿈의 기계》인 거네요."

고개를 끄덕이면서, 별생각 없이 아스나는 그런 말을 입에 담았다. 하지만 그 말을 들은 순간, 그야말로 꿈에 대해 이야기하던 쿠라하시 의사는 갑자기 현실로 돌아온 것처럼 입을 다물고 말았다. 약간 침울한 표정을 짓더니, 안경을 벗고 깊고 길게 탄식했다.

그리고 살짝 고개를 가로저으며, 의사는 어딘가 슬픈 듯한 미소를 지었다.

"예, 그야말로 꿈의 기계지요. 하지만……, 기계에는 당연히 한계가 있습니다. 메디큐보이드가 가장 기대를 받은 분야 중 하나……, 그것은 《터미널 케어》입니다."

"터미널 케어……."

귀에 익지 않은 영어단어를 앵무새처럼 되풀이하자, 쿠라하시는 살짝 낮춘 목소리로 설명을 덧붙였다.

"우리말로는……, 《종말기 의료》라고 합니다."

그 말에 내재된 예감에, 아스나는 냉수를 뒤집어쓴 듯한 기분을 맛봤다. 입을 꽉 다물고 두 눈을 크게 뜨는 아스나에게, 안경을 고쳐 쓴 쿠라하시 의사는 어딘가 달래는 듯한 표정을 짓더니 말을 이었다.

"아스나 양은 나중에 이쯤에서 그만 들었어야 했다고 생각할지도 모릅니다. 그런 선택을 내리더라도 아무도 아스나 양을 책망하지 않을 겁니다. 유우키 군도, 그녀의 동료들도, 진심으로 당신을 걱정하니까요."

하지만 아스나는 망설이지 않았다. 어떤 현실과 만나게 되더라도 그것을 정면으로 받아들이리라 생각했으며, 또한 그래야만 한다는 확신도 있었다. 아스나는 고개를 들고 또박또박 말했다.

"아니에요……, 계속해주세요. 부탁이에요. 저는 그러기 위해 여기 온 것이니까요."

"그렇군요."

쿠라하시 의사는 다시 미소를 짓더니 크게 고개를 끄덕였다.

"유우키 군에게는, 아스나 양이 바란다면 모든 것을 알려달라는 부탁을 받았습니다. 유우키 군의 병실은 중앙병동 최상층입니다. 조금 머니, 걸으면서 이야기하지요."

라운지를 나와 엘리베이터로 향하는 의사의 뒤를 따라 걸으며, 아스나는 머릿속으로 몇 번이나 같은 말을 되풀이하고 있었다.

종말기. 그 말이 무엇을 뜻하는지는 단순할 정도로 명백하다는 생각도 들었으며, 설마 그럴 리가 없다고, 《그 사실》을 가리키는데 그렇게 직접적인 단어를 쓸 리가 없다고 부정하는 마음도 있었다.

다만 한 가지는 확실했다. 이제부터 밝혀질 진실은 모두 정면으로 받아들여야만 한다는 것이다. 유우키는 아스나가 그럴 수 있으리라 믿었기 때문에, 자신의 현실에 아스나가 발을 들이도록 허용했다.

중앙동 로비에 설치된 세 기의 엘리베이터 중 가장 오른쪽 문에는 《직원 전용》이라는 표시가 있었다. 곁의 패널에 의사가 목에서 벗은 카드를 대자, 금세 가벼운 소리가 울리며 문이 열렸다.

하얀빛이 넘쳐나는 상자에 두 사람이 올라타자, 작동음도 가

속도도 거의 느낄 수 없을 정도로 조용히 상승을 시작했다.

"《잠복기》라는 말을 들어본 적이 있나요?"

갑자기 쿠라하시 의사가 묻자, 아스나는 눈을 깜빡이며 기억 속의 목차를 뒤졌다.

"네……, 보건 시간에 배웠어요. 바이러스의……, 감염에 관한 말 아니었나요?"

"그렇습니다. 인간이 모종의 바이러스에 감염되지 않았을까 의심할 때는 주로 혈액을 검사하지요. 검사 방법은 혈액 속의 바이러스에 대한 항체를 조사하는 《항원항체검사》, 그리고 보다 정밀한, 바이러스 자체의 DNA, RNA를 증폭해서 조사하는 《NAT 검사》가 있습니다. 그런데 NAT 검사를 써도 감염 직후로부터 열흘 전후에는 바이러스를 검출할 수가 없어요. 그 기간을 《잠복기》라고 부릅니다."

쿠라하시 의사는 여기서 잠시 말을 끊었다. 그 직후 어렴풋한 감속이 느껴지며 띵 소리와 함께 문이 열렸다.

최상층인 12층은 외부인의 출입을 완전히 제한하는지, 내리자마자 정면에 거창한 게이트가 설치되어 있었다. 의사가 다시 게이트 옆의 센서에 카드를 대고, 또한 손바닥을 패널에 대서 바이오매트릭스 인증을 거치자, 조그만 전자음이 들리며 금속 차단기가 열렸다. 쿠라하시의 손짓에 아스나는 재빨리 게이트를 지났다.

아래층과는 달리, 이 층에는 창문이 없는 것 같았다. 매끈한 하얀 패널로 뒤덮인 통로가 쭉 뻗어나가다 전방에서 좌우로 갈라진다.

다시 아스나의 앞에 서서 걷기 시작한 쿠라하시 의사는 통로의 왼쪽으로 꺾었다. 부드러운 흰빛에 가득 찬 무기질적인 길이 한없이 이어진다. 백의를 입은 간호사가 몇 명 지나다닐 뿐 바깥세상의 소음은 전혀 들리지 않았다.

"――바로 그 《잠복기》가 있기 때문에 필연적으로 발생할 수밖에 없는 일이 있습니다."

갑자기 의사가 다시 조용한 목소리로 대화를 시작했다.

"그것은 헌혈로 수집한 수혈용 혈액정제의 오염이지요. 물론 확률은 낮습니다. 한 번 수혈을 받아 모종의 바이러스에 감염될 확률은 수십만 분의 1밖에 안 되니까요. 하지만 그 숫자를 0으로 만드는 것은 현대의학으로는 불가능해요."

어렴풋한 한숨. 여기에 포함된 미미한 무력감이 느껴졌다.

"유우키 군은 2011년 5월생입니다. 난산이어서 제왕절개를 했지요. 그때……, 의료 차트로는 무슨 일인지 확인할 수 없었지만 모종의 사고로 대량의 출혈이 있었고, 긴급 수혈이 실시되었습니다. 그때 쓰인 혈액은 유감스럽게도 바이러스에 감염된 것이었습니다."

"……!"

아스나는 숨을 멈추었다. 한순간 흘끔 시선을 돌린 의사는 금세 눈을 내리깔더니 말을 이었다.

"이젠 확실한 것은 알 수 없지만, 아마 유우키 군이 감염된 건 출산 때 아니면 그 직후였겠지요. 아버님은 그로부터 1개월 이내였을 테고요. 바이러스 감염이 판명된 것은 9월, 어머님이 받은 수혈 후의 확인 혈액검사 때였습니다. 그 시점에서는……, 이미 가족 전원이……."

다시 깊은 한숨을 내쉬더니 쿠라하시는 발을 멈추었다.

통로 오른쪽 벽에 슬라이드 도어가 있었으며, 벽에는 금속 패널이 설치되어 있었다. 그곳에 박힌 플레이트에는【제1 특수 계측기기실】이라는 엄중한 문자가 적혀 있었다.

의사는 카드를 들더니 패널 아래쪽의 슬릿에 통과시켰다. 전자음이 들리고 푸슉 소리와 함께 문이 열렸다.

가슴속을 꽉 조여대는 아픔을 느끼며, 아스나는 쿠라하시 의사의 뒤를 따라 문으로 들어섰다. 내부는 안쪽이 깊고 묘하게 가늘고 긴 방이었다.

정면 벽에는 지금 지나온 것과 똑같이 생긴 문이, 문 오른쪽에는 몇 개의 모니터를 갖춘 콘솔이 보였다. 문 왼쪽은 커다란 창문이었는데, 유리는 검게 물들어 내부를 볼 수 없었다.

"이 유리 너머는 에어 컨트롤이 된 무균실이라 들어갈 수 없습니다. 양해해 주십시오."

그렇게 말하더니, 의사는 검은 창에 다가가 아래쪽의 패널을 조작했다. 어렴풋한 진동음과 함께 창문의 색이 갑자기 흐려지고, 금세 투명한 유리로 변해 반대편을 비춰주었다.

조그만 방이었다. 아니, 면적 자체는 꽤 넓다. 언뜻 보고 작다는 생각이 든 이유는 방안을 다양한 기계가 가득 메우고 있기 때문이다. 높은 것, 낮은 것, 심플한 사각형, 복잡한 형태를 한 것이 섞여 있어서 방 한가운데에 있는 젤 베드를 알아보기까지는 조금 시간이 걸렸다.

아스나는 유리에 한껏 얼굴을 가까이 대고 가만히 침대를 응시했다.

푸른 젤에 반쯤 파묻힌 것처럼 조그만 몸이 누워 있었다. 가슴께까지 하얀 시트가 덮여 있고, 그 위로 엿보이는 맨살 어깨는 가슴이 아플 정도로 야위었다. 목덜미와 두 팔에는 수많은 튜브가 이어져 주위의 기계류로 뻗어나갔다.

침대에 누운 사람의 얼굴을 직접 볼 수는 없었다. 머리 대부분을 집어삼킨 것처럼, 침대와 하나가 된 직방체가 뒤덮고 있었기 때문이다. 보이는 것은 거의 색깔이 없는 얇은 입술과 뾰족한 턱뿐이었다. 직방체의 이쪽 측면에는 모니터 패널이 박혀 있었는데, 다양한 색의 표시가 바쁘게 오르내렸다. 모니터 위에 간소한 로고로 【Medicuboid】라고 적힌 것이 보였다.

"……유우키……?"

아스나는 갈라진 목소리로 속삭였다. 마침내 여기에——현실의 유우키에게 이른 것이다. 하지만 마지막 몇 미터는 절대로 넘어설 수 없는 두꺼운 유리벽이 가로막고 있었다.

의사에게 등을 돌린 채, 아스나는 말을 쥐어짜내듯이 물었다.

"선생님……, 유우키의 병은, 뭔가요……?"

대답은 짧았지만 한없는 무게를 가지고 있었다.

"《후천성 면역결핍증》……, AIDS입니다."

9

어쩌면 그럴지도 모른다고, 이 커다란 병원을 본 순간부터 생각했다. 유우키는 모종의 심각한 병에 걸린 것일지도 모른다고. 하지만 역시 의사의 입으로 구체적인 병명을 듣자 숨이 막히는 것을 참을 수가 없었다. 아스나는 침대에 누운 유우키를 유리 너머로 바라보며 온몸을 굳힌 채 얼어붙었다.

이것이 정말 현실일까 생각했다. 누구보다도 강하고 어떤 순간에도 씩씩하던 유우키가, 무수한 기계의 틈바구니에 파묻힌 듯이 드러누운 광경을 사실로 인식하기를 이성도 감정도 거부하고 있었다.

——나는 아무것도 몰랐고, 알려고도 하지 않았던 바보 천치야. 그렇게 외치는 소리가 들렸다. 그때 아스나의 눈앞에서 사라지기 직전에 유우키가 보여준 눈물의 의미——그것은…….

"하지만 현재 에이즈라는 병은, 세간에서 생각하는 것만큼 무서운 것은 아닙니다."

멍하니 서 있던 아스나의 등 뒤에서 어디까지나 조용한 쿠라하시 의사의 목소리가 들렸다.

"설령 HIV(인간 면역결핍 바이러스)에 감염된다 해도, 조기에 치료를 시작할 수 있다면 10년, 20년이라는 긴 기간 동안 에이즈의 발병을 억제할 수도 있지요. 약을 꾸준히 먹고, 건강관리를 철저히 해, 감염 이전과 거의 다를 바 없는 생활을 보내는 것도 가능합니다."

삐걱. 조그만 소리가 쿠라하시 의사가 콘솔 앞의 조그만 의자에 앉았다는 것을 알려주었다. 말이 이어졌다.

"……그러나 신생아가 HIV에 감염되었을 때의 5년 생존율이 성인에 비해 매우 떨어지는 것도 사실입니다. 유우키 군의 어머님은 가족 전원의 감염이 판명된 후 다 함께 죽을 생각도 하셨다더군요. 하지만 어머님은 어릴 적부터 가톨릭 신자였습니다. 신앙의 힘과, 물론 아버님의 힘도 있어서 첫 위기를 넘어서고, 병과 끝까지 싸우기로 결심한 거지요."

"끝까지……, 싸운다……."

"예. 유우키 군은 갓 태어난 순간부터 살기 위해 바이러스와 싸웠습니다. 가장 위험한 시기를 벗어난 후로는, 몸은 작아도 씩씩하게 성장해 초등학교에도 들어갔습니다. ──많은 약을 정기적으로 먹어야 한다는 건 어린아이에게는 힘든 일입니다. 역전사 효소저해제는 부작용도 많고요. 그래도 유우키 군은 언젠가 병이 나을 것이라 믿고 열심히 살았습니다. 학교도 거의 빠지지 않았고, 성적도 언제나 상위권이었다더군요. 친구도 많이 생겨서, 저도 당시의 동영상을 몇 편 봤는데, 언제나 밝게 웃고 있었습니다……."

약간의 간극. 의사가 살짝 한숨을 쉬는 것을 아스나는 놓치지 않았다.

"──유우키 군이 HIV 보균자라는 사실은 학교에 감추어 놓았습니다. 그게 일반적입니다. 학교와 기업의 건강진단에선 혈액의 HIV 검사를 하는 것이 금지되어 있습니다. 하지만……, 그녀가 4학년으로 올라가고 얼마 지나지 않았을 때였습니다. 경로는 알 수 없지만, 유우키 군이 보균자라는 것이 같은 학년의 보호자 일부에게 전해지고 말았던 거예요. 소문은 금세 퍼졌습니다. ……HIV 감염을 이유로 하는 그 어떤 차별도 법으로는 금지되어 있지만, 유감스럽게도 이 사회는 선한 이념으로만 움직이는 것이 아니니까요……. 그녀의 통학에 반대하는 민원이며, 전화나 편지를 통한 유형무형의 압박이 시작되었습니다. 부모님도 매우 많은 노력을 하셨다고 합니다. 하지만 결국 가족은 이사를 갈 수밖에 없었으며, 유우키 군도 전학을 가게 되었습니다."

"……."

아스나는 이제 맞장구도 칠 수 없었다. 그저 등을 굳힌 채 들리는 말에 귀를 기울일 뿐이었다.

"유우키 군은 눈물 한 번 보이지 않고 새로운 학교에도 매일 다녔다고 합니다. 하지만……, 잔혹하게도 그 무렵부터 면역력 저하의 지표가 되는 《CD4》라는 임파구의 수치가 급격히 감소하기 시작했습니다. 그건 다시 말해……, 에이즈가 발병했다는 뜻입니다. 저는 그 계기가 된 것이 지난 학교에서 유우키 군의 마음을 아프게 했던 보호자나 교사들의 언행이었다고, 지금도 믿고 있습니다."

젊은 의사의 목소리는 어디까지나 조용하고 담담했다. 그러나 아주 살짝 묻어나온 날카로운 숨소리만이 그의 심정을 드러내주었다.

"——면역력이 떨어지니, 보통은 쉽게 격퇴할 수 있는 바이러스나 세균에도 감염되고 맙니다. 이를 《기회감염》이라고 합니다. 유우키 군도 폐포자충 폐렴이라는 감염증을 일으켰습니다. 그게 3년하고도 반년 전이었지요. 병원에서도 유우키 군은 언제나 명랑했습니다. 언제나 방글방글 미소를 지었고, 절대 병에 지지 않겠다고 늘 말했습니다. 힘든 검사에도 우는 소리 한 번 하지 않고. 하지만…….”

말을 끊은 쿠라하시 의사가 몸을 움직이는 기척이 느껴졌다.

“세균이나 바이러스는 병원 내에, 그리고 무엇보다도 환자 자신의 체내에, 온갖 곳에 존재합니다. 한번 에이즈가 발병하면, 그 후로는 기회감염에 임시변통으로 대증요법만을 반복할 수밖에 없어요. 폐렴에 이어 유우키 군은 식도 칸디다증에도 감염됐습니다. ――마침 그 무렵이, 세상에서는 그 너브 기어 사건 때문에 시끄러울 때였습니다. 풀 다이브 기술의 봉인론까지 떠오르는 가운데, 나라와 일부 메이커에 의해 연구개발이 이어졌던 의료용 너브기어……, 즉 메디큐보이드의 테스트 1호기가 완성되어 임상시험을 위해 이 병원에 반입되었지요. 하지만 테스트를 하려 해도 모델이 된 것이 너브기어인 데다, 몇 배의 밀도로 담긴 전자 펄스가 장기적으로 뇌에 어떤 영향을 미칠지 아무도 추측할 수 없었어요. 위험을 알고도 실험에 협조해주겠다는 환자는 좀처럼 나오질 않았습니다. 그걸 안 저는……, 유우키 군과 가족에게 어떤 제안을 했지요…….”

이어지는 말을 기다리며, 아스나는 침대 위의 유우키와 그녀의 머리를 거의 대부분 집어삼킨 하얀 입방체를 가만히 바라보았다.

머릿속이 마비된 것처럼 싸늘했다. 혼란에 빠진 의식 한구석에서, 눈앞에 떨어진 현실로부터 눈을 돌리라고 막연히 생각했다.

메디큐보이드는 개발된 시기를 봤을 때 어뮤스피어가 아니라 너브기어의 발전형일 것이다. 아스나는 이미 어뮤스피어라는 기계에 완전히 적응했지만, 그래도 이따금 이제는 곁에 없는 너브기어가 자아내던 가상세계의 깨끗함을 그립게 떠올릴 때가 있다. SAO 사건의 반성을 살려 어뮤스피어는 3중 4중의 안전장치를 설치했지만, 그 때문에 생성된 세계의 퀄리티는 초대 기종보다 살짝 떨어질 수밖에 없었다.

너브기어의 몇 배나 되는 펄스 발생소자를 장비하고, 온몸의 감각을 완전히 차단할 수 있으며, 여기에 어뮤스피어를 훨씬 웃도는 처리속도의 CPU를 가졌다는 메디큐보이드──. 그렇다면 알브헤임에서 유우키가 보여준 압도적인 실력은 머신의 성능에서 유래된 것일까?

한순간 그런 생각이 들었지만, 아스나는 금세 속으로 고개를 가로저었다. 유우키의 날카로운 검기는 기계의 스펙 수준을 훨씬 넘어선 영역에 있었다. 전투 센스만 보더라도, 아마 키리토와 동등하거나 그 이상일 것이 분명하다.

아스나가 아는 한 키리토의 실력은, 꼬박 2년에 걸친 SAO 내의 포로 생활에서, 누구보다도 오랜 기간 최전선에서 싸웠던 경험에 기인하는 것이다. 그렇다면 유우키는 메디큐보이드가 자아내는 세계 속에서 얼마나 오랜 시간을 살아 온 것일까──.

"보시다시피 메디큐보이드 테스트 기체는 매우 정밀하고 섬

세한 기계입니다."

한동안 침묵하던 쿠라하시 의사가 다시 말을 이었다.

"장기간 안정된 테스트를 하기 위해 무균실에 설치되었지요. 다시 말해, 공기 속의 먼지 외에 세균이나 바이러스도 배제된 환경에서 말입니다. 따라서 만약 피시험자가 되어 무균실에 들어가면, 기회감염의 위험성도 대폭 줄어들 것입니다. 저는 유우키 군과 가족 분들께 그렇게 제안했습니다."

"……."

"지금도 그것이 유우키 군에게 잘된 것인지 아닌지 의문이 들 때가 있습니다. 에이즈 치료에서는 《QOL》——퀄리티 오브 라이프(Quality of life)가 더 중시됩니다. 삶의 질이란 뜻이지요. 치료 중 생활의 질을 얼마나 높이고 충실하게 하는가 하는 관점입니다. 그 관점에서 본다면 피시험자의 QOL은 결코 충족되었다고 말할 수 없습니다. 무균실에서 나올 수도, 남들과 직접 접촉할 수도 없으니까요. 저의 제안에 부모님도 유우키 군도 매우 많은 고민을 했다고 합니다. 하지만 버추얼 월드라는 미지의 세계에 대한 동경이 유우키 군의 등을 밀어준 것이겠지요……. 그녀는 피시험자가 되기로 승낙하고 이 방에 들어왔습니다. 그 후로 유우키 군은 계속 메디큐보이드 안에서 살고 있습니다."

"계속……, 이라니요……?"

"말 그대로입니다. 유우키 군이 현실세계에 돌아오는 일은 거의 없습니다. 아니, 이제는 이미 돌아올 수 없지요. 터미널 케어에서는 고통의 완화를 위해 모르핀 같은 약물을 쓰지만,

그녀의 경우에는 그것을 메디큐보이드의 감각 차단 기능이 대신해주니까요……. 하루에 몇 시간씩 치러지는 데이터 수집 실험 외에는 언제나 수많은 버추얼 월드를 여행하고 있습니다. 제 면담도 물론 그쪽에서 하고요."

"다시 말해……, 24시간 다이브 상태란 말인가요……? 그걸 얼마나……."

"3년입니다."

의사의 간결한 대답에 아스나는 말을 잃었다.

이제까지 세계의 어뮤스피어 유저들 가운데 가장 긴 다이브 경험을 가진 것은 자신을 포함한 구 SAO 플레이어들이라고 생각했다. 하지만 그것은 착각이었다. 눈앞의 침대에 누운 야윈 소녀야말로 세계에서 가장 순수한 가상세계의 여행자인 것이다. 그리고 그것이 바로 유우키의 실력을 이루는 근간이었다.

——너는 완전히 이쪽 세계의 주민이구나. 키리토는 유우키에게 그렇게 물었다고 한다. 그는 분명 짧은 전투를 통해 유우키에게서 자신과 가까운 것을 느꼈으리라.

아스나는 마음속에서 경건함과도 같은 감정이 퍼지는 것을 의식했다. 자신보다도 훨씬 높은 곳에 선 검사 앞에서 고개를 숙이고 검을 바치는 기분으로, 눈을 감고 살짝 시선을 떨어뜨렸다.

한동안 침묵한 후, 아스나는 돌아서서 쿠라하시 의사를 보았다.

"고맙습니다, 유우키와 만나게 해 주셔서. ——유우키는 여기 있으면 괜찮은 거죠? 언제까지고, 그쪽 세상에서 여행을 할 수 있는 거죠……?"

하지만 아스나의 질문에 의사는 즉시 대답하지 않았다. 콘솔 앞의 의자에 앉은 채 두 손을 무릎 위에서 깍지 끼고 조용한 눈빛으로 가만히 아스나를 보았다.

"——설령 무균실에 들어갔다 해도, 원래 몸에 내재된 세균이나 바이러스를 배제할 수는 없습니다. 면역계의 기능저하에 따라 그런 것들은 확실하게 세력을 늘려나가고 있지요. 유우키 군은 현재 사이토메가로 바이러스 감염증과 비정형항산균증을 일으켰으며, 시력도 대부분 잃은 상태입니다. 게다가 HIV 그 자체가 원인이 되는 뇌증이 진행되고 있어요. 아마 이제는 자력으로 몸을 움직이는 것도 거의 불가능할 겁니다."

"……."

"HIV 감염으로부터 15년……. AIDS 발병으로부터 3년 반. 유우키 군의 병상은 말기입니다. 그녀도 또렷한 의식으로 그것을 인식하고 있어요. 유우키 군이 아스나 양에게서 모습을 감추려 했던 이유도 이젠 아시겠지요."

"그럴 수가……, 그럴 수가."

아스나는 눈을 크게 뜨고 가늘게 고개를 가로저었다. 그러나 눈앞의 현실을 밀쳐낼 수는 없었다.

유우키는 아스나와 가까워지는 것을 언제나 주저했다. 그것은 정말로 아스나를 걱정한 행동이었다. 언젠가 반드시 다가올 작별에 아스나가 괴로워하지 않도록, 유우키는 그것만을 생각했다. 아니, 그녀만이 아니다. 시우네를 비롯한 슬리핑 나이츠 멤버들도 그 사정을 알고 있었기 때문에, 언제나 어딘가 알 수 없는 태도를 보여야만 했던 것이리라.

하지만 아스나는 아무것도 모른 채, 알려고도 하지 않은 채 유우키를 괴롭혔다. 흑철궁에서 로그아웃하기 전에 유우키가 보였던 눈물을, 아스나는 날카로운 아픔과 함께 떠올렸다.

그때 아스나는 어떤 사실에 생각이 미쳐 흠칫 고개를 들어 의사를 보았다.

"저어……, 선생님. 혹시 유우키에게는 언니가 있지 않았나요……?"

하고 물어보자 의사는 한순간 놀란 듯이 눈썹을 추켜세우더니, 잠시 망설이는 것 같았지만 천천히 고개를 끄덕였다.

"——유우키 군 본인의 이야기가 아니라 말씀드리지 않았습니다만……, 예, 맞습니다. 유우키 군은 쌍둥이였습니다. 모든 사건의 원인이 된 제왕절개도, 사실 그 때문에 했던 것입니다."

기억을 더듬듯이 시선을 살짝 들며 미소를 지었다.

"언니의 이름은 아이코라고 했습니다. 마찬가지로 이 병원에 입원했지요. 별로 닮지 않은 쌍둥이였어요……. 씩씩하고 활발한 유우키 군을 언제나 조용히 웃으며 지켜보았답니다. 그러고 보니……, 얼굴도 분위기도 어딘가 아스나 양을 닮았던 것 같군요……."

왜 과거형으로 이야기하는 거냐고 가슴속으로 물으며, 아스나는 의사를 가만히 쳐다보았다. 마음의 목소리를 들은 것처럼 의사는 다시 한 번 살짝 끄덕였다.

"유우키 군의 부모님은 2년 전에……, 언니는 1년 전에 세상을 떠났습니다."

잃는다는 것이 무엇인지 잘 안다고 생각했다.

그 세계에서, 아스나는 사람의 목숨이 사라지는 순간을 수도 없이 목격했다. 자신도 죽음의 늪 바로 가장자리에서 안쪽을 들여다본 경험이 몇 번이나 있다. 그 결과, 이해했다――그렇게 생각했다. 때가 오면 사람은 죽는다는 것을 제아무리 발버둥 쳐도 어떻게 할 수 없는 현실이 있다는 것을.

하지만 지금, 겨우 며칠 교류한 것에 불과한 유우키라는 소녀의 과거와 현재를 알고, 아스나는 그 무게를 견디지 못해 눈앞의 두꺼운 유리창에 몸을 기댔다. 현실이라는 말의 의미가 애매하게 녹아 흘러버리는 것 같았다. 고개를 숙인 채 이마를 차가운 평면에 짓눌렀다.

자신은 이미 충분히 싸웠다. 그러니 현재의 소소한 행복에 집착하는 것이 무슨 잘못이란 말인가. 마음속 어디선가 그런 속삭임이 들렸다. 변화를 두려워하고, 갈등을 겁내고, 뒤로 물러나 입을 다무는 것에 이것저것 변명을 갖다 붙였다.

하지만 유우키는 태어나면서부터 계속 싸웠던 것이다. 모든 것을 빼앗아가려는 너무나도 가혹한 현실과 끊임없이 싸웠고, 곧 다가올 종식의 순간을 알면서도 그렇게나 밝은 웃음을 지었던 것이다.

아스나는 굳게 눈을 감았다. 마음속으로 어디선가 아득한 이 세계를 여행하고 있을 유우키에게 말을 걸었다.

——다시 한 번, 다시 한 번 너를 만나고 싶어.

만나서, 이번에야말로 진짜 이야기를 나누고 싶었다. 부딪치지 않으면 전해지지 않는 것도 있다고, 유우키는 말했다. 약한 자신을 뒤덮듯이 몸에 걸친 것을 모조리 벗어던지고, 유우키와 다시 한 번 말을 나눌 수 없다면 우린 무엇 때문에 만난 걸까.

문득 눈꺼풀 안에서 뜨겁게 배어나오는 것을 느꼈다. 아스나는 오른손을 유리창에 대고, 매끄러운 표면에서 무언가의 감촉을 찾으려는 듯이 손끝에 힘을 주었다.

그때였다. 어디선가 부드러운 목소리가 흘러나왔다.

『울지 마, 아스나.』

아스나는 용수철처럼 번쩍 고개를 들었다. 속눈썹에 맺힌 물방울을 떨어뜨리며 눈을 뜨고 침대 위의 유우키를 응시했다. 조그만 실루엣은 조금 전과 무엇 하나 다를 바 없이 누워 있었다. 얼굴을 뒤덮은 하얀 머신에도 변화는 없다. 하지만 이쪽 측면에 설치된 인디케이터 중 하나가 불규칙하게 푸른빛을 깜빡이는 것을 알 수 있었다. 모니터 패널의 표시도 몇 초 전과는 달리, 조그만 문자로 【User Talking】이라는 문장을 띄우고 있는 것이 보였다.

"유우키……?"

아스나는 입속으로 속삭인 다음 다시 한 번, 이번에는 떨리기는 했지만 또렷한 목소리로 말했다.

"유우키? 거기, 있니?"

금방 대답이 돌아왔다. 보아하니 격벽 유리 위쪽에 설치된 스피커를 통해 목소리가 들리는 것 같았다.

『응. 렌즈 너머긴 하지만 보여, 아스나. 굉장하다……, 그쪽 세계 얼굴하고 정말 닮았네. 고마워……, 와줘서.』

"……유우키……, 나, 나……."

말해야 한다고 생각할수록 말은 나오지 않았다. 형언할 수 없는 답답함에 가슴이 꽉 눌렸다.

그러나 입술을 열기 전에 다시 머리 위에서 목소리가 들렸다.

『선생님, 아스나에게 옆방을 쓰게 해 주세요.』

"뭐……?"

당황하면서 돌아보자, 쿠라하시 의사는 약간 엄격한 얼굴로 무언가를 생각하는 것 같았지만, 금방 조용히 웃으며 고개를 끄덕였다.

"그래, 알았다. ——저 문 안쪽에 제가 언제나 면담에 사용하는 풀 다이브용 시트와 어뮤스피어가 있습니다. 문은 안쪽에서 잠글 수 있지만, 시간은 20분 정도로 해 주세요. 이것저것 수속을 생략한 거라서."

"아……, 네!"

황급히 고개를 끄덕이고, 아스나는 다시 한 번 메디큐보이드에 드러누운 소녀를 바라보았다. 금방 유우키의 목소리가 들렸다.

『어플리케이션 기동 런처에 ALO도 들어 있으니까, 로그인하면 우리가 처음 만났던 곳으로 와줘.』

"응……, 알았어. 기다려, 금방 갈게."

또렷한 목소리로 대답하고, 등 뒤의 쿠라하시 의사에게도 고개를 숙인 다음 아스나는 몸을 돌려 모니터 룸 안쪽의 벽에 마련된 문까지 몇 걸음만에 도달해 센서에 손을 댔다. 칙 소리와 함께 슬라이드 도어가 열리자마자 안으로 비집고 들어갔다.

그 너머는 모니터 룸의 절반 정도밖에 안 되는 좁은 방이었다. 검은 가죽제 리클라이닝 시트가 두 개 나란히 있었으며, 양쪽 헤드레스트 부분에는 눈에 익은 원관형 헤드기어가 보였다.

돌아서서 록을 잠그는 짧은 시간에도 조급해지려는 마음을 떨칠 수가 없었다. 아스나는 백을 바닥에 내팽개치고, 가까운 쪽 시트에 몸을 눕혔다. 팔걸이 앞쪽의 버튼을 눌러 등받이를 적당한 각도로 조절한 다음 어뮤스피어를 들어 머리에 썼다. 크게 한 번 숨을 들이마시고 전원을 켜자, 눈앞에 하얀빛이 펼쳐지며 아스나의 의식을 현실세계에서 차단해주었다.

숲속 오두막집 침실에서 운디네 세검전사로 눈을 뜬 아스나는, VR 세계에 감각이 싱크로되기를 기다리지 않고 곧장 날개를 울렸다.

날개를 울리며 허공에 떠, 바닥에 한 번도 발을 대지 않은 채 창문을 통해 밖으로 뛰쳐나갔다. 알브헤임은 이른 아침 시각인 듯, 깊은 숲은 온통 뿌연 안개에 휩싸여 있었다. 휘릭 몸을 돌려 급상승해 안개의 커튼을 뚫고 나무 위로 올라간다. 두 손을 몸에 딱 붙이고 플로어 중앙을 향해 맹렬히 대시했다.

3분도 되지 않아 주거구역 상공에 도달하자, 아스나는 광장

한복판에 푸르게 빛나는 텔레포트 게이트를 향해 일직선으로 강하했다. 주위에 몇 명 있던 플레이어들이 눈을 휘둥그렇게 뜨고 올려다보는 가운데 몸을 돌려 급제동을 가한다. 속도가 상쇄된 순간 정확히 게이트에 뛰어들었다.

"텔레포트! 파나레제!"

외친 것과 동시에 청백색 빛이 폭포처럼 흐르며 아스나를 밀어내기 시작했다.

전이는 한순간에 끝나고, 몸이 튀어나온 곳은 이미 제24플로어 주거구역 파나레제의 중앙광장이었다. 요란하게 돌 블록을 박차며 이륙해, 이번에는 도시 북쪽의 조그만 섬으로 향했다. 아침 안개가 흐르는 호수에 그림자를 드리우며 전속력으로 비행했다.

금세 맞은편에서 한층 커다란 나무의 실루엣이 모습을 드러냈다. 그 뿌리께에 《절검》, 즉 유우키가 매일 길거리 듀얼을 했던 것이 마치 아득한 옛날 같았다. 당시에는 수많은 갤러리로 들끓던 섬은 이제 고즈넉하니 침묵을 지킬 뿐이었다.

아스나는 서서히 스피드를 낮춘 것과 동시에, 거대한 나무의 줄기를 돌며 착륙태세에 들어갔다. 하얀 안개가 농밀하게 피어오르는 탓에 지표의 모습은 잘 보이지 않았다.

이슬을 머금은 풀을 살짝 울리며 지면에 내려서자 아스나는 주위를 둘러보았다. 일출 직전이라 광량이 적기도 해서 겨우 몇 미터 앞조차 볼 수 없었다. 초조함에 사로잡힌 채 종종걸음으로 나무 주위를 돌았다.

반쯤 돌아 나무의 동쪽으로 나왔을 때였다. 겨우 가장자리에서 밀려든 서광이 한순간 아침 안개를 밀어내주었다. 하얀 커튼 틈새에서 아스나는 그토록 찾아 헤매던 모습을 발견했다.

유우키는 아스나에게 등을 돌리고 긴 군청색 머리카락과 수레국화색 롱스커트를 바람에 나부끼고 있었다. 숨을 죽이며 가만히 바라보자, 임프 소녀는 부드러운 동작으로 돌아서더니 자수정색 눈동자로 아스나를 똑바로 쳐다보았다. 색이 옅은 입술에 녹아들기 직전의 눈 같은 덧없는 미소가 떠올랐다.

"——어째서일까. 아스나가 현실세계의 나를 발견해줄 것 같은 예감이 들었어. 아무것도 안 가르쳐줬으니 그럴 리가 없는데도 말이지."

속삭이듯이 말하며, 유우키는 다시 한 번 미소를 지었다.

"하지만 아스나는 와줬어. 내 예감이 맞는 경우는 별로 없는데 말이야. 기뻤어……, 너무너무."

만나지 못한 것은 겨우 며칠인데도, 유우키의 모습에 모종의 투명감이 늘어난 것 같아 아스나는 가슴이 꽉 옥죄는 듯한 아픔을 느꼈다. 눈앞의 소녀가 환영이 아닐까 두려워하듯이 한 걸음, 또 한 걸음 천천히 다가갔다.

앞으로 내민 손가락이 유우키의 왼쪽 어깨에 닿았다. 순간 그곳에서 느껴진 온기를 확인하고 싶다는 충동을 이기지 못한 채, 아스나는 두 팔 속에 조그만 소녀의 몸을 살짝 끌어안았다.

유우키는 놀라지도 않은 채, 어린 새싹이 바람에 몸을 눕히듯이 아스나의 어깻죽지에 머리를 기댔다. 아머 너머로 맞닿은 몸에서는 전자 펄스가 중개해주는 디지털 데이터 이상의 마음이 떨리는 듯한 따뜻함이 전해져, 아스나는 천천히 숨을 내뱉으며 눈을 감았다.

"……언니가 안아줬을 때랑 똑같은 냄새가 나. 햇살 냄새가……."

온몸을 맡긴 채 유우키가 속삭였다.

아스나는 자칫하면 떨릴 것 같은 입술로 간신히 첫 마디를 입에 담았다.

"아이코……라고 했지? 언니도 VRMMO를 했어……?"

"응. 그 병원은 일반병실에서도 어뮤스피어를 쓸 수 있거든. 언니는 슬리핑 나이츠 초대 리더였는데, 나보다도 훨씬, 훠얼씬 강했어……."

유우키의 이마가 어깨에 꽉 달라붙는 것을 느끼며, 아스나는 오른손을 들어 매끄러운 머리카락을 쓰다듬었다. 한순간의 긴장은 금세 풀리고, 유우키는 말을 이어나갔다.

"슬리핑 나이츠 멤버는 처음엔 아홉이었어. 하지만 이젠 언니를 포함해 세 명이 줄었어……. 그래서 있지, 시우네랑 다른 친구들이랑 의논해서 결정한 거야. 다음에 한 사람이 갈 때가 되면 길드를 해산하자고. 그 전에 다 함께 최고의 추억을 만들자고……. 언니랑 다른 사람들에게 가슴을 펴고 선물로 가져갈 수 있는 굉장한 모험을 하자고."

"……."

"우리가 처음 만났던 건 《세일링 가든》이라는 의료계 커뮤니티 내부의 버추얼 호스피스였어. 병은 각자 다 달라도, 큰 의미에선 같은 처지인 사람들끼리 VR 세계에서 이야기를 나누고 놀고, 마지막 순간을 윤택하게 보내자는 목적으로 운영되는 서버야……."

병원을 찾아와 쿠라하시 의사의 이야기를 들었을 때, 아스나는 마음속 어디선가 어쩌면 그렇지 않을까 생각했다. 유우키를 포함한 슬리핑 나이츠 멤버들에게 공통된 강함, 명랑함, 그리고 조용함. 그 이유는 모두 같은 곳에 서 있기 때문이 아닐까 하고.

하지만 예상은 했어도 유우키의 말은 어마어마한 무게가 되어 아스나의 가슴속에 쌓였다. 시우네, 쥰, 텟치, 노리, 타루켄의 밝은 미소가 하나하나 뇌리를 가로질렀다.

"아스나, 미안해. 사실대로 말하지 않아서. 봄에 슬리핑 나이츠가 해산하는 이유는 다들 바빠져서 게임을 은퇴하기 때문이 아니야. 길어도 앞으로 3개월이라는 선고를 받은 멤버가 두 명 있기 때문이었어. 그래서……, 그래서 우린 어떻게든 이 멋진 세계에서 마지막 추억을 만들고 싶었어. 그 커다란 기념비에 우리가 여기 있었다는 증거를 남기고 싶었어."

다시 유우키의 목소리가 떨렸다. 아스나는 그저 두 팔에 한층 힘을 줄 수밖에 없었다.

"하지만 좀처럼 잘 안 돼서……, 딱 한 사람만 도와줄 사람을 찾아보자고 상담했어. 반대 의견도 있었지. 만약 우리에 대해 안다면 그 사람에게 폐를 끼치는 거라고, 안 좋은 기억을 남기게 될 거라고. ……정말 그렇게 됐잖아. 미안해……, 미안해, 아스나. 만약 가능하다면……, 지금부터라도 우리를 잊고……."

"그럴 순 없어."

짧게 대답하고 아스나는 유우키의 머리에 뺨을 비볐다.

"폐라고 요만큼도 생각하지 않았는걸. 안 좋은 기억도 없어. 난 너희를 만나서, 너희를 도와주게 돼서 정말 기뻐. 아직도 난……, 슬리핑 나이츠에 들어가고 싶어."

"……아아……."

유우키의 숨결과 가녀린 몸이 한순간 크게 떨렸다.

"나……, 이 세계에 와서, 아스나와 만나서, 정말 기뻐……. 그 말만으로도 충분해……, 충분해. 이젠……, 만족했어……."

"……."

아스나는 유우키의 두 어깨에 손을 대고 살짝 몸을 떼었다. 젖은 것처럼 빛나는 보라색 눈동자를 코앞에서 들여다보았다.

"아직……, 아직 안 해본 게 많이 있잖아? 알브헤임에서도 가보지 않은 곳이 얼마든지 있을 테고……, 다른 VR 월드도 포함하면 이 세계는 무한히 넓은걸. 그러니까 만족했다는 말은 하지 마……."

단어를 고르며 열심히 말을 걸었지만, 유우키는 어딘가 먼 곳을 보듯이 눈의 초점을 흐리며 미소를 지을 뿐이었다.

"지난 3년 동안……, 우린 다양한 세계에서 다양한 모험을 했어. 그중 마지막 한 페이지는 아스나와 함께 만든 추억으로 남기고 싶어."

"하지만……, 있잖아? 아직……, 해보고 싶은 것, 가보고 싶은 곳……."

유우키의 말에 고개를 끄덕이면, 그 순간 눈앞의 소녀가 아침 안개 너머로 사라질 것만 같아 아스나는 필사적으로 입을 놀렸다. 그러자 유우키는 문득 시선의 초점을 아득한 곳에서 아스나의 얼굴에 맞추더니, 보스 공략 때 몇 번인가 보여주었던 장난기 가득한 미소를 지었다.

"그러게……. 난 말이야, 학교에 가보고 싶어."

"하……학교?"

"가상세계 학교에는 가끔 가지만, 어쩐지 조용하고 깨끗하고 너무 예의발라서 말이지. 아~주 옛날에 다녔던 곳처럼, 진짜 학교에 다시 한 번 가보고 싶어."

다시 한 번 눈을 깜빡이며 웃더니, 미안하다는 듯이 고개를 움츠린다.

"미안해, 억지를 부려서. 아스나의 마음은 정말 기뻐. 하지만 정말 만족했어, 난……."

"──갈 수 있을지도."

"……어?"

유우키는 눈을 깜빡이며 아스나의 얼굴을 빤히 쳐다보았다. 어떤 기억을 열심히 되살려내면서, 아스나는 다시 한 번 말했다.

"갈 수 있을지도 몰라……, 학교."

10

다음 날인 1월 12일 오후 12시 50분, 제2교사 3층 북쪽.

점심시간의 소음이 어렴풋이 들리는 전산실에서, 아스나는 등을 쭉 펴고 의자에 앉아 있었다.

블레이저 타입의 교복 오른쪽 어깨에는 가느다란 하네스로 고정된 직경 7센티미터 정도의 돔형 기계가 얹혀 있었다.

베이스는 알루미늄 절삭 재질이지만, 돔 부분은 투명 아크릴이라 그 내부에 담긴 렌즈 장치가 엿보였다. 베이스의 소켓에서는 두 개의 케이블이 뻗어나와, 한 가닥은 아스나의 윗옷 주머니에 담긴 휴대단말에, 또 한 가닥은 근처의 책상에 자리잡은 소형 데스크톱 PC에 접속되어 있었다.

PC 앞에선 카즈토가, 그리고 그와 같은 메카트로닉스 과목을 수강하는 두 학생이 머리를 맞대고, 조금 전부터 이것저것 주문 같은 말을 나누고 있었다.

"내가 뭐랬어, 이래선 자이로가 너무 민감해진다니까. 시선 추적성을 우선하려면, 이 패러미터에 조금 더 유격을 둬야……."

"하지만 그랬다간 갑작스러운 움직임이 있을 때 랙이 생기지 않을까?"

"그건 최적화 프로그램의 학습효과에 기대할 수밖에 없어, 카즈."

"저기, 키리토 군. 아직 멀었어~? 점심시간 다 끝나겠어~."

30분 넘게 자세를 고정한 아스나가 초조한 나머지 그렇게 말하자, 카즈토는 끙끙 신음하며 고개를 들었다.

"일단 초기설정은 이걸로 마치자. 어——유우키, 들려요?"

아스나가 아니라 돔 장치에 카즈토가 말을 걸었다. 그러자 금세 기계에 장치된 스피커에서 귀에 익은 《절검》 유우키의 씩씩한 목소리가 들렸다.

『네~. 잘 들려요~.』

"됐다. 그럼 이제부터 렌즈 초기설정을 할 테니까, 시야가 또렷해지면 말해주세요."

『네, 알았어요.』

아스나의 어깨에 얹힌 반구형 기기는 속칭 《시청각 쌍방향 통신 프로브》라 불리는 것으로, 카즈토네 동아리가 올해 초부터 계속 시행착오를 반복하는 테마였다.

간단히 설명하자면, 어뮤스피어와 네트워크를 통해 현실세계의 멀리 떨어진 곳과 시각, 청각정보를 주고받을 수 있는 장치다. 프로브 내부의 렌즈와 마이크로 받아들인 데이터는 아스나의 휴대단말을 통해 네트워크로 송신되며, 요코하마 코호쿠 종합병원의 메디큐보이드를 경유해 전용 가상공간에 풀 다이브한 유우키에게 도달하는 시스템이다. 렌즈는 돔 내를 자유로이 회전하며 유우키의 시선 움직임과 싱크로해 영상을 볼 수 있다. 유우키는 지금 자신의 몸이 10분의 1 정도로 작아져 아스나의 어깨에 올라탄 것처럼 느낄 것이다.

전부터 이 연구의 테마에 대한 푸념을 들었던 아스나는, 유우키가 학교에 가고 싶다고 말했을 때 곧바로 기억을 떠올린 것이다.

오른쪽 어깨에서 렌즈가 초점을 조정하는 모터 소리가 위이잉 들리다가, 유우키의 '그만'이라는 목소리와 동시에 멈췄다.

"좋아, 이제 끝났다. 아스나, 일단 스태빌라이저를 달기는 했지만 갑작스러운 움직임은 피해줘. 목소리도 너무 크게 내지 말고. 속삭이는 정도로도 충분히 전해지니까."

"네, 네."

이것저것 주의사항을 늘어놓는 카즈토에게 등을 쭉 펴며 대답하고, 아스나는 천천히 일어났다. 카즈토가 PC에 접속된 케이블을 뽑자, 곧장 어깨의 프로브를 향해 작은 목소리로 말했다.

"미안해~, 유우키. 먼저 학교를 안내해주려고 했는데, 점심시간이 다 끝났지 뭐야."

금세 소형 스피커에서 유우키의 목소리가 들렸다.

『괜찮아. 수업 견학하는 것도 정말 기대돼!』

"오케이. 그럼 우선 다음 수업 선생님께 인사드리러 가자."

벼락치기로 프로브의 설정을 하는 바람에 약간 피곤해 보이는 카즈토를 비롯한 세 사람에게 살짝 손을 흔들고, 아스나는 전산실을 나왔다.

복도를 걷고 계단을 내려가 교사를 연결하는 구름다리를 건너면서도, 유우키는 무언가를 볼 때마다 우와우와 환호성을 질렀지만, 【교무실】이라는 플레이트가 붙은 문 앞에 서자 갑자기 조용해졌다.

"……왜 그래?"

『어……, 난 옛날부터 영 질색이었거든……, 교무실이.』

"후후후, 괜찮아. 이 학교엔 선생님답지 않은 선생님들밖에 없으니까."

웃음을 섞어 그렇게 속삭이고, 아스나는 힘차게 문을 열었다.

"실례합니다!"

『시, 실례합니다.』

크고 작은 두 개의 인사와 동시에, 안으로 들어가 성큼성큼 책상의 대열을 가로질러 나아간다.

5교시 과목인 현대국어를 맡은 교사는 도립 중학교에서 교감을 정년까지 맡은 후, 이 급조 교육시설에 손을 들고 재취직한 사람이다. 이미 60대 후반이지만 학교 곳곳에 도입된 네트워크 디바이스를 능숙하게 다루며, 행동거지도 이지적이라 아스나는 호감을 품었다.

그런 분인 만큼 아마 거부반응은 없을 거라 생각하면서도, 아스나는 다소 긴장하며 사정을 설명했다. 멋들어진 백발과 흰 수염을 기른 국어 선생님은 큰 찻잔을 한손에 들고 귀를 기울이더니, 이야기가 끝나자 한 차례 고개를 끄덕이며 말했다.

"그래, 좋다. 음, 자네는 이름이 뭐라고 했지?"

『아, 네……, 유우키――콘노 유우키라고 합니다.』

실제로 프로브에서 곧장 대답이 들리자 역시 조금 놀란 것 같았지만, 금세 입가에 웃음을 지었다.

"콘노, 괜찮으면 앞으로도 수업에 나오렴. 오늘부터 아쿠타가와 류노스케의 '광차'를 할 텐데, 그건 끝까지 들어야 재미가 있거든."

『아……, 네! 고맙습니다!』

유우키에 이어 아스나도 감사 인사를 했을 때 예비종이 울렸다. 황급히 다시 한 번 꾸벅 고개를 숙이고 교무실에서 나온 직후, 두 사람은 후우 한숨을 쉬었다.

흘끔 시선을 나누며 웃은 후, 아스나는 잰 걸음으로 교실에 돌아갔다.

자기 자리에 앉자마자 어깨 위의 이상한 기계에 대해 급우들이 이것저것 질문공세를 퍼붓기는 했으나, 유우키가 입원 중이라는 것을 설명하고 실제로 유우키가 말을 하니, 다들 금방 시스템을 이해했는지 잇달아 자기소개를 시작했다. 그것이 일단락되었을 때 수업 종이 울리고 국어 선생님이 앞문에서 모습을 나타냈다.

주번의 구령에 맞춰 인사를 마친 후――프로브 안에서도 렌즈가 위잉위잉 오르내렸다――교단 옆으로 나온 나이 지긋한 선생님은 턱수염을 한 차례 쓰다듬더니, 여느 때와 다를 바 없는 모습으로 수업을 시작했다.

"에~, 그러면 오늘부터 교과서 98페이지, 아쿠타가와 류노스케의 '광차'를 시작하겠습니다. 이건 아쿠타가와가 서른 살 때 쓴 작품으로――."

교사의 해설이 이어지는 동안 아스나는 얇은 태블릿형 단말을 들어 교과서의 해당 페이지를 표시하고 유우키도 볼 수 있도록 몸 앞으로 들어올렸다. 그러나 그 직후 교사가 한 말에 자신도 모르게 태블릿을 떨어뜨릴 뻔했다.

"——그럼 처음부터 읽어보도록 하지요. 콘노 유우키 양, 부탁해도 될까?"

"네?!"

『아, 넷!!』

아스나와 유우키는 동시에 소리를 지르고 말았다. 교실 안이 한순간 술렁였다.

"힘들겠니?"

그렇게 묻는 교사에게 아스나가 무언가 대답하기도 전에, 유우키가 큰 소리로 외쳤다.

『이, 읽을 수 있습니다!』

프로브의 스피커에도 충분한 출력의 앰프가 내장된 듯, 그 목소리는 교실 구석구석까지 쉽게 울려 퍼질 정도로 컸다. 아스나는 황급히 일어나 두 손으로 태블릿 단말을 렌즈 앞에 대주었다. 고개를 오른쪽으로 기울이며 속삭였다.

"유우키……, 이, 읽을 수 있어?"

『물론이지. 나 이래 봬도 독서광이라구!』

즉답한 후 잠시 뜸을 들이더니, 유우키는 씩씩하게 교과서를 낭독하기 시작했다.

『……오다와라와 아타미 사이에 경편 철도 부설 공사가 시작된 것은…….』

태블릿 단말을 든 채, 아스나는 살짝 눈을 감고 억양 풍부하게 문장을 읽는 유우키의 목소리에 의식을 집중했다.

마음속의 스크린에는 아스나의 옆자리에 서서 같은 교복을 입은 유우키의 모습이 뚜렷이 보였다. 언젠가 반드시 이 광경이 현실로 이루어지리라 아스나는 강하게 확신했다. 의학은 해마다 장족의 발전을 이룬다. 분명 극히 짧은 미래에 HIV를 근절하는 약품이 개발되어 유우키가 현실세계로 귀환할 날이 올 것이다. 그때야말로 정말 손에 손을 맞잡고 학교와 시내를 안내해줘야지. 돌아가는 길에는 패스트푸드점에 들러서 햄버거를 한손에 들고 잡담을 나눠야지.

아스나는 유우키가 눈치채지 못하도록 슬쩍 왼손으로 눈초리를 훔쳤다. 유우키는 정감을 다해 지난 세기의 명문을 언제까지고 읽고 또 읽었으며, 교사도 좀처럼 그것을 말리려 하지 않았다. 오후의 교내는 조용했으며, 마치 전교생이 낭독에 귀를 기울이는 것 같았다.

그대로 6교시 수업까지 함께 듣고, 아스나는 약속대로 학교 안을 안내해주었다. 급우들이 열 명도 넘게 따라와선 앞을 다투어 유우키에게 말을 걸어준 것은 예상하지 못했지만.

겨우 두 사람만이 남아 안뜰 벤치에 앉았을 때, 이미 하늘은 오렌지색으로 물들기 시작했다.

『아스나……, 오늘은 정말 고마워. 정말 즐거웠어……. 나, 오늘 있었던 일을 절대 잊지 않을 거야.』

갑자기 유우키가 진지한 어조로 말해, 아스나는 반사적으로 밝은 목소리를 내어 대답했다.

"무슨 소리야. 선생님도 매일 와도 좋다고 했잖아. 내일 현대국어는 3교시니까 지각하면 안 돼! 그보다 말이지……, 여기 말고 또 보고 싶은 데는 없어? 교장실 말고는 아무 데나 다 좋아.”

유우키는 후후 웃더니 한동안 입을 다물었다. 그리고 이윽고 조심스럽게 말을 꺼냈다.

『저기……, 한 군데, 가봤으면 하는 곳이 있는데.』

“어디?”

『그거, 학교 밖이라도 돼?』

“어…….”

아스나는 자신도 모르게 입을 다물었다. 한순간 생각에 잠겼지만, 프로브의 배터리는 아직 한동안 버틸 것이며 휴대단말이 네트워크에 접속될 수 있는 곳이라면 이동에 제한은 없을 것이다.

“응, 괜찮아. 안테나만 뜨는 곳이라면 어디든!”

『정말?! 그럼 있지……, 조금 멀긴 한데……, 요코하마 호도가야 구의 츠키미다이이란 곳까지 가줄 수 있을까?』

학교가 있는 니시도쿄 시에서 츄오 선, 야마노테 선, 토요코 선으로 갈아타고, 아스나와 유우키는 요코하마 시의 호도가야 구로 향했다.

아무래도 전철 안에선 소곤소곤 목소리를 낮춰 이야기할 수밖에 없었지만, 그 외의 노상에서는 주위의 눈을 아랑곳하지 않고 아스나는 어깨의 쌍방향통신 프로브와 이야기를 나누었다. 유우키가 입원한 3년 사이에 거리의 풍경도 나름 변했는지, 그녀가 관심을 보이는 것에는 모두 근처까지 다가가 해설을 해주었다.

그러다 보니 목적지인 호시카와 역에서 전철을 내렸을 때는, 이미 로터리 중앙에 선 대형 시계의 바늘이 5시 반을 가리키고 있었다.

짙은 붉은색에서 보라색으로 바뀌어 가는 하늘을 우러러보며, 아스나는 크게 숨을 들이마셨다. 바로 근처에 나무들이 많이 남아 있는 구릉이 펼쳐진 탓인지 싸늘한 공기의 맛도 도쿄와는 매우 다른 것 같았다.

"아름다운 곳이구나, 유우키. 하늘이 굉장히 넓어."

밝은 어조로 말을 걸자, 유우키는 미안한 듯이 대답했다.

『응……. 미안해, 아스나. 내가 떼를 쓰는 바람에 이렇게 늦게까지……. 부모님께 안 혼나?』

"괜찮아, 괜찮아! 늦는 거야 늘 있는 일인걸."

반사적으로 대답했지만 사실 아스나가 저녁 식사 제한 시간에 늦는 일은 거의 없었으며, 또한 그럴 때는 어머니의 기분을 크게 상하게 한다. 하지만 지금은 돌아간 다음에 아무리 꾸지람을 듣더라도 전혀 거리낄 것이 없었다. 유우키가 원한다면 프로브의 배터리가 허용하는 한, 아무리 먼 곳이라도 갈 생각이었다.

"잠깐 메일만 한 통 보낼게."

대수롭지 않다는 어조로 말하곤, 아스나는 휴대단말을 꺼냈다. 프로브와의 접속은 유지한 채 메일 프로그램을 기동해, 자택 홈 컴퓨터 앞으로 귀가가 늦어질 거라는 메시지를 날렸다. 아마 어머니는 귀가 시간을 무시한 것을 꾸짖는 메일을 보내고 이어서 직접 전화를 할 것이 분명하지만, 단말을 계속 네트워크에 접속해놓으면 부재중 수신 서비스로 전송될 것이다.

"이제 됐어. 자, 유우키. 가보고 싶다는 곳이 어디야?"

『응……, 역 앞을 왼쪽으로 꺾어서, 두 번째 신호에서 오른쪽으로…….』

"응, 알았어."

아스나는 한 차례 고개를 끄덕이고 걷기 시작했다. 역 앞의 조그만 상점가를 유우키의 내비게이션에 따라 지나갔다.

유우키는 빵가게나 생선가게, 우체국, 신사 앞을 지날 때마다 그리운 듯이 한두 마디씩 중얼거렸다. 이윽고 주택가에 접어들어서도, 커다란 개가 있는 집이며 멋진 가지를 드리운 장목나무에 눈을 돌리고는 탄성을 질렀다.

그래서 아스나는 유우키가 아무 말도 하지 않아도, 이 도시가 과거에 그녀가 살던 곳임을 눈치챌 수 있었다. 그리고 두 사람이 가려는 앞길에 기다리는 것 또한──.

『……거기서 꺾으면 나오는 하얀 집 앞에서 멈춰줘…….』

그렇게 말하는 유우키의 목소리가 살짝 떨리는 것을 아스나는 깨달았다. 잎이 떨어진 포플러 가로수 공원을 따라 오른쪽으로 꺾자, 왼쪽에 하얀 타일벽을 가진 집이 오도카니 서 있었다.

몇 걸음을 더 다가가, 아스나는 청동제 문 앞에서 걸음을 멈추었다.

『…….』

어깨에서 유우키가 긴 한숨을 쉬었다. 아스나는 자신도 모르게 왼손을 뻗어 프로브의 알루미늄 베이스에 가져다대며 속삭였다.

"여기가……, 유우키네 집이구나."

『응. ……다시 볼 수 있을 줄은 몰랐어…….』

하얀 벽과 녹색 지붕을 한 집은 주위의 집과 비교해 조금 작았지만 그만큼 마당이 넓었다. 잔디밭에는 하얀 벤치가 달린 테이블이 있었으며, 안쪽에는 붉은 벽돌로 에워싸인 커다란 화단도 보였다.

하지만 테이블은 비바람에 드러나 원래의 색을 잃었으며, 화단도 그저 시커먼 흙에 말라빠진 잡초가 우거졌을 뿐이다. 양쪽 옆집의 창문에서는 단란하고 따뜻한 오렌지색 빛이 새어나오는데, 하얀 집 창문은 모조리 덧문이 닫혀 생활의 흔적이 전혀 없었다.

하지만 그것도 당연하다. 과거 이 집에서 살았던 네 가족은 이제 한 사람밖에 남지 않았으니까. 그리고 그 한 사람도 밀폐된 문 너머에서 기계에 에워싸인 침대에 누워 있으며, 그곳에서 더 이상 나올 수 없다.

마지막 잔조 밑에서, 아스나와 유우키는 제비꽃색으로 물든 집을 한동안 말없이 바라보았다. 문득 유우키가 중얼거렸다.

『고마워, 아스나. 날 여기까지 데려와줘서…….』

"……안에 들어가 볼까?"

지나가는 사람들에게 들킨다면 난감하겠지만, 그래도 아스나는 그렇게 물어보았다. 하지만 유우키는 렌즈를 위잉위잉 좌우로 저으며 말했다.

『아니, 이거면 충분해. 자……, 얼른 돌아가야지. 늦겠어, 아스나.』

"아직……, 당분간은 괜찮은걸."

반사적으로 그렇게 대답하고 아스나는 뒤로 돌아섰다. 좁은 길을 끼고 맞은편에는 공원이 있었으며, 그 바깥쪽엔 돌을 쌓아 바닥을 만든 산울타리가 에워싸고 있었다.

아스나는 길을 건너 무릎 높이의 산울타리에 앉아. 프로브의 바로 정면에서 오랫동안 잠들어 있던 조그만 집이 보이게 했다. 여기서라면 유우키의 시선에도 부지 전체가 보일 것이다.

한동안 침묵을 지키다가 유우키가 조용히 말했다.

『이 집에서 살았던 건 겨우 1년도 안 되지만……, 그래도 그 무렵의 하루하루는 지금도 똑똑히 기억해. 전에는 맨션에 살았으니까 마당이 있는 게 굉장히 기뻤거든. 엄마는 감염증을 걱정해서 별로 좋은 내색을 안 했지만, 언제나 언니랑 뛰어다니며 놀았어……. 저 벤치에서 바비큐 파티도 하고, 아빠랑 책장도 만들었어. 참 재미있었는데…….』

"좋겠다~. 난 그런 거 해본 적 없어."

아스나의 집에도 광대하다는 표현이 어울릴 만큼 넓은 정원이 있다. 하지만 부모님과 오빠와 그곳에서 논 기억은 없다. 언제나 혼자 소꿉장난을 하거나 그림을 그렸다. 그래서 유우키가 말하는 가족의 추억은, 깊은 동경과 함께 아스나의 가슴속에도 울려 퍼졌다.

『그럼 다음에는 22플로어의 아스나네 집에서 바비큐 파티를 하자.』

"응! ……꼭이야, 약속해. 내 친구들도, 슬리핑 나이츠 멤버들도 다 불러서."

『우와, 그럼 고기가 많이 있어야겠네~. 쥰이랑 타루켄이 엄청 먹거든.』

"뭐어? 그런 이미지가 아닌데~."

아하하 함께 웃은 다음 다시 집 쪽으로 시선을 돌렸다.

『지금 있지……, 이 집 때문에 친척들이 크게 다투고 있대.』

중얼거린 유우키의 목소리에선 다시 살짝 쓸쓸함이 배어나왔다.

"다투다니……?"

『허물고 편의점을 만들자느니, 빈 땅을 팔자느니, 이대로 임대하자느니……, 다들 이런저런 이야기를 하나봐. 요전에는 고모란 사람이 풀 다이브까지 해선 날 만나러 왔어. 내 병에 대해 안 다음에는 현실세계에서 엄청 피해 다녔던 주제에 말이지……, 나한테……, 유서를 쓰라는 거야…….』

"……."

그 말을 들은 순간, 아스나는 자신도 모르게 숨을 들이켰다.

『아, 미안해. 이상한 푸념이나 늘어놓고.』

"아……아니야, 괜찮아. ――마음 내키는 대로 다 말해."

간신히 목소리를 가다듬어 말했다. 유우키가 어깨에서 렌즈를 끄덕였다.

『그럼 말할게. 그래서 말이지…… 이렇게 대답해줬어. 현실세계에서 난 펜도 못 들고 PC도 못 두드리는데 어떻게 쓰나요? 하고. 그랬더니 고모가 입만 뻐끔거리더라.』

유우키가 후후 웃음을 흘렸다. 아스나도 살짝 웃었다.

『그래서 그때 이 집은 이대로 남겨달라고 부탁했어. 관리비라면 아빠의 유산으로 충분히 낼 수 있을 테니까. 하지만……, 역시 안 되나 봐. 아마 허물게 될 거야. 그러니까 그 전에 다시 한 번 보고 싶어서…….』

집 곳곳을 줌 인 하는지, 서보가 움직이는 작은 소리가 아스나의 오른쪽 귀에 들렸다. 유우키의 마음이 담긴 듯한 그 소리를 듣는 사이에 가슴이 벅차, 아스나는 자기도 모르게 머릿속에 떠오른 말을 그대로 입에 담고 말았다.

"그럼 이렇게 하면 돼."

『응……?』

"유우키는 지금 열다섯 살이지? 열여섯 살이 되면 좋아하는 사람이랑 결혼을 하는 거야. 그러면 그 사람이 계속 이 집을 지켜줄 수 있어……."

말한 다음 아차 싶었다. 유우키에게 좋아하는 사람이 있다면 그것은 틀림없이 슬리핑 나이츠의 남성진 중 하나겠지만, 그 멤버들은 모두 난치병과 싸우는 사람들이다. 이미 시한부인생을 선고받은 사람도 있다고 했다. 다시 말해, 설령 결혼을 해도 상황은 크게 바뀌지 않거나 오히려 복잡해질 뿐이며, 애초에 결혼이라는 건 상대의 사정이나 감정도 고려를 해야 하지 않겠는가…….

하지만 유우키는 한순간 침묵하더니 큰 소리로 웃었다.

『아하하하, 아, 아스나, 굉장한 생각을 다 하네! 그렇구나, 그런 생각은 못했는데~. 으음, 그렇구나. 좋은 생각일지도 몰라. 혼인신고서라면 열심히 써볼 수 있을 것 같아! ──하지만 유감스럽게도 상대가 없네~.』

여전히 웃고 있는 유우키에게 아스나는 고개를 움츠리며 말했다.

“그, 그래……? 쥰하고 제법 분위기 괜찮았잖아.”

『에이~, 안 돼, 안 돼! 그런 어린애는! 어디 보자, 음…….』

갑자기 장난기 어린 목소리로 유우키가 말했다.

『있지, 아스나……. 나하고 결혼하지 않을래?』

“엑…….”

『아! 하지만 그때는 아스나가 나한테 시집와야 해! 안 그러면 내 이름이 《유우키 유우키》가 되니까.』

유우키가 하하하 웃는 동안에도 아스나는 눈을 껌뻑거릴 뿐이었다. 일본에서도 미국을 따라 동성간 결혼을 법적으로 인정하자는 논의가 있다는 것은 매년 매스컴에서도 화제로 다루지만 좀처럼 법안이 제출되지는 않고 있다――는 사실을 순간적으로 떠올리면서 아스나가 당황하고 있으려니, 유우키가 다시 유쾌하게 말했다.

『미안미안, 농담이야. 아스나에겐 이미 소중한 사람이 있으니까. 그 사람이지? 이 카메라를 조정해준…….』

“어……, 그게……, 응, 뭐…….”

『조심하는 게 좋을걸~.』

“응……?”

『그 사람도 나하고 다른 의미로 현실이 아닌 곳에서 살아가는 것 같았으니까.』

“…….”

유우키의 말이 무슨 뜻인지 생각해 보려 했지만, 머릿속이 빙글빙글 돌아서 좀처럼 정리가 되지 않았다. 화끈거리는 뺨을 살짝 문지르는 아스나의 옆얼굴로 흘끔 렌즈를 돌리더니, 유우키는 조용한 목소리로 말했다.

『정말 고마워, 아스나. 이 집을 다시 한 번 볼 수 있었던 것만으로도 난 굉장히 만족스러워. 설령 집이 없어진다 해도 추억은 여기 있으니까. 엄마와 아빠, 언니랑 지낸 즐거웠던 시절의 기억은 계속 여기 있으니까…….』

여기란 것이 집이 있는 토지가 아니라 유우키의 마음속을 가리키는 말임을, 아스나는 깨달았다.

이 집의 다정하고 따뜻한 자태는 자신의 가슴속에도 새겨졌다. 그런 마음을 담아 아스나는 크게 고개를 끄덕였다. 유우키의 말이 이어졌다.

『……나랑 언니가 약을 먹는 게 힘들다고 울면, 엄마는 언제나 성경 이야기를 들려줬어. 하느님은 우리에게 견딜 수 없는 고통은 내려주시지 않는다고. 그런데 언니와 엄마와 함께 기도를 하면서도 난 조금 불만이었어. 사실은 성경이 아니라 엄마가 생각한 말을 해줬으면 좋겠다고, 줄곧 생각했어…….』

약간의 침묵. 완전히 짙은 쪽빛으로 바뀐 하늘에 커다란 붉은 별 하나가 깜빡이기 시작했다.

『하지만 말이야, 지금 이 집을 다시 한 번 보고 깨달았어. 엄마는 계속 내게 이야기해줬던 거야. 말이 아니라……, 마음으로 감싸줬던 거야. 내가 끝까지 똑바로 앞을 보며 걸어갈 수 있도록, 늘 기도해줬어……. 그걸 이제야 겨우 깨달았어.』

아스나의 눈에도 하얀 집의 창가에 무릎을 꿇고 앉아, 밤하늘을 향해 기도를 드리는 어머니와 두 딸의 모습이 보이는 것 같았다. 유우키의 조용한 목소리에 이끌리듯, 아스나는 어느새 아주 옛날부터 마음속에 응어리졌던 감정을 말에 실었다.

"나도 있지……, 나도……, 계속 어머니의 목소리가 들리지 않아. 마주 앉아 이야기를 나눠도 마음이 들리지 않는 거야. 내 말도 전해지지 않고. 유우키, 전에 그랬지? 부딪치지 않으면 전해지지 않는 것도 있다고. 어떻게 하면 유우키처럼 할 수 있을까……? 어떻게 하면 유우키처럼 강해질 수 있을까……?"

이미 부모님을 잃은 유우키에게는 배려가 없는 말일지도 모른다. 적어도 평소의 아스나였다면 그렇게 생각하고 꺼내지 않았을 질문일 것이다. 하지만 지금만은 어깨의 프로브를 통해 전해지는 유우키의 강인함과 자상함이 아스나의 마음을 덮은 벽을 녹여주고 있었다.

아스나의 물음에 유우키는 조금 당황한 듯한 목소리로 대답했다.

『난……, 강하지 않아, 하나도.』

"그렇지 않아. 나는 남들 눈치만 살피고, 겁먹고, 뒷걸음질을 치는데……, 유우키는 그러는 게 전혀 없는걸. 아주……, 아주 자연스러워 보여."

『으음~. ……하지만 말이지, 나도 옛날에 아직 현실세계에서 지냈을 때는 언제나 내가 아닌 나를 연기했던 것 같아. 아빠도 엄마도, 나와 언니를 낳은 걸 마음속으로 미안하게 여긴다는 걸 알았으니까……. 아빠와 엄마를 위해 난 언제나 씩씩하게 행동해야 한다고, 병도 대수롭지 않게 여기는 것처럼 굴어야 한다고 생각했어. 그래서 메디큐보이드에 들어간 후에도 그렇게밖에 행동할 수 없었던 건지도 몰라. 진짜 나는 주위의 모든 것을 원망하고, 증오하고, 매일 울며 소리를 지르는 애일지도 몰라.』

"……유우키……."

『하지만 말이야, 난 그렇게 생각해. 연기라도 좋다고……. 강한 척하는 것뿐이라도, 그래서 웃을 수 있는 시간이 늘어난다면 상관없다고 말이야. 너도 알지만, 난 별로 시간이 없잖아……. 남들하고 접할 때, 점잔빼고 멀리서 마음 끄트머리만 찔러대는 시간이 아깝다는 생각이 자꾸 들거든. 그럴 거면 처음부터 콱 부딪쳐 보자 싶었어. 만약 상대에게 미움을 사더라도 그건 그것대로 괜찮다고. 그 사람의 마음 바로 곁까지 갈 수 있다는 점에선 변함이 없으니까.』

"……그렇구나……. 유우키가 그렇게 해준 덕에 우린 겨우 며칠 만에 이렇게 친해졌던 거였어……."

『아니야, 그건 내가 아니야. 내가 도망쳐도 아스나가 열심히 쫓아와준 덕이야. ——어제 모니터 룸에 있는 아스나를 보고 목소리를 들었더니, 금방 아스나의 마음이 전해져 오더라. 이 사람은 내가 무슨 병에 걸렸는지 알아도, 나를 다시 만나고 싶어 한다는 걸 알아서, 정말로……, 정말로 눈물이 날 정도로 기뻤어.』

한순간 목멘 소리를 내더니 유우키가 말을 이었다.

『……그러니까 어머니하고도 그때처럼 이야기를 나눠보면

어떨까. 마음이란 전하려고 마음만 먹으면 전할 수 있는 거라고 생각해. 괜찮아, 아스나는 나보다도 훨씬 강한걸. 정말이야. 부딪치지 않으면 전해지지 않는다……. 아스나가 콱 부딪쳐준 덕에, 나는 이 사람에게는 내 모든 걸 맡겨도 되겠다고 생각한 거니까.』

"……고마워. 고마워, 유우키."

간신히 그 말만을 하고, 아스나는 눈 꼬리에 배어나온 눈물이 떨어지지 않도록 하늘을 보았다. 해가 져도 완전히는 어두워지지 않는 수도권의 밤하늘에도 인공의 빛에 뒤지지 않을 만큼 빛나는 별들을 많이 헤아릴 수 있었다.

역에 돌아왔을 때쯤 프로브의 배터리 잔량 알람이 울렸다. 아스나는 유우키와 내일 다시 함께 수업을 받기로 약속하고 휴대단말의 접속을 끊었다.

다시 전철을 타고 세타가야의 자택에 도착했을 때는 밤 9시가 지났다.

싸늘한 공기를 머금은 현관홀에 도어록이 잠기는 소리가 어렴풋이 울리는 것을 들으며, 아스나는 크게 한 번 심호흡을 했다. 오른쪽 어깨에는 아직도 유우키의 무게가 살짝 남아 있다. 그 온기를 왼손으로 한 번 쓰다듬은 후, 신발을 벗고 종종걸음으로 자신의 방에 갔다.

실내복으로 갈아입고 즉시 복도로 나왔다. 아스나가 향한 곳은 같은 2층에 위치한 오빠 코이치로의 방이었다. 아버지와 마찬가지로 거의 집에 있는 일이 없는 코이치로는, 당연히 아직 돌아오지 않았을 것이라 생각하며 노크를 했지만 역시 대답은 들리지 않았다. 아랑곳 않고 과거 SAO의 서비스 개시 첫날에 그러했듯, 마음대로 문을 열었다.

세간이 별로 없는 휑뎅그렁한 방 한가운데에 커다란 비즈니스용 책상이 있다. 그 왼쪽 옆에 원하던 것이 보였다. 코이치로가 가상공간 회의에서 사용하는 어뮤스피어였다.

아스나의 것보다도 훨씬 새것 같은 헤드기어를 들고 자신의 방으로 가지고 돌아왔다. 측면의 카드 슬롯에 ALO의 클라이언트가 인스톨된 메모리 카드를 삽입했다. 침대에 눕자마자 코이치로의 어뮤스피어를 자신의 머리 사이즈에 조절해 뒤집어썼다.

전원을 켜자 금세 접속 시퀀스가 개시되고, 이어서 ALO의 로그인 공간으로 전송되었다. 그러나 아스나는 언제나 사용하는 메인 어카운트가 아니라, 타인이 되고 싶을 때 이따금 사용하는 서브 계정으로 요정 나라에 다이브했다.

출현한 곳은 제22플로어 숲속 집의 거실이었다. 몸은 친숙한 운디네 《아스나》가 아니라, 《에리카》라는 이름의 실프 종족 캐릭터였다. 복장을 체크하고, 허리에 찬 두 자루의 단검을 풀어 상자에 집어넣었다. 즉시 메뉴를 열고 일시 로그아웃 커맨드를 실행했다.

겨우 수십 초의 다이브에서, 아스나는 즉시 현실의 자기 방으로 복귀했다. 머리에서 어뮤스피어를 벗었지만 푸른 통신 인디케이터는 점멸을 계속하고 있다. 이것은 VR 월드와의 접속이 대기 상태라는 표시이며, 다시 머리에 장착하고 파워 스위치를 켜면 로그인 과정을 생략하고 게임에 복귀할 수 있다.

오빠의 어뮤스피어를 손에 든 채 아스나는 자리에서 일어났다. 고출력 라우터와 무선으로 이어졌기 때문에, 집안이라면 거의 구석에서 구석까지 회선상태가 유지될 것이다.

문을 열고 다시 복도로 나와, 이번에는 조금 무거운 발걸음으로 계단을 내려갔다.

1층 거실, 식당을 엿봤지만 역시 테이블은 이미 깨끗하게 치워진 채 어머니의 모습은 없었다. 그대로 안쪽으로 향해 복도를 한 번 꺾자, 막다른 곳의 문 아래쪽에서 부옇게 빛이 새어 나오는 것이 보였다. 어머니의 서재였다.

문 앞에 멈춰 서서 노크를 하려고 오른손을 든 후에도 몇 번인가 망설였다.

언제부터 어머니의 방을 찾는 것이 이렇게나 부담이 되었을까. 아스나는 입술을 깨물며 생각했다. 하지만 그것도 아마 반 이상은 아스나에게 원인이 있을 것이다. 마음이 전해지지 않는 것은 진심으로 전하려 하지 않았기 때문이다. 그것을 유우키 덕에 깨달았다.

오른쪽 어깨를 조그만 손이 눌러주는 것 같았다. 동시에 목소리.

——괜찮아, 아스나라면 할 수 있어…….

아스나는 고개를 끄덕여 대답하고, 크게 숨을 들이마신 후 소리 높여 문을 노크했다.

들어오라는 목소리가 어렴풋이 들렸다. 손잡이를 돌려 열린 틈으로 몸을 미끄러뜨리고 손을 뒤로 해서 문을 닫았다.

어머니 쿄코는 중후한 티크 목재 책상에 앉아 거치형 PC의 키보드를 두드리고 있었다. 한동안 그대로 소리 높여 타이핑을 계속하다가, 한번 강하게 엔터키를 누르곤 겨우 몸을 의자 등받이에 기댔다. 안경을 밀어올리며 아스나 쪽을 향한 시선은 여느 때보다도 짜증이 섞인 것 같았다.

"……늦었구나."

그 말만을 입에 담은 어머니에게 아스나는 사과했다.

"미안해."

"밥상은 이미 다 치웠다. 뭔가 먹을 거면 냉장고 안에 있는 걸로 알아서 챙겨 먹어. 전에 이야기한 편입 신청서 기한은 내일까지니까 아침까지 가져오고."

이야기는 다 끝났다는 듯이 키보드로 손을 되돌리려는 어머니에게, 아스나는 미리 준비했던 말을 입에 담았다.

"그 이야기 말인데……, 할 말이 있어, 엄마."

"말해보렴."

"여기서 설명하기는 어려워."

"그럼 어디서는 말할 수 있는데?"

당장 대답하진 못한 채, 아스나는 어머니의 옆까지 다가가선 왼손으로 몸 뒤에 숨겨놓았던 것을 내밀었다. 대기 상태인 어뮤스피어였다.

"VR 월드……. 잠깐이면 되니까, 이걸 써서 가줬으면 하는 데가 있어."

은색 원관을 흘끔 쳐다보기만 했을 뿐인데도, 어머니는 징그러운 물건을 보듯이 눈살을 찌푸렸다. 논할 여지도 없다는 식으로 오른손을 휘저었다.

"싫다, 그런 건. 얼굴을 마주하고 못할 이야기는 들을 마음도 없어."

"제발 부탁이야, 엄마. 꼭 보여주고 싶은 게 있어서 그래. 5분이면 되니까……."

여느 때 같으면 미안하다는 한 마디와 함께 물러났을 상황이다. 하지만 아스나는 오히려 한 걸음 더 나아가, 바로 앞에서 어머니의 눈을 쳐다보며 말을 이었다.

"제발. 내가 지금 무엇을 느끼고 무엇을 생각하는지, 그걸 이야기하려면 여기서는 안 돼. 한 번이면 되니까……, 내 세계를 엄마가 봐줬으면 해."

"……."

어머니는 더더욱 눈살을 찡그리며 입술을 꽉 다문 채 가만히 아스나를 보고 있었으나, 몇 초 후 긴 한숨을 내쉬었다.

"――5분 만이야. 그리고 무슨 말을 하건, 엄마는 널 내년에는 그 학교에 보낼 생각이니까. 이야기 끝나면 신청서 써야 해."

"……응."

아스나는 고개를 숙이고 왼손의 어뮤스피어를 내밀었다. 어머니는 건드리는 것도 싫다는 듯이 얼굴을 찡그리면서도, 그걸 받아들고 익숙지 않은 손길로 머리에 썼다.

"어떻게 하면 돼?"

아스나는 재빠르게 크기를 조절해주며 말했다.

"전원을 켜면 그대로 자동 접속되니까, 안에 들어가면 내가 갈 때까지 기다려줘.”

어머니가 가볍게 끄덕이고 의자 등받이에 몸을 묻는 것을 확인하며, 아스나는 어뮤스피어의 오른쪽에 달린 전원 스위치를 눌렀다. 온라인 통신 인디케이터가 점등 상태에 들어가고, 대뇌 접속 인디케이터가 불규칙한 점멸을 시작했다. 금세 어머니의 몸에서 힘이 빠져나갔다.

아스나는 서둘러 서재를 뛰어나와, 복도와 계단을 힘껏 달려 자신의 방으로 돌아갔다. 털썩 침대에 뛰어들어 손에 익은 어뮤스피어를 머리에 뒤집어썼다.

파워 스위치를 켜자 눈앞에 방사형의 빛이 뻗어나오고, 아스나의 의식을 현실에서 분리해주었다.

눈에 익은 원목 거실에 메인 캐릭터인 운디네의 모습으로 나타난 아스나는, 방안을 휙 둘러보며 《에리카》의 모습을 찾았다. 식기 선반 옆에 걸린 전신거울 앞에서, 떡잎색 단발머리를 가진 실프 소녀가 서서 자신의 모습을 비춰보는 것을 금방 발견했다.

아스나가 다가가자 에리카/쿄코는 어깨 너머로 흘끔 돌아보더니 현실세계의 그녀와 완전히 똑같은 몸짓으로 눈살을 찡그렸다.

“어쩐지 이상한걸. 모르는 얼굴이 내 마음대로 움직이다니. 게다가…….”

발끝으로 몇 번인가 몸을 들썩들썩해 본다.

“어쩐지 몸이 가벼워.”

"그야 그렇지. 그 아바타의 체감 체중은 40킬로그램 정도인 걸. 현실하고 한참 다를 거야."

미소를 지으며 아스나가 말하자, 어머니는 다시 불쾌한 듯이 눈살을 찌푸렸다.

"실례야. 난 그렇게 무겁지 않아. ——그러고 보니……, 넌 저쪽하고 얼굴이 똑같구나."

"응……, 어쩌다 보니."

"하지만 실물이 좀 더 토실토실한 것 같은데."

"엄마야말로 실례야. 현실하고 똑같다구."

대화를 나누며, 아스나는 전에 어머니와 이렇게 스스럼없는 대화를 한 것이 대체 언제일까 문득 생각했다. 조금 더 이대로 이야기를 나누고 싶다는 생각이 들었지만, 어머니는 두 팔을 가슴 앞에서 팔짱을 끼더니 잡담은 그만두자는 의사를 표했다.

"자, 이젠 시간 없어. 보여주고 싶다는 게 뭐지?"

"……이쪽으로 와."

아스나는 한숨을 꾹 참으며 거실을 가로질러, 평소에는 아이템 창고로 쓰는 조그만 방의 문을 열었다. 어머니가 어정쩡한 걸음걸이로 따라오기를 기다렸다가 작은 방 안쪽의 조그만 창문으로 데려갔다.

남향 거실에서는 잔디가 깔린 넓은 정원과 오솔길, 야트막한 구릉과 그 너머의 호수를 아름다운 풍경화처럼 조망할 수 있지만, 북향인 이 창고의 창문으로는 풀이 무성한 뒤뜰과 조그만 냇물, 코앞까지 뻗은 침엽수림만이 보였다. 이 계절에는 대부분 눈에 뒤덮여, 썰렁하다는 것 말고는 표현할 말이 없는 풍경이다.

하지만 그것이야말로 아스나가 어머니에게 보여주고 싶었던 것이다.

아스나는 창문을 열더니 깊은 숲을 바라보며 말했다.

"어때? 비슷하지 않아?"

어머니는 다시 눈살을 찌푸리며 살짝 고개를 가로저었다.

"뭐하고 비슷하다는 거니? 그냥 시시한 삼나무 숲이잖……."

말은 도중에 빨려들 듯이 사라졌다. 입을 반쯤 벌린 채, 어딘가 먼 곳을 보는 듯한 눈빛으로 창밖을 응시했다. 그 옆얼굴에 대고 아스나가 가만히 속삭였다.

"그렇지? 생각나지……? 외할머니랑 외할아버지가 살던 집."

아스나의 외조부, 다시 말해 어머니의 친부모는 미야기 현의 산간지역에서 농사를 지으며 살았다. 집이 있던 곳은 험준한 계곡 틈을 누비고 지나가면 나타나는 조그만 마을로, 논은 모두 산자락을 따라 층층이 만든 계단식 논이라 기계화 같은 것은 생각도 할 수 없었다. 주로 경작한 것은 쌀이지만, 수확할 수 있는 것이라곤 한 가족이 1년 먹으면 없어질 만한 양이었다.

그래도 어찌어찌 딸 쿄코를 대학까지 보낼 수 있었던 것은, 소소하나마 선조 대대로 내려온 삼나무 숲 덕이었다. 오랜 목조 주택은 산기슭에 파묻히듯이 세워놓았으며, 툇마루에 앉으면 보이는 것이라곤 조그만 마당과 시냇물, 그리고 그 너머의

삼나무 숲뿐이었다.

하지만 아스나는 어렸을 때부터 교토의 유우키 본가보다도, 《미야기의 할머니 할아버지네》에 가는 것을 좋아했다. 매년 여름방학과 겨울방학이 되면 부모님을 졸라 다녀왔으며, 외할머니 외할아버지와 같은 이불에서 이런저런 옛날이야기를 듣곤 했다. 여름에는 툇마루에서 빙수를, 가을에는 외할머니와 함께 곶감을 먹었던 기억 등 많은 추억이 있지만, 특히 좋았던 것은 한겨울에 *호리고타츠에 들어앉아 귤을 먹으며 창밖의 삼나무 숲을 바라보는 것이었다.

외할머니와 외할아버지는 숲을 보는 게 뭐 그리 재미있느냐고 이상하게 여겼지만, 하얀 눈 속에 시커먼 삼나무 줄기가 한없이 이어진 광경을 보고 있으면 마음이 빨려드는 것 같았다. 자신이 눈 밑의 굴에서 봄을 기다리는 생쥐가 된 것처럼 불안한 듯 따뜻한 듯 신비한 기분을 느끼며, 언제까지고 숲을 바라보았다.

외할머니와 외할아버지는 아스나가 중학교 2학년 때 잇달아 타계했다. 논과 산은 모두 팔았으며, 살 사람이 없는 집도 허물었다.

그래서 미야기의 산촌에서는 물리적으로도 관념적으로도 멀리 떨어진 아인크라드의 제22플로어에 이 집을 사고 북쪽 창으로 눈 쌓인 침엽수림을 보았을 때, 아스나의 가슴에는 눈물이 날 것 같은 향수가 솟아났다.

어머니가 가난한 농촌 생활을 최소한 그리워하지는 않는다

*호리고타츠 : 바닥을 네모지게 파고 설치한 코타츠.

는 사실은 잘 안다. 그러나, 그래도 아스나는 이 창문을 통해 보이는 광경을 어머니에게 꼭 보여주고 싶었다. 그녀가 과거에 매일같이 보았지만, 억지로 잊어버렸을 풍경을.

어느샌가 약속한 5분은 지나고 말았지만, 어머니는 여전히 말없이 삼나무 숲을 바라보았다. 그 옆으로 나아가, 아스나는 천천히 말을 시작했다.

"내가 중1 때, 여름방학에 있었던 일 기억나? 엄마랑 아빠랑 오빠는 교토에 갔지만, 나는 꼭 미야기에 가고 싶다고 고집을 부려서 정말 혼자서 가버렸잖아."

"…………기억해."

"그때 있지, 내가 외할머니랑 외할아버지에게 사과했어. 엄마가 성묘를 못 와서 미안하다고."

"그때는……, 유우키 본가에 꼭 가야만 하는 불사(佛事)가 있어서……."

"아니, 뭐라고 하는 게 아니야. ……내가 사과하니까, 할아버지는 찻장에서 두꺼운 앨범을 꺼내서 가져왔어. 안을 보고 엄청 놀랐어. ——엄마의 첫 논문에서 시작해, 여기저기 잡지에 기고했던 원고며 인터뷰 기사까지, 전부 철을 해놨던 거야. 온라인에 올린 것까지 프린트해 붙여놨던걸. 두 분 모두 PC는 하나도 모르셨는데……."

"……."

"그리고 나한테 그 앨범을 보여주시면서 외할아버지가 그러셨어. 엄마는 두 분의 소중한 보물이라고. 시골에서 대학까지 나와 학자가 되고, 잡지에 기고도 많이 하고, 점점 훌륭한 사람이 되는 게 정말 기쁘다고. 논문이나 학회 때문에 바쁠 테니 귀성을 못하는 것도 당연하고, 그래서 불만스럽게 생각한 적은 한 번도 없다고……."

어머니는 그저 가만히 숲을 바라보면서 조용히 아스나의 말을 듣고 있었다. 그 옆얼굴에는 아무런 표정도 없는 것 같았다. 하지만 아스나는 열심히 입을 움직였다.

"그리고 외할아버지는 이렇게 덧붙였어. ――'하지만 엄마도 언젠가는 지쳐서 일어날 수 없을 때가 올지도 모른단다. 언젠가 뒤를 돌아보고, 자신이 왔던 길을 확인하고 싶을지도 모른단다. 그때를 위해 우리는 언제까지고 이 집을 지킬 거다……. 만약 엄마가 의지할 곳이 필요할 때는, 네가 돌아올 수 있는 곳이 있단다, 하고 말해주기 위해 계속 집과 산을 지켜나갈 거다.' 그렇게 말했어."

말을 잇는 동안에도, 뇌리에는 이미 존재하지 않는 외갓집의 정경이 다시 한 번 떠오르고 있었다. 그리고 그와 겹치듯, 몇 시간 전에 보았던 조그맣고 하얀 유우키의 집도. 마음이 돌아갈 곳. 설령 물리적으로는 잃어버린다 해도, 그것은 분명 모든 이가 가슴에 품고 살아갈 곳이리라. 아스나에게는 이 가상세계의 《숲속 오두막집》이 바로 그러했다.

이 집도 언젠가는 다시 소멸할 날이 올 것이다. 하지만 진정한 의미에서는 결코 사라지지 않는다. 왜냐하면 집이란 형태가 아니라――외할머니, 외할아버지가 품었던 것처럼 마음, 감정, 삶 그 자체를 가리키는 말이니까.

"――나, 옛날에는 외할아버지가 한 말을 전혀 이해하지 못했어. 하지만 요즘은 겨우 이해할 수 있을 것 같아. 자신을 위해 뛰는 것만이 인생은 아니라고……, 남의 행복을 자신의 행복이라고 생각할 수 있는, 그런 삶도 있는 거라고."

아스나의 뇌리에 키리토나 리즈벳 같은 오랜 친구들, 유우키, 시우네와 같은 새 친구들의 얼굴이 한순간 차례차례 떠올랐다.

"……나, 주위 사람들이 모두 웃을 수 있는 그런 삶을 살고 싶어. 지친 사람들을 언제나 지탱해줄 수 있는, 그런 삶을 살고 싶어. 그러기 위해――지금은 내가 좋아하는 그 학교에서 공부와 여러 가지 일들을 열심히 하고 싶어."

말을 고르고 고르며 아스나는 겨우 이야기를 마쳤다.

하지만 어머니는 입을 꾹 다문 채 숲을 바라볼 뿐이었다. 그 진녹색 눈동자에는 아득한 빛이 떠오를 뿐이어서 내심을 엿볼 수는 없었다.

그대로 몇 분 동안, 작은 방은 오로지 정적에 감싸여 있었다. 거목 밑의 설원을 토끼와 비슷한 동물 두 마리가 장난을 치며 뛰어다녔다. 아스나는 한순간 그쪽에 시선을 빼앗겼다가, 어머니의 옆얼굴을 다시 보고 흠칫 숨을 들이마셨다.

어머니의, 지금은 백자처럼 투명하고 매끄러운 뺨에 한 줄기 눈물이 흘러내리고 있었던 것이다. 입술이 가늘게 움직이는 것 같았으나 말은 들리지 않았다.

한참 후에야 어머니는 자신이 울고 있다는 것을 겨우 깨달았는지, 황급히 두 손으로 얼굴을 몇 번씩 닦았다.

"잠깐만……, 뭐야, 이게. 난 딱히 울 생각은……."

"……엄마. 이 세계에서는 눈물을 감출 수가 없어. 울고 싶어지면 아무도 참을 수 없어."

"불편한 곳이야."

내뱉듯이 말하며 어머니는 몇 번이나 눈을 비볐으나, 결국 포기했는지 두 손바닥으로 얼굴을 감쌌다. 이윽고 그 안에서 어렴풋한 오열이 새어나왔다. 아스나는 몇 번인가 망설인 끝에 가늘게 떨리는 어머니의 어깨에 살짝 팔을 얹었다.

다음 날 아침.

조식 테이블에 앉은 쿄코는 완전히 여느 때의 분위기를 회복해 태블릿 단말기의 뉴스를 보고 있었다. 아침 인사를 나눈 후에는 말없이 식사가 끝나, 아스나는 편입신청서를 제출하라는 말이 나오리라 각오했다. 하지만 어머니는 여느 때에 비하면 아주 살짝 부드러워진 눈빛으로 아스나를 보며 갑작스럽게 말했다.

"넌 남을 평생 지탱해줄 만한 각오가 돼 있니?"

아스나는 황급히 고개를 끄덕였다.

"으……응."

"——하지만 남을 지탱해주려면 우선 자신이 강해져야만 해. 대학에는 꼭 가라. 그러기 위해서라도 3학기와 내년엔 지금까지보다도 성적을 더 올리고."

"……엄마, 그럼 전학은……."

"말했지? 네 성적에 달렸다고. 열심히 해."

그 말만 남기고, 어머니는 자리에서 일어나 종종걸음으로 식당을 나갔다. 소리 높여 닫은 문을 한동안 응시한 후, 아스나는 살짝 고개를 숙이며 중얼거렸다.

"고마워, 엄마."

교복으로 갈아입고 신발을 들고 현관을 나설 때까지는 그대로 조용한 태도를 유지했지만, 대문을 나온 순간 아스나는 살얼음이 빛나는 노면을 있는 힘껏 박찼다. 자연스럽게 입에서 웃음이 새어나왔다.

카즈토에게 말해주고 싶었다. 올해도 계속 같은 학교에 다닐 수 있다고. 유우키에게 말해주고 싶었다. 어머니와 이야기를 나눌 수 있었다고.

역으로 향하는 인파를 누비고 달리며, 아스나는 역에 도착할 때까지 계속 배어나오는 미소를 억누를 수 없었다.

사흘 후, 약속대로 숲속 오두막 앞마당에서 성대한 바비큐 파티가 열렸다.

참가 멤버는 키리토, 리즈벳, 클라인, 리파, 시리카와 같은 평소의 동료들과 유우키, 시우네를 비롯한 슬리핑 나이츠 멤버들. 사쿠야, 알리샤 루, 유진 장군 같은 일부 종족의 영주들과 그 측근들. 합계 서른 명도 넘는 대집단의 위장을 채우기 위해 일부러 식재 사냥 파티가 편성되었을 정도였다.

건배에 앞서 아스나는 슬리핑 나이츠의 멤버들을 정식으로 모두에게 소개했다. 병에 관한 것만은 감추었지만, 그들이 수많은 VRMMO를 전전한 고수들의 모임이라는 것, 해산 전에 ALO에서 추억을 만들고 싶었다는 것은 멤버들의 허락을 얻어 모두 이야기했다.

제27플로어 보스를 겨우 일곱 명이서 공략한 수수께끼의 길드 이야기, 그리고 무엇보다 길거리 듀얼로 60명도 넘는 상대를 물리친 《절검》의 전설은 이미 알브헤임 전역을 휩쓸었는지, 사쿠야와 유진 같은 이들은 다짜고짜 스카우트에 나섰다. 유우키는 웃으며 사양했지만, 만약 슬리핑 나이츠 전원이 한 종족에 용병으로 가담한다면, 요정 아홉 개 종족의 파워 밸런스는 크게 바뀌어 현재 진행 중인 그랜드 퀘스트 제2탄의 행방에 막대한 영향을 미쳤을 것이다.

시끌벅적한 건배 후 폭풍 같은 폭음폭식의 연회가 시작되고, 아스나도 유우키와 함께 요란하게 먹고 마시고 이야기했다. 파티 도중 '기왕 이렇게 된 거 제28플로어 보스 공략도 노려보자' 라는 말이 나왔고, 쇠뿔도 단김에 빼랬다고 2차는 제28플로어 미궁구역 답파 투어가 되었으며, 놀랍게도 그대로 최상층까지 쳐들어가선 거대한 갑각류 타입 보스 몬스터를 잡아버리고 말았던 이야기는 차라리 우스갯소리라 해야 하리라.

검사의 비에 새겨진 이름은 유감스럽게도 유우키를 비롯해 파티 리더를 맡았던 키리토 등 몇 명뿐이었지만, 29플로어는 정식으로 슬리핑 나이츠만 도전하기로 약속하고 그날은 해산했다.

알브헤임에서 모험을 거듭하는 동안에도, 유우키는 쌍방향 통신 프로브를 이용해 매일 현실세계의 수업에도 참가했다. 카와고에에 있는 카즈토네 집에도 한 번 찾아갔으며, 오카치마치의 에길네 카페에도 놀러 갔다.

처음에는 묘하게 직감이 좋은 카즈토를 경계하던 유우키도, 피차 한손 직검의 고수였던지라 이야기를 나누는 동안 금방 터놓고 지내게 되어, ALO 내에서는 소드 스킬의 아이디어에 대해, 현실세계에서는 프로브의 발전형에 대해 왕성한 논쟁을 벌이는 바람에 이따금 아스나의 질투를 샀다. 슬리핑 나이츠의 다른 멤버들도 리즈벳이나 다른 친구들과 친해져 온갖 이벤트를 기획해선 성대하게 즐겼다.

2월.

아스나와 슬리핑 나이츠는 약속대로 제29플로어의 보스마저도 단일 파티로 격파해 알브헤임 전역에 용명을 떨쳤다. 중순에 개최된 통일 듀얼 토너먼트에서는 동쪽 블록에서 키리토가, 서쪽 블록에서 유우키가 각각 파죽지세로 승리를 거두어 결승에 진출했다. 이 결승전은 온라인 방송국 《MMO 스트림》에서 생중계까지 해서 최고조의 열기를 보였다.

무수한 플레이어들이 마른 침을 삼키며 지켜보는 가운데, 유우키와 키리토는 각자의 OSS를 포함한 고레벨 소드 스킬을 연발하는 화려한 격전을 펼쳤으며, 10분도 넘는 시합 끝에 유우키가 신기(神技)라고도 불릴 만한 11연격으로 키리토를 물리쳤을 때는 전 세계가 흔들릴 정도의 함성이 들끓었다.

수많은 전설을 가진 키리토를——그가 이도류를 쓰지 않았다곤 해도——물리치고 제4대 통일 챔피언의 자리에 오른 《절검》 유우키의 이름은, ALO의 틀을 넘어 더 시드 넥서스에 널리 울려 퍼졌다.

3월.

기말고사에서 어머니와 나눈 약속을 확실하게 지킨 아스나는, 통신 프로브를 어깨에 얹고 리카, 케이코, 스구하, 그리고 휴대단말 내의 유이와 함께 3박 4일 교토 여행을 다녀왔다. 그 무렵에는 프로브의 정보를 여러 클라이언트에 병렬 전송할 수 있게 되어, 유우키만이 아니라 시우네나 쥰에게도 교토를 안내할 수 있어서 온갖 명소를 해설할 때에도 힘이 났다.

숙소는 유우키 본가의 넓은 저택을 활용했으며, 그렇게 남은 예산으로 화려한 교토 요리를 맛보았다. 하지만 맛은 프로브로 송신할 수 없으므로, 유우키 일행은 치사해 치사해를 연발했다. 덕분에 돌아가면 VR 세계에서 요리를 재현하기로 약속해, 아스나는 VR 요리 소프트에서 한참 고생을 하게 되었다.

모든 일이 꿈처럼 지나갔다. 아스나와 유우키는 가상세계와 현실세계에서 길고 긴 여행을 했다. 가고 싶은 곳은 얼마든지 있었으며, 시간도 아직 얼마든지 있다. 아스나는 그렇게 믿었다.

4월까지 앞으로 며칠 남지 않은 어느 날. 오호츠크 해에서 밀려온 한랭기단이 관동 일대에 때 아닌 폭설을 퍼부었다.

봄의 기척을 뒤덮듯이 쌓인 두꺼운 눈이 약한 햇살 밑에서 겨우 녹기 시작했을 무렵.

아스나의 휴대단말에 쿠라하시 의사가 보낸, 유우키의 용태가 급변했다는 메시지가 도착했다.

11

단말기의 조그만 모니터에 표시된 짧은 메시지를 응시하며, 아스나는 가슴속에서 단 한 가지 말만을 몇 번이고 되풀이했다.

그럴 리가 없어.

그럴 리가 없지 않은가. 요즘 유우키는 매우 열심히 다양한 활동을 했으며, 뇌의 임파종도 진행이 멈추었다고 쿠라하시 의사 본인이 말했다. 최근에는 HIV 감염 후 20년도 넘게 바이러스를 억제하는 데 성공한 사례도 다수 있다고 했다. 유우키는 아직 겨우 열다섯 살……, 모든 것이 이제부터 시작될 때인데. 급변이란 이제까지도 몇 번인가 있었던 기회감염의 중증화일 뿐, 이번에도 유우키는 넘어설 것이다.

하지만 아스나는 마음속 한구석으로 깨닫기도 했다. 의사가 직접 아스나에게 메시지를 보낸 것은 처음 있는 일이다. 다시 말해, 이건 때가 왔다——는 소식일 것이다. 아스나가 매일 밤 침대에서 겁을 먹으면서도 상상하다가는 지워버렸던, 그 때가.

서로 맞부딪치는 두 개의 목소리에 시달리면서 아스나는 몇 초간 멍하니 서 있었지만, 이윽고 한 차례 눈을 질끈 감았다 뜬 다음 새로운 메일 프로그램을 기동했다. 키리토와 리즈벳 같은 친구들에게, 그리고 시우네를 비롯한 슬리핑 나이츠 멤버들에게 똑같이 짧은 한 마디를 일제 송신했다. 그 작업이 끝나자 평상복을 벗어던지고, 복장을 고르는 시간도 아까웠으므로 기계적으로 학교 교복을 걸쳤다. 신발을 신은 얼마 안 되는 시간조차 조바심을 내며 대문을 뛰쳐나가자, 부드럽게 내리쬐이던 3월 하순의 햇살이 길가의 잔설에 하얗게 반사되어 아스나의 눈을 찔렀다.

3월 말의 일요일 오후 2시. 길을 오가는 사람들은 모두 고대하던 봄의 도래에 들뜬 것처럼 천천히 걷고 있었다. 그 곁을 스쳐 지나가며, 아스나는 열심히 역까지 뛰었다.

어떻게 전철의 행선지를 확인하고 어떻게 갈아탔는지 전혀 기억이 나질 않았다. 문득 정신을 차리고 보니 코호쿠 종합병원에서 가장 가까운 역의 개찰구를 뛰어서 지나던 참이었다. 마치 머릿속이 새하얗게 헐레이션을 일으키는 것 같아서, 토막 난 생각의 파편들이 수도 없이 떠올랐다가는 사라졌다.

유우키, 기다려.

아스나는 질끈 이를 악물고 중얼거리며, 때마침 로터리로 미끄러져 들어온 택시에 뛰어올라탔다.

병원 면회 창구에는 이미 이야기가 된 모양이었다. 아스나가 굳은 어조로 방문 목적을 알리자, 간호사는 즉시 플레이트를 건네주고 서둘러 중앙동 최상층으로 가라고 말해주었다.

엘리베이터의 층수 표시가 하나하나 늘어나는 것을 초조함과 함께 기다리고, 문이 열리자마자 뛰쳐나왔다. 보안 게이트의 센서에 플레이트를 부딪치듯이 들이대 통과한 다음에는, 예의에 어긋난다는 것을 알면서도 다시 뛰었다. 하얗고 무기질적인 통로를 기억을 더듬어 지나 마지막 모퉁이를 꺾자, 마침내 유우키가 잠든 무균실 문이 시야에 들어왔다.

——그 순간, 아스나는 눈을 크게 뜨고 우뚝 멈춰 섰다.

두 개의 문 중 가까운 쪽이 모니터 룸의 입구였다. 그리고 그 안쪽, 자못 엄중한 주의사항 팻말이 커다랗게 적힌 곳이 밀폐된 무균실 문. 전에 아스나가 이곳을 찾아왔을 때는 당연하다는 듯이 굳게 닫혀 있었던 곳이, 지금은 활짝 열려 있었다. 멍하니 바라보는 사이에, 그곳에서 별로 특이할 것도 없는 간호복을 몸에 걸친 간호사가 한 사람 종종걸음으로 모습을 나타냈다.

간호사는 아스나를 보자마자 짧게 끄덕이더니, 옆을 가로질러 지나가며 어서 안으로 들어가라고 속삭였다. 그 목소리에 등을 떠밀려 비틀비틀 몇 걸음을 나아가 문 앞에 섰다.

온통 새하얀 방의 내부가 그대로 눈에 들어왔다.

그렇게나 잔뜩 있던 기계류 대부분은 왼쪽 벽으로 밀려난 상태였다. 중앙의 젤 베드 주위에는 두 명의 간호사와 한 명의 의사가 붙어, 누워 있는 조그만 모습을 지켜보고 있었다. 세 명 모두 평범한 백의 차림이었다.

그 광경을 본 순간, 아스나는 깨달았다. 모두, 이미, 돌이킬 수 없는 단계로 들어서고 말았다는 것을. 아주 오래 전부터 정해졌던 《그 때》가 찾아오는 것을, 그저 지켜볼 수밖에 없다는 사실을.

쿠라하시 의사가 고개를 들더니 아스나의 모습을 보았다. 왼손으로 재빠르게 손짓을 한다. 힘이 들어가지 않는 두 다리를 열심히 움직여 아스나는 실내로 들어섰다.

젤 베드까지는 겨우 몇 미터밖에 안 되는데, 그것이 한없이 길게 느껴졌다. 냉철한 현실로 이어지는 거리를 한 걸음 한 걸음 깎아나가듯이 걸어가, 아스나는 침대 곁에 섰다.

하얀 시트를 목까지 걸친 깡마른 소녀가 누워 있었으며, 앙상한 가슴이 아주 천천히 오르내렸다. 오른쪽 위의 심전도가 미미하게 녹색 파형을 그린다.

예전에 봤을 때는 소녀의 얼굴을 거의 다 덮었던 메디큐보이드의 장방형 몸체가, 둘로 갈라진 채 귀 바로 윗부분이 90도 뒤로 젖혀져 있었다. 내부는 사람의 머리 모양이었으며, 그곳에는 눈을 감은 소녀의 얼굴이 있었다.

처음 보는 현실세계의 유우키는 가슴이 아플 정도로 야위었으며 속이 비칠 것처럼 색소가 희미했다. 하지만 그 용모는 아스나에게 어딘가 신비한 아름다움을 느끼게 했다. 만약 진짜 요정이 있다면 이런 모습일지도 모른다는 생각이 들 정도였다.

말없이 유우키를 바라보고 있으려니, 어느샌가 곁에 서 있던 쿠라하시 의사가 낮은 목소리로 말했다.

"다행입니다……, 늦지 않아서."

늦지 않았다는 말을 받아들이기 힘든 아스나는 눈에 힘을 주고 의사를 노려보았다. 그러나 안경 안쪽의 이지적인 두 눈은 다독이듯이 아스나를 바라보았을 뿐이었다. 다시 의사가 말했다.

"40분 전, 심장이 한 번 멈추었습니다. 투약과 제세동으로 맥박은 돌아왔지만, 아마 다음에는…….”

아스나는 숨을 꽉 참으며 악다문 이 틈새로 갈라진 목소리를 쥐어짜냈다. 하지만 의미가 있는 말을 조합할 수는 없었다.

“왜……, 왜죠……? 유, 유우키는……, 아직…….”

의사는 한 번 고개를 끄덕이더니, 살짝 고개를 좌우로 저었다.

“——사실 1월에 아스나 양이 이곳을 찾아온 후에는 언제 이 날이 와도 이상하지 않았습니다. HIV 소모성 증후군에 따른 발열과 원발성 뇌 임파종의 진행 때문에, 유우키 군의 목숨은 계속 살얼음 위를 걷는 상태였으니까요. 하지만 유우키 군은 지난 석 달 동안 우리도 놀랄 정도로 노력했습니다. 절망적인 싸움을 하루하루 이겨나가고 있었지요. 정말 충분하고도 넘칠 정도로 노력했습니다……. 아니, 그렇게 따진다면…….”

그때 처음으로 의사의 목소리가 살짝 떨렸다.

“유우키 군에게는 지난 15년의 삶 그 자체가 길고도 긴 싸움이었지요. HIV하고만 싸웠던 것이 아니라……, 냉혹한 현실 그 자체에, 그녀는 저항하고 또 저항했습니다. 메디큐보이드 임상시험도 그녀에게는 헤아릴 수 없는 고통을 주었을 겁니다. 하지만……, 유우키 군은 최선을 다했습니다. 그녀가 없었더라면 메디큐보이드의 실용화는 분명 1년은 늦어졌겠지요. 그러니 이제는——편히 쉬게 해 주십시오…….”

의사의 말을 들으며 아스나는 가슴속에서 가만히 유우키에게 말을 걸어보았다.

유우키——지지 않을 거지? 왜냐하면 넌 《절검》……, 뭐든지 베지 못할 것이 없는 절대최강의 검사니까. 유우키는 이겼어. 병에도……, 운명에도——.

그때였다.

유우키가 어렴풋이 고개를 움직였다. 얇은 눈꺼풀이 떨리며 아주 살짝 올라갔다. 이미 빛을 잃었을 회색이 낀 눈동자가 맑은 빛을 머금고 아스나를 똑바로 보았다.

거의 피부와 똑같은 색의 입술이 살짝 움직였다. 동시에 시트 밑에서 가느다란 오른팔이 꿈틀 떨리더니 천천히, 천천히 아스나 쪽으로 다가왔다.

의사가 목메인 목소리로 속삭였다.

"아스나 양……, 손을 잡아주세요."

그 말이 끝나기도 전에 아스나는 두 팔을 뻗어 유우키의 앙상한 오른손을 감싸고 있었다. 서늘한 손이 무언가를 갈구하듯이 아스나의 손을 꽉 잡았다.

순간 아스나는 하늘의 계시처럼 이해했다. 유우키가 사실 무엇을 원하는지를.

유우키의 손을 잡은 채 살짝 고개를 든 아스나는 의사에게 재빠르게 말했다.

"선생님……, 지금 메디큐보이드를 쓸 수 있나요?"

"네——? 그야, 전원을 넣으면……. 하지만……, 유우키 군도 마지막은 기계 밖에서……."

"아니에요. 유우키는 다시 한 번 그 세계에 가고 싶어 해요. 저는 알 수 있어요. 부탁이에요……, 메디큐보이드를 쓰도록 허락해 주세요."

의사는 몇 초 동안 가만히 아스나를 바라봤지만, 마침내 고개를 끄덕였다. 곁의 간호사들에게 몇 가지 지시를 내린 후, 메디큐보이드 측면의 핸들을 쥐고 위쪽을 가만히 돌려 유우키의 머리에 씌웠다.

“기동에 1분 정도 걸릴 겁니다……. 아스나 양은?”

“옆방의 어뮤스피어를 쓰겠어요!”

그렇게 말한 아스나는, 마지막으로 유우키의 손을 한 번 꽉 쥐었다가 몸 옆에 놓아주었다.

기다려, 곧 갈 테니까——.

그렇게 속삭이고 몸을 돌렸다.

무균실을 뛰쳐나와 옆방의 모니터 룸으로 뛰어들며 안쪽 문을 열었다. 두 개 나란히 늘어선 시트 한쪽에 뛰어오르자마자, 헤드레스트 옆에서 어뮤스피어를 집어 머리에 썼다. 파워 스위치를 켜고 기동 시퀀스를 기다리는 동안에도, 아스나의 마음은 이미 그 장소로 날아가고 있었다.

숲속 집에서 눈을 뜬 아스나는, 전에 병원에서 로그인했을 때와 마찬가지로 침실 창문을 통해 뛰쳐나가 전속력으로 주거구역을 향해 날았다. 비행하는 동안 윈도우를 열고, 만약을 위해 대기시켜놓았던 리즈벳이나 시우네 같은 친구들에게 메시지를 날렸다.

텔레포트 게이트로 뛰어들어 망설임 없이 파나레제를 지정했다. 호수도시에 출현하자마자, 이번에는 호수 저 멀리 보이는 그 섬을 향했다. 두 사람이 처음 만났던 거목 아래로.

아인크라드는 저녁놀에 물들어 있었다. 바깥쪽 가장자리에서 새어드는 석양이 호수를 금색으로 물들였다. 그 빛의 띠에 이끌리듯이 아스나는 똑바로 섬 상공에 도달해선, 급강하해 부드러운 풀밭 위에 내려앉았다.

나무 주위를 찾을 필요는 없었다. 유우키는 이미 아득한 옛날처럼 여기지는 그날, 두 사람이 검을 마주하던 바로 그 장소에 서 있었다. 약간 서늘한 바람에 진남색 롱 헤어를 흩날리면서, 임프 소녀검사는 천천히 돌아보았다.

다가오는 아스나의 모습을 보자 유우키는 생긋 웃었다. 아스나도 한껏 노력해 미소로 대답했다.

"――고마워, 아스나. 내가 중요한 걸 하나 잊었지 뭐야. 아스나에게 줄 것이 있었어. 그래서 꼭 다시 한 번 만나고 싶었어."

그 목소리는 여느 때처럼 명랑했지만 살짝, 아주 살짝 흔들렸다. 그렇게 일어나서 이야기하는 것만으로도, 유우키가 혼신의 에너지를 쥐어짜내고 있다는 것을 아스나는 깨달았다.

하지만 아스나는 유우키의 앞까지 걸어와선, 고개를 갸웃하며 똑같이 명랑하게 물었다.

"뭔데? 나에게 줄게."

"음, 있지……, 지금 만들 테니까 조금만 기다려."

씨익 웃더니, 유우키는 윈도우를 열고 무언가 간단한 조작을 시작했다. 그것을 지우더니, 오른손으로 허리에 찬 검을 소리 높여 뽑아들었다.

붉은 석양을 받은 유우키의 흑요석 검이 타오르는 것 같은 광채를 뿜어냈다. 그것을 몸 정면에서 거목 줄기를 향해 쭉 내민다. 그대로 유우키는 한동안 움직이지 않았다. 마치 마지막 남은 힘을 모조리 검 끝의 한 점에 모으려는 것 같았다.

유우키의 옆얼굴이 고통을 느낀 것처럼 살짝 일그러졌다. 휘청 윗몸이 흔들렸지만 살짝 벌린 다리에 힘을 주며 버텼다.

이젠 됐어, 무리하지 마. 그렇게 말하고 싶었다. 하지만 아스나는 입술을 꽉 깨물고 그저 기다렸다. 바람이 풀밭을 휩쓸고 지나가더니 멎었다. 그 순간 유우키는 움직였다.

"야앗!!"

날카로운 기합과 함께 오른손이 번뜩였다. 나무줄기를 향해 오른쪽 위에서 왼쪽 아래로 신속의 찌르기를 다섯 차례. 검을 콱 되돌리더니 이번에는 왼쪽 위에서 오른쪽 아래로 다섯 차례. 찌르기 기술이 한 번 명중할 때마다 무시무시한 작렬성이 울려 퍼지고, 하늘을 꿰뚫는 거목 전체가 쩌렁쩌렁 흔들렸다. 나무가 파괴 불능 오브젝트가 아니었다면 틀림없이 밑동부터 부러져나갔을 것이다.

십자로 열 발의 찌르기를 날린 유우키는 다시 한 번 온몸을 한껏 젖히더니, 교차점을 향해 마지막 일격을 꽂았다. 자청색의 눈부신 광채가 사방으로 넘쳐나고, 발밑의 풀이 방사형으로 화악 쓰러졌다.

몰아치던 돌풍이 가라앉자, 유우키는 검을 나무줄기에 꽂은 채 꼼짝도 하지 않았다.

그때 칼끝을 중심으로 조그만 문장이 회전하며 펼쳐졌다. 동시에 네모난 양피지가 나무 표면에서 솟아나듯이 생성되더니,

푸르게 빛나는 문장을 새기곤 한쪽 끝부터 돌돌 말려나갔다.

유우키가 검을 되돌리자, 완성된 스크롤은 그대로 허공에 떠 있었다. 천천히 왼손을 뻗어 유우키가 그것을 잡았다.

철컹 소리를 내며 오른손의 검이 풀숲에 떨어졌다. 그 직후 유우키의 몸이 휘청 기울더니 무너지려 했다. 아스나는 재빨리 뛰어가 그 몸을 받쳤다. 그대로 허리를 낮추고, 조그만 몸을 두 팔로 감싸듯이 끌어안았다.

유우키가 눈을 감고 있어서 한순간 가슴이 철렁했지만, 곧 가늘게 눈을 떴다. 유우키는 조용히 웃더니 속삭이듯 말했다.

"이상하네……. 아프지도 힘들지도 않은데, 어째 힘이 안 들어가……."

아스나도 웃으며 말했다.

"괜찮아, 분명 피곤해서 그럴 거야. 쉬면 금방 나아질 거야."

"응……. 아스나……, 이거, 받아줘……. 내…… OSS……."

그 목소리는 조금 전과는 다르게 띄엄띄엄 끊어지며 떨리고 있었다. 유우키에게 남은 마지막 기관, 의식이 깃든 뇌까지도 이미 힘이 다하려 한다는 것을 깨닫고 아스나의 마음에 미칠 듯한 걱정이 휘몰아쳤지만, 그것을 억누르듯이 다시 한 번 미소를 지었다.

"내게, 주는 거야……?"

"아스나가…… 받아줬으면…… 해……. 자…… 윈도우를……."

"……응."

아스나는 왼손을 휘둘러 윈도우를 열고 OSS 설정화면을 열었다. 유우키는 부들부들 떨리는 왼손을 들더니, 꽉 쥔 조그만 스크롤을 윈도우 표면에 놓았다. 스크롤은 빛과 함께 금세 소멸하고, 그것을 본 유우키는 만족스러운 한숨과 함께 왼손을 떨어뜨렸다. 부드럽게 웃으며, 꺼질 듯한 목소리로 속삭였다.

"기술의…… 이름은…… 《마더즈 로자리오(Mother's Rosario)》……. 분명…… 아스나를…… 지켜줄, 거야……."

그 말을 들은 순간, 마침내 억제하지 못한 눈물 몇 방울이 유우키의 가슴에 떨어졌다. 그러나 미소는 지우지 않은 채, 아스나는 또렷한 목소리로 말했다.

"고마워, 유우키. ——약속할게. 만약 내가 언젠가 이 세계에서 떠날 때가 와도, 그 전에 반드시 이 기술을 다른 사람에게 전하겠다고. 네 검은……, 영원히 이어질 거야."

"응…… 고마워……."

유우키는 천천히 고개를 끄덕였다. 자수정색 두 눈에도 빛나는 것이 배어나왔다.

그때였다. 몇 가닥의 진동음——비행음이 겹쳐져서 들렸다. 그것은 금세 커지며, 아스나와 유우키의 주위에서 잇달아 부츠가 풀을 밟았다. 고개를 드니 쥰, 텟치, 타루켄, 노리, 시우네, 다섯이 앞을 다투어 달려오고 있었다.

다섯 사람은 유우키를 반원형으로 에워싸고 무릎을 꿇었다. 모두의 얼굴을 한 차례 둘러보고, 유우키는 난처하다는 듯이 웃었다.

"뭐야…… 다들, 송별회는…… 저번에…… 했잖아. 마지막 배웅은…… 안 하기로 약속…… 했으면서……."

"배웅은 개뿔. 기운 넣어주러 온 거다. 다음 세계에서 리더가 우리 없다고 축 늘어지면 안 되잖아."

씨익 웃으며 쥰이 말했다. 적동색 건틀렛을 낀 손으로 유우키의 오른손을 꽉 쥐고 말을 이었다.

"다음 세계에 가도 너무 어정거리지 말고 기다려. 우리도 금방 따라갈 테니까."

"무슨…… 소리야……. 너무 빨리…… 오면, 화낼…… 거야."

쯧쯧 하고 혀를 사며, 이번엔 노리가 기세 좋은 목소리로 말했다.

"안 돼, 안 돼. 리더는 우리가 없으면 아무것도 못하잖아. 가서 얌전히 기다……기다리……."

갑자기 노리의 얼굴이 콱 일그러지더니, 커다란 검은 눈동자에서 눈물이 뚝뚝 떨어졌다. 목 안쪽에서 참을 수 없었던 오열을 두세 차례 흘렸다.

"못써요, 노리……. 울지 않기로…… 약속했으면서……."

웃는 얼굴로 끼어들었던 시우네의 뺨에도 두 줄기 눈물이 반짝반짝 빛났다. 이제는 넘쳐나는 눈물을 감추려고도 하지 않은 채, 타루켄과 텟치도 유우키의 손을 꽉 잡았다.

유우키는 다섯 명의 얼굴을 차례대로 돌아보더니, 울음과 웃음이 섞인 얼굴로 말했다.

"못 말리겠다니까…… 다들……. 얌전히, 기다릴…… 테니까, 가급적 천천히…… 와야, 해……."

슬리핑 나이츠 여섯은 손을 맞잡더니, 재회를 맹세하듯이 힘주어 서로 고개를 끄덕였다. 시우네와 나머지 사람들이 일어나는 것과 때를 같이 하듯, 새로운 비행음이 이어졌다.

나타난 것은 키리토와 유이, 리즈벳, 리파, 시리카, 다섯 명이었다. 모두 착지와 동시에 달려와, 함께 유우키를 에워싸고는 각자 한 번씩 손을 잡아주었다.

유우키를 팔 안에 눕힌 채 눈물에 흔들리는 시야로 그 정경을 바라보면서, 아스나는 문득 어떤 사실을 깨달았다. 키리토네가 도착한 다음에도 어디선가 가느다란 비행음이 들려왔다. 그것도 하나가 아니다. 다양한 종족의 날개 소리가 수도 없이, 수도 없이 겹쳐져 장엄한 파이프오르간과도 같은 반향을 자아내고 있었다.

아스나도, 유우키도, 시우네나 리즈벳이나 다른 사람들도, 모두 하늘을 올려다보았다.

그곳에 보인 것은 파나레제 방향에서 이쪽을 향해 뻗어오는 한 줄기의 굵은 리본이었다.

수십 명이나 되는 플레이어가 열을 지어 날아왔다. 그 선두에 선 것은 장옷 자락을 펄럭이며 나는 실프 영주 사쿠야의 모습이었다. 뒤로 이어지는 것은 다종다양한 녹색 옷을 걸친 실프들이었다. 인원은 지금 로그인한 실프의 거의 전원이 모인 것이 틀림없다.

아니——주거구역에서만이 아니었다. 바깥쪽 가장자리의 수많은 방향에서, 수많은 띠가 섬을 향해 뻗어오고 있었다. 붉은 리본은 살라만더, 노란 것은 캐트 시일까. 임프, 노움, 운디네……. 각자의 리더가 이끄는 가운데, 수많은 플레이어들이 일직선으로 거목을 향해 모여들었다. 그 수는 5백……, 아니,

천을 넘을 것 같았다.

아스나의 품안에서 눈을 활짝 뜬 유우키가 감탄했다.

"우와아……, 굉장해……. 요정들이…… 저렇게, 많이……."

아스나는 유우키에게 미소를 지으며 말했다.

"미안해. 유우키는 싫어할지도 모른다고 생각했지만…… 내가 리즈랑 다른 사람들에게 부탁해서 불렀어."

"싫어하긴……. 그렇지, 않아……. 하지만, 왜…… 왜 이렇게, 많이…… 꿈이라도…… 꾸는 걸까……."

잦은 호흡과 함께 유우키가 속삭이는 동안에도, 섬 상공까지 이른 검사들은 잇달아 폭포처럼 소리를 내며 강하했다. 사쿠야나 알리샤 같은 영주들을 선두로 한 대집단은 조금 거리를 두고 일행을 에워싸더니, 잇달아 풀밭에 한쪽 무릎을 꿇고 고개를 숙였다. 그리 크지도 않은 섬은 금세 무수한 플레이어들로 가득 찼다.

아스나는 유우키의 눈을 가만히 들여다보며, 가슴에 가득 차오르는 것을 간신히 말로 담고자 입술을 움직였다.

"그야……, 당연하지……."

다시 눈물이 뚝뚝 떨어졌다.

"유우키……, 넌 과거 이 세계에 나타난 사람들 중 최강의 검사니까……. 너만한 검사는 이제 두 번 다시 나타나지 않을 거야. 그런 사람을, 쓸쓸하게 보내다니……, 그럴 순 없어. 다들, 다들 기도하는걸……. 유우키의 새로운 여행이, 이곳과 마찬가지로 멋진 것이 될 수 있게 해 달라고."

"……기뻐……. 나, 기뻐……."

유우키는 고개를 들어 주위를 에워싼 검사들을 둘러보더니, 다시 아스나의 팔에 털썩 머리를 기댔다.

눈을 감고 조그만 가슴으로 몇 번인가 심호흡을 한 후, 유우키는 다시 보라색 눈동자로 아스나를 똑바로 쳐다보았다. 크게 숨을 들이마시더니, 마지막 힘을 모조리 쥐어짜내듯, 토막토막 끊어지기는 했지만 또렷한 목소리로 말을 시작했다.

"계속…… 계속, 생각했어. 죽기 위해 태어난 내가…… 이 세계에 존재할 의미는, 뭘까…… 하고. 무엇을 낳을 수도, 줄 수도 없는데…… 수많은 약과, 기계를 낭비하고…… 주위 사람들에게 피해를 주고…… 나 자신도 고민하고, 괴로워하고…… 그 결과 그저 사라지기만 할 뿐이라면…… 지금 당장 죽는 게 낫지 않을까…… 몇 번이나 몇 번이나 그렇게 생각했어……. 왜…… 나는…… 살아 있는 걸까…… 하고……, 줄곧……."

유우키의 남은 목숨 마지막 한 방울까지도 지금 막 타오르려 하고 있었다. 품안의 조그만 몸이 조금씩 가벼워지며 투명해지는 것 같았다. 유우키의 목소리는 가늘고 끊어지기는 했지만, 그것은 과거에 들었던 그 어떤 말보다도 순수하게, 아스나의 영혼 깊은 곳까지 닿았다.

"하지만……, 하지만 있지…… 겨우, 해답을…… 찾은, 것 같아……. 의미, 는…… 없어도…… 살아가도 괜찮은…… 거라고……. 왜냐하면…… 마지막, 순간이, 이렇게나…… 충만하니까……. 이렇게…… 수많은 사람에게…… 에워싸여…… 좋아하는, 사람의, 품에서…… 여행을, 마칠 수 있으니까……."

유우키는 짧은 숨과 함께 말을 마쳤다. 두 눈은 아스나를 지나 어딘가 아득히 먼 곳을 갈구하는 것 같았다. 어쩌면 정말로 다른 세계——영웅들의 영혼이 모여든다는 진정한 요정의 섬을.

아스나는 이제 떨어지는 눈물을 막으려고도 하지 않았다. 떨어진 물방울은 잇달아 유우키의 가슴에서 빛의 입자를 흩뿌렸다. 하지만 입가에는 언제부터인가 자연스럽게 웃음이 떠올랐다. 크게 한 번 고개를 끄덕인 후, 아스나는 유우키에게 마지막 말을 전했다.

"나……나는, 꼭, 다시 한 번 너와 만날 거야. 어딘가 다른 곳에서, 다른 세계에서, 반드시 또 만날 테니까……, 그때, 가르쳐줘……. 유우키가, 찾아낸 걸……."

순간 유우키의 보라색 눈동자가 정확히 아스나의 눈을 보았다. 그 안쪽에서 과거 만났을 때와 똑같은, 무한한 활력과 용기에 가득 찬 광채가 한순간 번뜩였다. 그것은 금세 두 개의 물방울로 형태를 바꾸고, 넘쳐나고, 유우키의 하얀 뺨을 따라 흐르더니 빛이 되어 사라졌다.

입술이 가늘게 움직이며 미소의 형태를 이루었다. 아스나의 의식에 직접 목소리가 울려 퍼졌다.

나, 최선을 다해, 살았어……. 이곳에서, 살았어…….

무구한 설원에 마지막 결정이 한 방울 떨어지듯, 《절검》 유우키는 살짝 눈을 감았다.

12

교복 오른쪽 어깨에 문득 어렴풋한 기척을 느끼고 시선을 떨어뜨리니, 연한 분홍색 꽃잎 한 장이 달라붙어 있었다.

아스나는 왼손 손끝으로 신중하게 꽃잎을 집어 손바닥에 얹었다. 얼룩 하나 없는 깨끗한 타원형 꽃잎은 마치 무언가를 말하고 싶은 것처럼 한동안 떨리고 있었으나, 이윽고 찾아온 바람에 휘말려 똑같이 허공을 춤추는 무수한 하얀 점 속으로 모습을 감추었다. 두 손을 무릎 위로 돌리고, 아스나는 다시 안개가 낀 봄하늘을 올려다보았다.

4월 첫 토요일 오후 3시.

일주일 전 여행을 떠난 유우키의 고별식이 바로 조금 전에 끝난 참이었다. 식장이 된 요코하마 시 호도가야 구의 구릉지대에 위치한 성당은 주위가 벚나무에 에워싸여 있었다. 일제히 지기 시작한 꽃도 마치 유우키를 보내주는 것 같았다. 고별식은 《조용하게》 라는 형용사가 어울리지 않는 것이었다. 유우키의 친척 참석자들은 상주를 지낸 고모라는 여성을 포함해 겨우 넷뿐인 데 반해, 친구를 자청한 10대, 20대 참석자들이 백 명을 훨씬 넘었던 것이다. 물론 거의 모두 ALO 플레이어였다. 3년을 넘는 입원생활을 거치며 고별을 하러 올 유우키의 친구는 거의 없을 거라 생각했는지, 친척들도 접수대에서 눈을 껌뻑거렸다.

식이 끝나고도 다들 성당의 넓은 앞뜰에 삼삼오오 모여 《절검》의 추억담에 빠진 것 같았다. 하지만 아스나는 어째서인지 그 안에 가담할 마음이 들지 않아, 몰래 빠져나와선 예배당 뒤에 있는 벤치를 발견하고 혼자 하늘을 올려다보고 있었다.

이젠 유우키가 이 세상에 없다는 것——어깨의 프로브 너머로 환호성을 지르고, 숲속 오두막에서 아스나의 요리에 만면의 미소를 짓던 유우키가 먼 세계로 떠나버려 두 번 다시 돌아오지 못한다는 것을, 도저히 현실로 이해할 수 없었다. 눈물은 겨우 말랐지만 인파 속이나 카페 한구석, 혹은 알브헤임의 바람 속에서 문득 유우키의 목소리를 들은 것만 같아 심장이 두근거릴 때가 몇 번이나 있었다.

요즘 생명이란 것은 대체 무엇일까 하는 생각을 곧잘 했다.

모든 생명은 유전자의 운반장치에 불과하며, 자신의 복제 정보를 늘려 남기기 위해서만 존재하다는 설이 항간을 떠들썩하게 뒤흔든 것이 몇 십 년 전이었던가. 그 관점에서 보자면 유우키를 오랫동안 괴롭혔던 HIV, 인간 면역결핍 바이러스는 순수한 생명 그 자체일 것이다. 하지만 바이러스는 오로지 증식하고 복제를 되풀이한 끝에, 결국 숙주인 유우키의 목숨을 빼앗았고 동시에 자신들도 죽어 사라지고 말았다.

생각하기에 따라서는 인간도 똑같은 행위를 수천 년에 걸쳐 반복하고 있다. 자신의 이익을 우선하기 위해 때로는 수많은 인명을 빼앗고, 자국의 안전을 보장하기 위해 여러 타국에 희생을 강요한다. 지금도 하늘을 올려다보면, 아츠기 기지에서 떠올라 어디론가 날아가는 전투기의 편대가 봄안개 너머에 하얀 구름을 끌고 있다. 인간도 언젠가는 바이러스와 똑같이 스스로 살아갈 세계 그 자체를 파괴하고 말 때가 오는 것일까? 아니면 별종의 지성과 생존경쟁에 돌입했다가 구축당하는 것은 아닐까……?

유우키가 마지막으로 남긴 말이 지금도 귓속에서 메아리쳤다. 무엇을 낳지도, 주지도 못한 채——. 분명 유우키는 자신의 유전자를 남기지 못하고 이 세상을 떠났다.

하지만. 아스나는 생각하면서 교복 리본을 살짝 매만졌다. 이 가슴속에는 아주 짧은 접촉을 통해 유우키가 깊이 새겨준 것이 분명히 존재한다. 거대한 곤란에도 겁먹지 않고 맞서던 《절검》의 당찬 모습, 그 영혼 그 자체가 확실하게 숨을 쉬고 있다. 그것은 오늘 이 장소에 모인 백 명도 넘는 젊은이들 또한 마찬가지일 것이다. 설령 시간이 조금씩 기억을 퇴색시키고 추억을 결정으로 바꿔나간다 해도, 남는 것은 분명히 있을 것이다.

그렇다면 생명에는 네 종류의 염기로 전해지는 유전 정보만이 아니라 실체가 없는 기억, 정신, 영혼을 운반하는 기능도 있다는 뜻이다. 밈(meme), 모방자라는 애매한 개념이 아니라 언젠가 먼 미래, 정신 그 자체를 순수하게 기록할 수 있는 매체가 출현한다면, 어쩌면 그것이야말로 인간이라는 이 불완전한 생명의 자멸을 막는 단 하나의 열쇠가 되지 않을까——.

그날이 올 때까지 나는 내가 할 수 있는 방법으로 유우키의 마음을 전해나가자. 언젠가 아이가 생긴다면 되풀이해서 들려줘야지. 현실과 가상세계의 틈에서 기적처럼 눈부시게 반짝이던, 한 조그만 여자아이의 이야기를.

가슴속으로 자신을 향해 그렇게 중얼거리며, 아스나는 어느 샌가 감았던 눈을 살며시 떴다.

그러자 앞뜰에서 건물 모퉁이를 돌아 이쪽으로 다가오는 사람의 모습이 눈에 들어왔다. 황급히 손끝으로 눈 꼬리에 배어 나온 물방울을 떨어뜨렸다.

여성이었다. 한순간 어디선가 만난 것 같다는 생각도 들었지만 기억에 없는 얼굴이다. 약간 키가 컸으며, 검고 심플한 원피스에 숄을 걸쳤다. 어깨까지 오는 스트레이트 헤어는 짙은 검은색이고, 가슴께에 걸친 작은 목걸이가 유일한 장신구였다. 나이는 20대 초반쯤일까.

여성은 아스나를 향해 똑바로 걸어오더니, 약간 떨어진 곳에서 멈춰 서선 꾸벅 인사했다. 아스나도 당황하며 얼떨결에 고개를 숙였다. 혈색이 엷은 창백한 모습은, 과거 긴 잠에서 갓 깨어났을 무렵의 자신을 떠올릴 만한 것이었다. 새삼 보니 숄에서 엿보이는 목덜미며 손목은, 건드리면 부러질 정도로 가늘었다.

여성은 말없이 아스나의 얼굴을 가만히 바라보더니, 대추씨처럼 생긴 예쁜 눈에 부드러운 표정을 지었다. 입가에는 엷은 미소가 떠올랐다.

"아스나 씨이시지요? 그쪽과 얼굴이 아주 똑같아서 금방 알아봤어요."

침착하고 촉촉한 톤의 목소리를 들은 순간, 아스나도 그 여성이 누구인지를 깨달았다.

"아……, 혹시 시우네……?"

"네, 맞아요. 본명은 안 시은이라고 하지요. 처음 뵙겠습니다……. 오랜만이네요."

"저, 저야말로 처음 뵙겠습니다! 유우키 아스나예요. 일주일 만이네요."

피차 어딘가 모순된 인사를 나누고, 아스나와 시은은 키득 웃었다. 시은에게 왼손으로 벤치에 앉도록 권하곤 자기도 그 옆에 앉았다.

그제야 겨우 아스나는 어떤 사실을 깨달았다. 슬리핑 나이츠 멤버들은 모두 난치성 질환과 싸우는 몸이며, 그것도 터미널 케어, 종말기 의료가 필요한 단계의 병증이 아니었던가. 이렇게 실외에서 혼자 돌아다녀도 괜찮은 걸까……?

시은이 아스나의 의구심을 민감하게 눈치챘는지, 살짝 고개를 끄덕이며 입을 열었다.

"괜찮아요. 올 4월 들어 겨우 외출 허가가 나왔거든요. 물론 오빠가 보호자로 함께 나왔지만, 저쪽에서 기다리고 있답니다."

"……그럼, 저어……, 몸은, 이제……?"

"네. ……제 병은 급성 임파성 백혈병이라는 건데……, 발병한 건 이미 3년 전이었지요. 한번은 화학요법으로 완해(緩解)……, 그러니까 몸 안에서 백혈병 세포가 일시적으로 사라졌지만 작년에 재발하는 바람에……. 재발한 다음에는 효과적인 치료법은 골수이식밖에 없다고 했어요. 하지만 가족은 누구도 백혈구 형태가 적합하질 않고……, 골수은행에도 기증자가 되어주실 분을 발견하지 못했지요. 저는 오래 전에 마음을 정리하고 남은 시간을 열심히 살아가고자 생각했는데……."

시은은 한순간 말을 끊더니, 가만히 시선을 머리 위의 벚꽃으로 향했다. 조그만 회오리가 무수한 꽃잎을 말아올리며 눈처럼 흩뿌리고 사라졌다.

"——재발한 후 골수이식을 할 수 없을 때는, 구제요법이라고 해서 다양한 약물을 조합해 완해를 꾀하지요. 신약이나 시험약도 적극적으로 쓰기 때문에 부작용도 심해서……, 너무 괴로운 나머지 이젠 됐다는 생각을 몇 번이나 했어요. 어차피 가망이 없다면 남은 시간을 편안히 보낼 수 있는 치료로 전환해 달라고, 몇 번이나 의사선생님에게 말하려 했지요……."

꽃보라에 흔들리는 시은의 머리카락이 가발이라는 것을, 아스나는 그제야 깨달았다.

"하지만……, 유우키와 만날 때마다 굴해서는 안 된다는 생각을 했어요. 유우키는 똑같은 괴로움과 15년이나 싸웠는데, 나이도 훨씬 많은 제가 겨우 3년 가지고 무슨 우는 소리를 하는 거냐고. 그렇게 자신을 타일렀지요. ——그런데 2월경부터 조금씩 약의 양이 줄고……, 의사선생님은 수치가 좋아지고 있다고 말씀하셨지만, 저는 드디어 그때가 됐구나 하고 생각했어요. 구제요법에서 QOL 우선요법으로 전환하는 거라고. 물론 무서웠지만……, 반면 안심하기도 했어요. 유우키의 상태를 들었으니까……, 유우키와 함께라면 어디든 갈 수 있다고 생각했지요. 어딜 가도 저를 지켜줄 거라고……. 이상하지요? 나이도 어린 아이에게 이렇게나 의존하다니……."

"아니에요……, 이해해요."

아스나는 짧은 말로 대답하며 고개를 끄덕였다. 시은도 미소를 짓고 고개를 끄덕이더니 말을 이었다.

"——그랬는데……. 일주일 전, 유우키와 작별한 다음 날이었지요. 의사선생님이 제 병실로 오셔선……, 완전 완해, 그러니까 백혈병 세포가 완전히 사라졌으니 이젠 퇴원해도 된다는 거예요. 무슨 말을 하나 싶었지요. 흔히 말하는……, 가족과 보내기 위한 일시 귀가일까 이것저것 생각하고……, 혼란이 가라앉기도 전에, 그 다다음 날에 정말 퇴원을 하고 말았던 거예요. 어쩌면 정말 병이 나은 걸지도 모른다고 생각하게 된 건 어제쯤이었죠. 치료약 중에 하나가 극적으로 효과를 발휘한 건지……."

잠시 말을 끊고, 시은은 울음과 웃음이 섞인 듯한 표정으로 얼굴을 일그러뜨렸다.

"어쩐지 아직 전혀 실감이 나질 않아요. 잃어버렸던 시간이 갑자기 돌아와도 당혹스럽기만 하고요. 게다가……, 유우키가……."

살짝 목소리가 떨렸다. 눈 꼬리에 조그만 눈물방울이 맺힌 것을 알고, 아스나도 가슴이 미어지는 것 같았다.

"유우키가 기다리고 있는데, 나만 여기 남아도, 되는 걸까……. 유우키와, 란과, 클로비스와 메리다와……, 언제까지고 함께 있자고 약속했는데, 저는, 저는……."

그 이상 말을 이을 수 없는 것 같았다. 시은은 고개를 숙이더니 어깨를 들썩였다.

*란이란 초대 길드 리더였던 유우키의 언니를 말하는 것이리라. 나머지 두 사람도 전에 죽었다는 슬리핑 나이츠의 멤버일

*란이란 초대 길드 리더였던 유우키의 언니를 말하는 것이리라 : 유우키의 언니 아이코는 한자로 藍子라고 쓰며, 일본어에서 藍은 '란'으로도 읽을 수 있다.

것이다. 이 세계에 존재하는 모든 역경 중 가장 힘든 처지에서 맺어진 유대관계이기 때문에, 그것은 어떤 의미에서는 가족이나 연인보다도 강한 것일지도 모른다. 아스나는 자신이 대체 어떤 말을 건넬 자격이 있을까 생각하면서도 입을 열지 않을 수 없었다.

왼손을 뻗어 벤치 위에 늘어진 시은의 오른손을 살짝 쥐었다. 앙상하고 가녀린 손가락이었지만, 분명한 온기를 아스나의 손바닥에 전해주었다.

"시은 씨, 저는……, 요즘 그런 생각을 해요. 생명이란 마음을 실어나르고 전하는 것이라고. 저는 오랫동안 겁을 먹었어요. 남에게 마음을 전하는 것도, 남의 마음을 아는 것도 무서웠어요. 하지만 그래선 안 된다고 유우키가 가르쳐줬죠. 스스로 나서서 전하려 하지 않으면 아무것도 태어나지 않는다고. 저는 유우키에게 받은 강인함을 많은 사람에게 전하고 싶어요. 유우키의 마음을 제 발로 걸어다닐 수 있는 한 멀리까지 실어나르고 싶어요. 그리고……, 언젠가 다시 한 번 유우키와 만났을 때, 많은 마음으로 갚아줄 수 있으면 좋겠다고, 그렇게 생각해요."

더듬거리면서도 아스나는 간신히 말을 마쳤다. 하고 싶은 말은 절반도 말로 이루지 못한 것 같았지만, 시은은 시선을 떨어뜨린 채 천천히, 깊이 고개를 끄덕였다. 나머지 왼손을 아스나의 왼손에 겹쳤다.

고개를 든 시은의 아름다운 칠흑색 눈동자는 눈물에 젖어 있었으나, 입가에는 또렷한 미소가 떠올랐다.

"고마워요……, 아스나 씨."

속삭이던 시은은 갑자기 두 팔을 뻗어선 아스나의 등에 감았다. 아스나도 그 가녀린 몸을 단단히 안았다. 귓가에서 말이 이어졌다.

"우린 아스나 씨에게 매우 감사하고 있어요. 유우키의 언니인 란이 죽은 후, 유우키는 언니를 대신해 계속 우리를 격려하고 지탱해주려고 최선을 다했답니다. 우리도 그 모습에 의지한 나머지……, 괴로울 때, 좌절할 것 같을 때, 모두가 유우키에게 매달려 힘을 나눠받았지요. 하지만 새삼스레 이상한 말일지도 모르지만……, 저는 유우키가 걱정스러웠어요. 그녀의 마음은 누가 지탱해주면 좋을까 하고요. 유우키는 언제나 생글생글 웃고, 괴로운 표정 한 번 보이지 않았지만……, 그 조그만 등에 아주 많은 것들을 짊어지고, 언젠가 그것이 유우키의 마음을 꺾고 마는 것은 아닐까 하고……. ──그럴 때 아스나 씨가 나타난 거예요. 아스나 씨와 함께 있는 동안의 유우키는 아주 즐겁고 자연스러워서, 마치 하늘을 나는 법을 배운 작은 새와도 같았지요. 그대로 높이높이 어디까지고 날아올라……, 우리의 손이 닿지 않는 곳까지……, 가버리고 말았지만요……."

시은은 한동안 말을 끊었다. 아스나의 마음속 스크린에도 조그만 새로 모습을 바꾸어 아득한 이세계의 하늘을 춤추는 유우키의 모습이 한순간 비쳤다.

몸을 떼고 시은은 멋쩍은 듯이 살짝 웃었다. 손끝으로 눈물방울을 닦아냈다. 한 차례 깊이 숨을 들이마시더니, 또렷한 목소리로 말을 이었다.

"——사실은 저만이 아니랍니다. 쥰도……, 힘든 암을 앓고 있었는데, 최근 쓰기 시작한 약이 아주 효과가 좋아서 종양이 작아졌다고 해요. 마치 유우키가 아직 이쪽으로 오긴 이르다고 하는 것 같다고 둘이서 이야기했답니다. 슬리핑 나이츠가 다시 한 번 모이려면 아직 시간이 한참 더 필요할 것 같아요."

"……그럼요. 다음에야말로 저도 정식 멤버가 될 예정이니까요."

아스나와 시은은 얼굴을 마주 보고 웃음을 나누었다. 그리고 다시 한 번 핑크색으로 흐려진 하늘을 올려다보았다. 부드러운 바람이 등 뒤에서 불어와 머리카락을 흔들었다. 두 사람의 어깨를 가볍게 안은 후 등의 날개를 펄럭이며 멀리 날아가는 유우키의 모습을 떠올리고, 아스나는 살짝 눈을 감았다.

그대로 몇 분을 그러고 있었을까. 다가오는 새로운 발소리 두 개가 조용한 침묵을 깨뜨렸다. 얼굴을 앞으로 돌리니 아스나와 같은 색의 교복을 입은 소년——키리가야 카즈토와, 검은 예복 차림의 쿠라하시 의사가 다가오는 참이었다.

아스나와 시은은 동시에 일어나 꾸벅 인사를 했다. 똑같이 고개를 숙이면서 카즈토가 아스나를 보고 말했다.

"여기 있었구나. 방해한 거야?"

"아니, 괜찮아. 하지만……, 어? 키리토랑 쿠라하시 선생님은 아는 사이였어?"

"아……, 최근 들어서. 그 통신 프로브 때문에 메일을 주고받았거든."

"그랬답니다."

쿠라하시 의사가 말을 받았다.

"그 카메라에는 실로 흥미가 끌려서 말입니다. 의료용 풀 다이브 기술에 활용할 수 없을까 해서 이것저것 상담을 부탁했지요."

"그랬군요. ……저기, 그러고 보니……."

문득 아스나는 어떤 사실을 떠올리고 의사에게 물었다.

"메디큐보이드 테스트는 어떻게 되는 건가요? 누군가 다른 분이 모니터링을 이어서 하게 되나요……?"

그 말을 듣자, 의사는 온화한 표정을 짓더니 고개를 가로저었다.

"아니오, 테스트는 이제 충분하고도 넘칠 정도로 데이터를 얻었습니다. 앞으로는 실제 제품화를 위해 메이커와 협의할 일만 남았지요. 이제 곧 안 시은 씨나 다른 분들도 메디큐보이드를 쓸 수 있게 될지도 몰라요."

말 뒤쪽은 시은에게 향한 것이었지만, 거기까지 말한 후 쿠라하시 의사는 한순간 눈을 크게 뜨며 황급히 말을 이었다.

"아, 이거 실례했습니다. 처음에 말씀드리는 것을 잊어버렸군요. ——안 시은 씨, 퇴원을 진심으로 축하드립니다. 유우키 군도……, 얼마나 기뻐할지……."

악수를 청하는 쿠라하시의 손을 꽉 쥐며 시은은 크게 고개를 끄덕였다. 이어서 이미 게임 내에서 친해진 카즈토와도 악수를 나누었다.

"고맙습니다. 저는 이제 메디큐보이드를 쓸 필요가 없을 것 같지만……, 그래도 유우키가 남긴 데이터가 병과 싸우는 많은 분들께 도움이 된다고 생각하면……, 정말 기뻐요."

시은이 말하자 의사는 몇 번이나 고개를 끄덕였다.

"정말입니다. ──그 기계를 테스트한 첫 사람으로서, 유우키 군의 이름은 언제까지고 남을 겁니다. 외부에서 초기설계를 제공해준 분과 함께……. 무언가 굉장한 상을 줘도 될 정도예요."

"아마 그런 걸 받아도 유우키는 기뻐하지 않을 거예요. '먹을 수도 없잖아.' 라고 할 것 같은데요."

시은의 말에 모두가 웃었다. 화목한 웃음소리가 잦아든 후, 아스나는 문득 쿠라하시 의사의 말 중 일부가 귀에 남은 것을 깨닫고 그것을 되풀이해보았다.

"저……, 선생님. 아까 외부에서 초기설계를 제공해준 분……, 이라고 하셨죠? 설계는 의료기기 메이커에서 한 게 아니었나요?"

"아……, 그게 말이죠."

의사는 기억 밑바닥을 뒤지듯이 안경 안에서 눈을 가늘게 떴다.

"물론 시험기를 제작한 건 메이커지만, 기계의 심장부가 되는 초고밀도 신호소자의 기초 설계는 외부에서 무상으로 제공해준 분이 있었습니다. 그러고 보니 그분도 여성이고……, 외국 대학의 연구자였을걸요. 일본인이지만……. 음, 성함이……."

이어서 쿠라하시 의사가 입에 담은 성명은 아스나가 전혀 들어본 적이 없는 것이었다. 시은도 마찬가지였으나, 문득 카즈토의 얼굴을 보고, 거기 떠오른 표정에 아스나는 자신도 모르게 숨을 들이켰다.

카즈토는 마치 있을 수 없는 무언가를 본 것처럼 눈의 초점을 잃고 있었다. 핏기가 가신 입술이 두세 차례 가늘게 떨렸다.

"왜……왜 그래, 키리토?!"

황급히 아스나가 말을 걸었지만, 카즈토는 한동안 침묵을 지키고 있었다. 이윽고 입술에서 갈라진 목소리가 새어나왔다.

"나는……, 그 사람을 알아."

"뭐……?"

"만난 적도 있어……. 그 사람은……."

카즈토는 문득 아스나의 눈을 보았다. 까만 눈은 시공간의 벽을 꿰뚫고 어딘가 이세계를 들여다보는 것 같았다.

"그 사람은 다이브 중인……, 히스클리프의 몸을 돌봐주던 사람이야. 그와 같은 대학 연구실에서 함께 풀 다이브 기술을 연구했지……. 다시 말해, 실제로 메디큐보이드의 기초 설계를 제공한 사람은……."

"……."

아스나도 할 말을 잃었다.

그것은 다시 말해——메디큐보이드 또한 《더 시드 넥서스》와 마찬가지로 그 사람이 뿌린 씨앗에서 싹튼 묘목이었다는 뜻인가.

시은도 쿠라하시 의사도 의아한 표정으로 고개를 갸웃했지만 무어라 대답할 수도 없었다. 그저 멍하니 눈앞을 지나가는 벚꽃잎을 시선으로 좇을 뿐이었다.

문득 아스나는 큰 흐름을 느꼈다.

이 《현실》이라는 이름이 붙은 세계가 단순한 하나의 상에 불과하며.

그러한 세계가 무수한 꽃잎처럼 모이고 모여 형성된 상위구조가 존재하고.

그리고 지금, 모든 세계를 감싸고 준동하며 흘러가는 거대한 힘이 천천히 그 형태를 드러내려 한다――.

아스나는 두 팔로 자신의 몸을 꽉 끌어안았다. 한층 강하게 몰아친 바람이 주위에 떠도는 꽃잎을 모조리 먼 허공으로 실어 날아갔다.

(끝)

후기

카와하라 레키입니다. '소드 아트 온라인7 마더즈 로자리오'를 읽어주셔서 고맙습니다(이제부터 내용에 대한 중대한 스포일러가 있으니 주의하시기 바랍니다!).

본격적으로 소설을 쓰기 전부터 벌써 10년쯤 전에, 어떤 프로 소설가 지인을 얻어 몇 번인가 상삭에 대해 상담을 받은 적이 있습니다.

귀중한 교훈을 많이 전수해주셔서 지금도 감사하고 있는데, 개중에서도 가장 강하게 기억에 남은 한 마디가 있습니다.

"설령 소설이라 해도 인간의 불행을 쓸 때는 그것을 왜 쓸 필요가 있는지 생각하고 또 생각해야만 한다."

제게는 《이야기의 전개를 최우선시해, 매사의 개연성을 가벼이 여기는》 나쁜 버릇이 있습니다(편의주의라고도 하지만……). 특히 캐릭터의 성질이나 동기에 방향성을 주기 위해 커다란 불행을 안기는 경우가 많지요. 예를 들자면 SAO 시리즈의 주인공 키리토도 어렸을 때 사고로 친부모를 잃었다는 설정이 있는데, 이 사고에 대해서는 아직까지도 전혀 언급을 하지 않았습니다. 그것은 다시 말해, 키리토의 부모님이라는 캐릭터는 오로지 키리토가 남을 멀리 하려는 이유의 일말을 만들기 위해, 교통사고가 일어나는 확률을 조작해 살해당하고 말았다는 뜻이기도 하지요(2권에 수록된 단편 '루돌프 사슴코'의 헤로인 사치도 그럴지도 모르겠습니다).

글쟁이로서 그런 나쁜 습관이 있다는 것은 저도 조금이나마 자각하고 있으며, 그 때문에 이 7권을 출판하기 위해 수정을 하면서 다소 고민하지 않을 수 없었습니다. 설령 《VR 기술과 의료》라는 테마가 있다고는 해도, 이번 권의 헤로인인 유우키는 정말 죽어야만 했을까? 다른 엔딩도 있을 수 있지 않았을까? 그 결말은 그저 얄팍하게 감정을 부추기기 위한 라스트 씬이 아니었을까?

하지만 고민과 동시에 이야기란 것은 그렇게 되도록 쓸 수밖에 없다는 마음도 있었습니다. 완전히 변명이지만, 《캐릭터의 불행을 가벼이 여기는》 제 나쁜 버릇 또한 작품의 일부라고. 그렇다면 제가 할 수 있는 것은, 하다못해 작품 안에서 불우한 길을 걸었던 캐릭터들(악역도 포함해)에 대해 가능한 한 넓고 깊게 생각하는 것뿐이라고 생각했습니다. 그리고 가능하다면 독자 여러분들께도 유우키가 살아온 15년에 대해, 그녀가 아스나와 다른 사람들에게 주고 갔던 것에 대해 조금이나마 상상해 주신다면 그 이상 바랄 것이 없겠습니다.

새해 벽두부터 스케줄이 꼬일 대로 꼬이는 바람에 폐를 끼친 담당 미키 씨, 이번에도 방대한 캐릭터의 디자인과 그림을 맡으셨던 일러스트 abec 씨, 그리고 의료 관련 도움을 준 절친 VAG 씨와 여기까지 읽어주신 독자 여러분, 2011년 한 해도 잘 부탁드립니다! 고맙습니다!

2011년 1월 27일 카와하라 레키

역자후기

공공장소에서 작업할 때 눈물 짜는 장면은 곤란하지 말입니다, 선생님.

안녕하세요, 역자입니다.

눈물의 수만큼 스포일러를 흘리는 후기이므로 본문을 읽지 않으신 분들은 1페이지로 날아가 주시기 바랍니다.

조금 오래된 이야기를 하나 할까 합니다.

대한민국에서 세계 최초의 그래픽 MMORPG가 나오고 몇 년이 지난 1990년대 말이었습니다. 당시 온라인 게임에 막 관심을 가지기 시작한 유저들은 물론, 올드 게이머들까지도 가슴이 두근거리는 MMORPG 하나가 발매되었습니다.

동명의 PC 게임 세계관을 토대로 한 이 게임은 '울티마 온라인' 이라고 합니다.

당시로서는 어마어마하게 넓은 맵, 요즘 게임도 따라갈 수 없는 자유도 등등, 당시의 그 어떤 게임과도 달랐던 이 게임에 빠져든 사람은 한둘이 아니었습니다. 저도 그랬고, 아마 이 작품의 저자인 카와하라 레키 선생님도 그랬을 겁니다.

그런 울티마 온라인의 한 외국 서버에서 있었던 일입니다. 어떤 길드의 열성 멤버가 갑자기 연락이 끊어졌습니다. 며칠 동안 접속이 없어, 그와 오프라인에서도 친하게 지내던 길드원이 전화를 해보았습니다. 그리고 그가 교통사고로 세상을 떠났다는 소식을 듣게 됩니다.

당시에도 물론 공략 길드나 PK 길드처럼 '게임을 위한 길드'는 있었지만, 온라인 게임 초창기다 보니 요즘으로 치면 친목 길드 같은 분위기가 대세였습니다. 이들도 길드원의 죽음을 매우 슬퍼했습니다.

그래서 이들은 게임 안에서 죽은 길드원을 위한 장례식을 열어주기로 했습니다(제가 알기로는 이것이 온라인 게임, 아니, 네트워크를 통한 사상 첫 장례식입니다). 길드원들은 게임 내를 돌아다니며 만나는 사람들마다 장례식에 참석해 그의 명복을 빌어달라고 부탁을 했고, 이 소식은 금세 전 서버에 퍼졌습니다.

그리고 장례식 당일. 많은 사람이 모여 그의 명복을 빌어주었습니다. 그가 좋아하던 언덕에는 캐릭터의 이름을 딴 개인 샵이 열렸습니다. 식의 절정은 GM이 참석했을 때였습니다. 그는 샵 뒤로 펼쳐진 바다에 죽은 플레이어의 이름을 붙인 NPC 돌고래 한 마리를 소환했습니다(당시 울티마 온라인에서 GM의 권한은 매우 막강했습니다. 심지어 퀘스트도 내려줄 수 있었지요. 요즘처럼 퀘스트로 게임이 진행되는 방식이 아니다 보니, GM 퀘스트는 거의 신탁이었습니다). 이 돌고래는 서버가 닫힐 때까지 영원히 바다를 헤엄치게 되었습니다.

그 후로 바다를 여행하다가 이 돌고래를 만나면 행운이 찾아온다는 전설이 있었다나 없었다나 하는 이야기.

아스나네 어머니처럼 진짜도 아닌 가상의 세계에서 무슨 오버를 하냐고 생각하는 분들도 계시겠지만, 저는 이 이야기를 굉장히 좋아하고 10년 이상이 지난 지금까지도 기억합니다. 비록 디지털 데이터를 통한 만남이기는 하지만, 여기서 생겨난 인연은 공간을 초월해 분명히 마음과 마음을 이어주었다는 증거가 아닐까요. 그래서 유우키가 시한부인생이라는 것이 밝혀지는 장면부터 이 이야기가 계속 머리를 떠나지 않더군요. 결국 유우키의 마지막 고별 장면을 번역할 때는, 공공장소임에도 불구하고 눈물을 찔끔거리고 말았더랬습니다. 훌쩍.

그녀의 마음과 함께 기술을 이어받은 아스나도 어머니에게 마음을 전할 만큼 성장했듯, 앞으로도 계속해서 앞으로 나아갈 수 있을 것이라 생각해봅니다.

감동적이고 눈물 나는 장면도 장면이지만, 개인적으로는 '액셀 월드'와 이어질 법한 설정이 곳곳에서 보여 매우 흥미로웠습니다. 특히 키리토가 친구들과 만든 프로브, 혹은 '렌즈를 연결해 실시간으로 정보를 표시해주는 AR 장치'라는 데서 '액셀 월드'의 뉴로링커와 이어지는 무언가가 보이지 않나요? 어쩌면 뉴로링커의 설계자 중에는 키본좌가 있는 것이 아닐까, 그런 생각까지 들었습니다.

그러고 보니 얼마 전에 발표된 iPhone 4S(잠시 스티브에게 묵념)에는 Siri라는 음성명령 기능이 도입되었더군요. 단순한 음성인식 수준이 아니라, 친구에게 문자가 왔을 때 '10분 뒤에 연락한다고 답장해줘.'라고 말하면, 정말 그 내용으로 답장을 보내주는 무시무시한 기능입니다. 어쩐지 카와하라 레키 월드를 현실에서 보게 될 날이 멀지 않은 것 같아 가슴이 두근거리네요. 정말 현대는 SF를 따라잡은 시대인 것 같습니다.

다음 8권은 단편집입니다. 옛날 SAO 시절과 현재 ALO의 에피소드가 번갈아 등장하는 내용이 되겠습니다. 7권에서도 언뜻 나왔던 키리토의 엑스칼리버 퀘스트 이야기도 나오니 기대하셔도 좋지 않을까요.

그럼 저는 다음 작품에서 뵙겠습니다.

2011년 10월

김완

덧: OSS의 설정에 관해 한 가지 추가합니다. '2차 복제가 불가능한 비전서'를 준다고 했는데, 아스나는 어떻게 기술을 남에게 남기겠다는 말을 했을까……. 이 부분에 모순이 있는 것 같아 트위터를 통해 저자 카와하라 레키 선생님께 질문을 해 봤습니다. 답변에 따르면 '플레이어가 게임을 접을 때는 비전서 전수를 비롯한 모든 OSS의 권한을 양도할 수 있다.'는 설정이 있다는군요.

이 내용을 본문에 슬쩍 끼워넣을까도 생각했습니다만, 아무래도 극의 흐름을 깨는 것 같아서 이 자리에 첨부합니다.

《최강의 카타르시스》로 보내드리는, 제15회
ACCEL WORLD 8
만화판 연재 중!
'액셀 월드' & '액쨀 월드'
원작 / 카와하라 레키
캐릭터 디자인 / HIMA
작화 / 스즈나리 히로유키(『액셀 월드』)
작화 / 아카리 류류우(『액쨀 월드』)
「전격문고 MAGAZINE」
(짝수 달 10일 발매)에서 연재 중!!!
특보!!
카와하라 레키 & abec가 보내드리는 개인 사이트 조회수 650만 돌파를 자랑하는 전설의 소설 제8탄!! 《알브헤임 온라인》 최강의 검 《엑스칼리버》 획득 에피소드 외에 '주거구역 사건' 등 본편을 보완하는 단편집! '소드 아트 온라인 제8권' 많은 기대 바랍니다.

전격소설 대상 〈대상〉 수상작 최신간──!! 08

액셀월드 8

─운명의 연성─

글 / 카와하라 레키
일러스트 / HIMA

『……그게 《재앙의 갑옷》의 진짜 모습이구나.』

《가속세계》의 최고의지 결정기관인 《칠왕회의》에 따라 실버 크로우에게 내려진 결정.
그것은 《재앙의 갑옷》에 오염된 몸을 일주일 이내에 《정화》하는 것이었다.
만일 이것이 불가능할 때는 나머지 육왕이 현상금을 걸어, 사실상 《가속세계》에서 추방될 것이다.
흑설공주가 이끄는 《네가 네뷸러스》는 하루유키를 《정화》하기 위해
저주 해제 커맨드를 가진 아바타 《아더 메이든》의 구출작전을 발동한다.
그녀는 현재 《무제한 중립 필드》에서 가장 도달하기 어렵다는 《제성》에 유폐되어 있다.
문을 수호하는 초급 에너미 《주작》의 강력한 화염 브레스를 뚫고
결사의 각오로 《아더 메이든》을 구출하려는 《실버 크로우》.
그러나 생각지도 못한 사태가 발생해, 《아더 메이든》과 함께 《제성》 내부에 돌입하고 말았다.
《제성》에 갇힌 채, 일단은 버스트 아웃으로 현실세계에 돌아온 《실버 크로우》와 《아더 메이든》은,
다시 《탈출작전》을 결행하기로 서로 다짐을 나눈다.

──그러나.

"장착…… 《더 데스티니》."
《ISS 키트》에 침식당한 《사이언 파일》, 즉 타쿠무와
피할 수 없는 듀얼을 펼치는 하루유키.
체력 게이지가 몇 도트밖에 남지 않았을 때, 하루유키는 수수께끼의 선황색 아바타가 시키는 대로
《가속세계》 최강의 강화외장을 제네레이트한다.
타쿠무를 좀먹는 《ISS 키트》를 벗겨내기 위해,
《크로우》와 《파일》, 두 사람의 심의가 강하게 공명하고, 마침내 격돌했다.
"《다크 블로우》."
"《레이저 소드》!"
각자의 마음이 한데 얽히며, 하나의 거대한 이야기로 모여들고──!

차세대 청춘 엔터테인먼트, 대망의 최신간!!

많은 기대 바랍니다!!

NOVEL

SWORD ART ONLINE_소드 아트 온라인 7
〈마더즈 로자리오〉

2011년 11월 10일 제1판 제1쇄 발행
2016년 8월 25일 제1판 제20쇄 발행

지음 | 가와하라 레키
일러스트 | abec
옮김 | 김준

발행인 | 이정식
편집인 | 최원영
편집팀장 | 김충영
편집담당 | 오진범
일본어판 오리지널 디자인 | BEE-PEE
한국어판 디자인 | Design Plus
라이츠사업팀 | 김충영, 변혜경, 박선희, 아오키 마리나
출판영업팀 | 안영배, 한성봉
제작담당 | 박석주

발행처 | (주)서울문화사
등록일 | 1988년 2월 16일
등록번호 | 2-484
주소 | 서울특별시 용산구 새창로 221-19(한강로2가)
전화 | (02)799-9181(편집), (02)791-0757(마케팅)
팩스 | (02)799-9334(편집)
인쇄처 | 코리아 피앤피

ISBN 978-89-263-2624-4
ISBN 978-89-263-1086-1 (세트)

제15회 전격소설대상 〈대상〉 수상작!

일본 현지 애니메이션&게임화 결정!

액셀 월드

7

재앙의 갑옷

초판한정 책갈피 증정

소드 아트 온라인 제7권 동시발매 기념!!
미니노트 증정 한정판 Set 동시 발매!!

카와하라 작품 스페셜
상상초월 2012년 캘린더 동시 발매!!

흑설공주가 이끄는 《네가 네뷸러스》는 실버 크로우를 《정화》하기 위해, 《아더 메이든 구출작전》을 발동했다.
난이도 높은 미션 속에서 결사의 각오로 실버 크로우는 아더 메이든과 접촉하나, 《제성》을 수호하는 에너미 《주작》의 화염 브레스 때문에 금단의 불가침영역—《제성》 내부에 돌입하고 만다. 절체절명의 위기에 빠진 하루유키. 그러나 그는 그곳에서 신비한 《꿈》을 꾼다.
《크롬 팰콘》과 《사프란 블로섬》. 두 아바타가 희망하고, 《재앙》에 의해 그것이 무산되는 이야기를 ──.

최강의 카타르시스와 함께 보내드리는
차세대 청춘 엔터테인먼트!!

카와하라 레키 지음 | **HIMA** 일러스트 | **김완** 옮김

J NOVEL **절찬 판매중!**